MINGUO TONGSU XIAOSHUO
DIANCANG WENKU

浮生梦·情海恨

民国通俗小说典藏文库·冯玉奇卷

冯玉奇◎著

中国文史出版社

图书在版编目（CIP）数据

浮生梦·情海恨／冯玉奇著. — 北京：中国文史
出版社,2018.3

（民国通俗小说典藏文库·冯玉奇卷）

ISBN 978 - 7 - 5205 - 0050 - 0

Ⅰ. ①浮… Ⅱ. ①冯… Ⅲ. ①长篇小说 – 中国 – 现代
Ⅳ. ①I246.5

中国版本图书馆 CIP 数据核字（2018）第 010295 号

点　　校：清寒树　旷　野
责任编辑：蔡晓欧

出版发行：中国文史出版社
网　　址：http：//www. chinawenshi. net
社　　址：北京市西城区太平桥大街 23 号　邮编：100811
电　　话：010 – 66173572　66168268　66192736（发行部）
传　　真：010 – 66192703
印　　装：廊坊市海涛印刷有限公司
经　　销：全国新华书店
开　　本：720×1020　1/16
印　　张：18　　　　　字数：188 千字
版　　次：2018 年 8 月第 1 版
印　　次：2018 年 8 月第 1 次印刷
定　　价：53. 80 元

目　　录

浮　生　梦

情　海　恨

2

浮 生 梦

第一回

唉！有钱人有何刺激

是一个深秋的季节，树叶在秋风中荡漾，奏出了瑟瑟的音调，包含了凄凉的意味。斜阳呈现了苍白的脸色，像已经病久了那么的憔悴，静悄悄地毫无气力地爬在那座挺高大的洋房的顶盖上，灰红的瓦片，更添上了一层深浓的色彩。洋房式样是立体形的，四周张满了绿绿的树荫，也许是年久的了缘故，壁上已布了青青的苍苔，像天鹅绒似的，在斜阳余晖的笼映之下，愈加柔绿得可爱。在青青的一片苍苔中，拥出了七个黑漆的大字，很显明的是"上海神经疗养院"。

上海神经疗养院确实是沪上一个范围最大的疯人医院，不但内部设备周密，而且所聘医师大都海外留学，个个都是博士。凡是神经受刺激而痴癫的疯人，一经治疗，疯人都有复原的希望，而最足以使人同情的，就是他们还含有些慈善性质，所以声誉卓著，差不多遐迩闻名。

斜阳在地上拖着一个瘦长的影子，上海神经疗养院两旁树丛中的一条甬道上，移动着一个年轻的惨绿少年。他穿了一套深灰

3

呢的西服，右手插在西装裤袋里，低着头，似乎连走路的时候也在作沉思的样子。当他走尽了甬道，踏上石级，偶然一抬头的时候，可以瞧见那个少年的脸，在白净之中，也浮现着和他身上穿的西服同样深灰的颜色。眼睛虽然炯炯地充满了含有毅力的精神，但两条浓眉却还是紧紧地皱起着，显然他的内心是表示着愤激和悲痛，似乎在叹息着，唉！这个时代，这个世界！

"对不起，请你给我一份章程。"

那少年在跨进传达室挂号处的时候，瞧见那写字桌旁坐着一个男子，于是他走上了两步，把紧锁的眉峰微微一扬，同时插在裤袋内的手也伸了出来。

挂号先生并不开口，只用眼睛向他脸上淡然地一瞥，然后取过桌上堆着的章程，他以事实给予他回答。少年接过章程的时候，他没有走开，站在旁边就展开来瞧，只见那上面印着：

　　本院创办历史四十余年。

　　本院医师均属海外留学博士。

　　本院住院分特等、头等、二等、三等、四等及可心橡皮间、疯人守视室等。

　　本院住院分特等每日十元、头等八元、二等六元、三等四元、四等二元。

　　本院理学疗费，特种电流治疗，A 种每次八十元、B 种每次六十元、C 种每次五十元、D 种每次三十元，持续浴费每次五元，温罨疗费每次十元，日光浴及大气疗法等另议。

本院精神疗费，暗示灵感治疗，每次施术费自四十元至六十元。

本院科学注射疗费，神经专门药水针每针八元，急救药水针每针十五元，特种神经专门药水针每针二十元，人参补血针每针十元，培元补脑针每针十元，安神清心针每针十元。

本院付费法，凡施理学及精神疗法者，均由本院预先通知，征得同意，并先将费付清，然后施术。唯科学注射疗费，每月一结，或于出院时总结，不预通知。

少年瞧完了这一份章程，心中别别地一跳，不免倒抽了一口冷气，暗想：照这样看来，穷人实在是不应该发疯的了，但所以造成发疯的原因，还不是为了贫穷的缘故吗？唉！矛盾，矛盾！他肚子里这样地喊，可是他嘴里并不曾说出来。

"先生，疯人在院里不知住多少日子，方才可以医治得好？"

少年在经过一度思虑之后，他回过脸去望着挂号先生，嘴角边稍带了一丝笑意。

"这是要瞧情形而说的，你那个疯人不知是文的还是武的？"

挂号先生愕了一会子，脸微微地有些发红，最后他才急中生智地问出了这两句话。

"说文也不文，说武也不武，他想到谁好就淌眼泪，想到谁坏就怒目切齿，完全是因为神经受了过度的刺激。"

少年的眉毛又皱起来，他心里似乎又在为这一对可怜的兄妹在悲哀，忍不住轻轻地叹了一口气。那少年回答的话叫挂号先生更感到了困难，嘴唇掀了几掀，说道：

"嗯，大概一两个月……至多也不过三四个月吧。"

少年寻思他这两句话的意味，觉得在他以下至少还有这一层意思：假使三四个月不好，五六个月也就好了……这样下去，当然不堪设想。不过他脑海里又有个感觉，他并非医学博士，我问他原是多余的事，这就笑道：

"那么住院的手续是怎样的?"

挂号先生对于这句问话是感到轻松了许多，他笑着道：

"在进院之前，至少要付一个月的住院费，假使半个月就痊愈，当然可以找还你们的。还有疯人是否你们自己送了来? 倘若叫我们院里用救护车去接，那么要付车费十元。"

那少年感觉他这几句话中，说来说去总是脱不了一个"钱"字，当然，钱是无论什么事情的开路先锋，没有钱是做不了一件事的，这倒不能怪医院不管病人的死活如何，只管在金钱眼里着想的。少年点了点头，脸上浮现了一丝苦笑，说道：

"这倒不成问题，预备来住院医治，当然不会短少你们一天住院费，不过这里章程上说的科学注射是并不通知的，我想假使每天要注射一针的话，这叫贫民阶级的病人怎么负担得起?"

"也许不会每天注射一针的，假使他疯得厉害的话，这注射自然免不掉。况且你们送院的目的，原是求他痊愈，不注射医治，他又怎么能够好起来?"

挂号先生这话把少年说得无话可答，不错，这不能怪医院章程定得厉害，只能怪发疯的人太穷苦了。他的脸色更苍白，但他脸上还是含了苦笑，说道：

"你这话很对，每日注射一针，在一个月中能够保准痊愈，这倒也罢了，所考虑的，是一个月后未必能够痊愈，我想医生当然同情贫苦的病人，在不需要打针的时候，是绝不会随便注射的吧？"

"这个当然，你还用说得？况且本院的创办，完全是慈善性质。你贵姓？这疯人和你是什么关系？"

挂号先生听他赞同自己的话说得对，心里很得意，望了他一眼，悄悄地问。

"敝姓郑，说起来，发疯的人倒有两个，他们是兄妹，我和他们是朋友，不过很密切。你先生尊姓？"

少年还问他的姓字。

"我姓洪。哦，原来有两个，难道同时发疯的吗？唉！上海这个地方！"

挂号先生听兄妹俩全都发疯，在他第三者的立场上着想，显然他也表示无限的扼腕，轻轻地叹了一声。那少年对于他的扼腕倒并不加以注意，他的视线又集中到章程上去，凝眸想了一会儿，忽又抬起头来，望他一眼，问道：

"四等的每天二元，不知每间住多少病人？"

"四等的已经客满，我想你们还是住三等的好。因为那里不但地方脏，而且人品都下等的，你们的朋友去杂在一起，我感到有些不大相宜。"

姓洪的并不考虑对方的力量如何，他是一片好意地说着。

"四等的客满？发疯的人竟有这样的多吗？"

挂号先生的话听到那少年的耳里，心里感到意外的惊异。

"这个年头儿，天灾人祸，颠沛流离，妻离子散，精神失常的也就多着呢！"

挂号先生因为感到近年来住院疯人的增加，使他也发起牢骚来。那少年对于他这两句话感觉内心隐隐作痛，叹了一口深长的郁气，他没有回答，他在计算着三等病房一个月内的住院费，四元一天，三十天一百二十元，兄妹俩二百四十元。科学注射单算隔日一针，每针以十元计，一月一百五十元，兄妹俩又是三百元，这样需五百四十元钱才能住一个月。假使一个月内果然能够痊愈的话，我为友情就是借了债来负担，我也情愿，只不过一个月内是否能复原，这是一个问题，万一三月四月地拖长下去，那……他想到这里，觉得再也想不下去，在他苍白的两颊上，又泛现了一层焦躁的红晕。

"洪先生，我的朋友兄妹俩家境很苦，不知道能不能住三等病房收四等的费？最好请你代向这儿院长恳商一下。"

那少年在这个左右为难的情形之下，他是不得不赔了笑脸，对挂号先生央求。

"这个并非我不肯帮忙，因为过去也没有破这个例，就是和院长去商量，恐怕也未必会答应吧。"

挂号先生的眉毛也锁得紧紧的，同时还搓着两手，表示事情是非常的为难。那少年在万分失望之余，只报之以苦笑，点了点头，说道：

"因为这是我朋友的事情，一时里我也不能做主，所以我得回去和他家里人商量商量，再会……"

他说到这里，身子已向后转，低了头，很快地步出了挂号处。秋天的风扑送到他脸颊上时，他全身会感到一阵说不出的凄凉。

"咦！你不是郑毓秀先生吗？"

他拖着沉重的步伐，在甬道上一步挨一步地走，忽然一阵轻柔的呼声触送到他的耳鼓，使他连忙抬起头来向前望去。这一望顿时感到了意外的惊奇，也不觉咦了一声，说道：

"章小姐，你到这里做什么来呀？"

毓秀问到这里的时候，两人已步到了前面。章小姐的柳眉是微蹙着，她没有开口，先叹了一口气，说道：

"我是索取章程来的，郑先生，你呢？"

"什么？你也索取章程来的？你家什么人疯了？"

毓秀听了她的话，心里的奇怪几乎使他有些不相信。章小姐眼皮有些红晕，哽咽着声音，说道：

"我爸爸疯了，唉！可怜他老人家是受了极度的刺激，所以精神完全失了常态。"

"你爸受了什么刺激，他竟疯了？"

毓秀做梦也想不到一个身拥百万家产的富翁也会疯，他还以为章小姐和自己在开玩笑。

"我爸疯的原因很简单，他是因为金钱太多了的缘故。唉！金钱害我们一家……"

章小姐含了晶莹的热泪，很沉痛地回答。可是毓秀听了这话，倒是望着她粉颊愕住了，暗想：奇怪，奇怪，我以为造成发疯的因素是为了生计的逼迫、贫穷的缘故，谁知太富裕了，也会造成发疯的，那可不是笑话？章小姐被毓秀这一阵子呆瞧，她似

9

乎有些理会他发怔的原因，便正色说道：

"郑先生，你以为我这话说得奇怪吗？滑稽吗？但，不，并不奇怪，并不滑稽，金钱确实害了我的一家，它害我爸爸成了疯，它杀死了我的哥哥，同时它又破坏了我纯洁的爱情……"

章小姐说到这里，两颊透露了一些玫瑰的颜色，她那秋波脉脉含情地在他脸上投了一瞥无限哀怨的目光，似乎有些羞涩的神态。毓秀觉得章小姐的话是非常的愤激，尤其是她末了这一句话，更说到自己的心眼儿里去。他对于章小姐的一片深情是只有感到深深的惭愧，望着她的脸颊，几个月不见，确实是瘦削了许多，瞧她这样娇羞怨恨的情景，真所谓是为郎憔悴却羞郎了。回首前尘，自然是不胜感慨系之，遂忙说道：

"章小姐，你这话我不懂，你哥哥又如何会被金钱杀死的？"

章小姐见他的脸也有些发红，便瞟他一眼，说道：

"你难道没有瞧到报上登着章如海被桑士杰行凶杀死的新闻吗？"

毓秀猛可听了这个话，心中大吃一惊，脸上陡然变色，说道：

"哟！原来章如海就是你的哥哥吗？"

章小姐见他这样惊骇的模样，一颗芳心不但是奇怪，而且是疑窦丛生，凝眸含颦地望着他，觉得他以下至少还有几句话，然而他却并不曾说下去，于是再也忍不住问道：

"郑先生，怎么啦？你……"

"没有什么，想不到章如海就是你的哥哥，因为他被桑士杰杀死了，所以我感到吃惊。听说桑士杰杀你哥哥的动机，是为了蹂躏他的妹子秋露，是不是？”

毓秀不等她说下去，就微含了笑意，摇了摇头。章小姐听他对于这件事情很是详细，心里这就愈加狐疑，频频地点了点头，说道：

“不错，你如何知道……哦！莫非你和桑士杰是要好朋友吗？”

她问到这里，乌圆的眸珠一转，灵敏的感觉使她想到了郑毓秀也会到这儿来的缘故。毓秀想不到被她一语道破，脸上这就更涨得红了，支吾了一会儿，说道：

“对啦！你真聪明，这事情我觉得太凑巧……”

章小姐这才明白毓秀所以不爱自己的原因，一定是为了秋露。的确，我曾和秋露见过一次面，虽然是一次，但我的脑海里已有一个深刻的印象，秋露真的太美丽了，然而秋露被我哥哥摧残了。今日的郑毓秀，也正和我章毓珠同样站在失恋的地位。这样想着，心里当然是有无限的感触，叹了一声，说道：

“那我就知道你来这儿也是索章程的吧？因为桑士杰他也疯了。”

“是的，桑士杰疯了，他的妹子秋露也疯了。”

毓秀觉得没有瞒骗她的必要，就赤裸裸地告诉了她，脸上是浮着浓霜那样的忧郁，他说话的声音带有些颤抖。

“啊哟！秋露也疯了吗？她……她……为什么疯呢？”

这消息送进了章毓珠的耳鼓，她不禁失声地叫起来。半个月前还瞧见过她，虽然那时候她的意态是这样的愤激，这样的悲痛，但我同情她，我可怜她，她是在残暴势力下被牺牲的一个弱女子，环境逼成了她悲凄的命运，一个美丽的姑娘，终于被压迫得疯了。毓珠有些伤心，她的眼角旁已展现了那珍珠似的一颗。毓珠会因秋露疯了而淌泪，这在毓秀的心里是感到意外的惊异，他的眼皮有些红润，叹道：

"秋露的疯没有稀奇，唉！她的遭遇太惨了，太惨了！在这样环境之下，她不疯，她只有死……"

毓珠觉得毓秀的话太沉痛了，她为女子处身在社会上的前途着想，她几乎欲掩面啜泣起来。

"章小姐，你同情秋露的发疯吗？"

毓秀望着她满颊是泪的脸，惊异地问。毓珠伸手在颊上拭去了泪痕，秋波含了无限痛恨的目光，咬着牙齿，说道：

"当然，不但同情，而且悲痛。"

"那么你并不悲愤你哥哥的惨死吗？"

毓秀听她这样说，心里愈加感到奇怪，他几乎不相信秋露是她哥哥仇人的妹子。

"郑先生，你问我这个话，你真太不明白了。造成哥哥的惨死，这不是桑士杰的罪恶，一半固然是自身的作孽，一半却是金钱的祸害。这种青年中的败类是死不足惜的。我说这话，并不是没有兄妹的情分，我完全认清楚我的头脑，对这事件来做个因果的结论。只有可怜的秋露兄妹俩，他们的成疯是我哥哥来造成的，不过真正的罪人，还是归至于金钱。因为哥哥是受了金钱的驱使去诱惑秋露，使哥哥做一个丧失心肝的无赖，而秋露又因为金钱的引诱，结果造成她悲惨的命运。所以，说来说去，还不是为了金钱的作祟吗？为了金钱支配的不平等，因此造成金钱魔力

12

的伟大。假使人人都有金钱，视金钱如粪土，大家都不稀奇，这样金钱不是失却播弄贫富间的效力了吗？"

"章小姐，你的思想不错，你真不愧是个时代的新女性。"

毓秀听了她这一篇絮絮的话，心里不免表示暗暗的敬爱，望着她红晕的两颊，连连地点头。毓珠听他这样赞美着，觉得在半年前也许杀掉他的头他也不肯这样说吧，一时芳心里也不知是悲酸是喜欢，眼泪竟扑簌簌地滚下来。但是她又感到太难为情了，因为这淌泪说不出一个缘故，于是她很快地别转身子去，把手背去揉擦着眼皮。毓秀瞧她这个情景，当然明白她在伤心过去是太受一些委屈了，心里也感触十分，忍不住轻轻地叹了一口气。就在这叹气之间，毓珠又很快地回过身子来，乌圆眸珠在长睫毛里滴溜地一转，低声地问道：

"你章程拿了没有？"

毓秀听了，这才把袋中的章程取出，交到她的手里去。毓珠微咬着红红的嘴唇皮，凝眸含颦地瞧了一遍，抬头又向他悄悄地问道：

"郑先生，你预备怎么样？你和桑士杰兄妹是朋友，你当然愿意互助他们一下，对不？"

"我的力量太薄弱，心有余而力不足，我觉得惭愧。"

毓秀的两颊有些发红，他的话声是那样的低沉。毓珠点头道：

"这没有什么惭愧，你的侠义心肠是足以令人敬佩的。你不用忧愁，我一定可以帮助你达到成功的目的。"

毓珠这两句话是出乎毓秀意料之外的，不免对她愕住了一会子，说道：

"章小姐，你这话可当真的吗？"

毓珠笑了一笑，说道：

"你对朋友这样热心，我对朋友难道就没有这样热心吗？郑先生，我决不骗你，我们且进里面去和医院接洽定妥了吧。"

毓秀听她这样说，当然非常感激，遂很恭敬地向她行了一个鞠躬礼，说道：

"章小姐肯这样仗义，真是难得，我在这里先代他们兄妹俩向你道谢了。"

毓珠红晕了两颊，慌忙把身子让过一旁，说道：

"郑先生，你太客气，叫我不敢当。我想也不必和医院去接洽，此刻我们就各自回去把他们接了来住院，你瞧怎么样？"

"好的，准定照章小姐的意思办吧。"

毓秀点了点头，表示非常的赞同，于是两人并肩踱出了上海神经疗养院的大门。只见人行道旁停着一辆簇新的自备汽车，车夫见小姐走出，便拉开了车厢的门。毓珠道：

"郑先生现在府上哪里？我只想跟你做个朋友，其实你不用避我……"

说到这里，明眸在他颊上逗了那一瞥哀怨的目光，忍不住又叹了一声。毓秀听她这样说，心里既感动又惭愧，也叹口气，说道：

"我没有话可以跟章小姐说，我只有感到无限的惶恐，假使你不怨恨我的话，我希望你可以常到利美书局的编辑室来谈谈……"

毓珠似乎在他这几句话中得到了很深的安慰，她觉得自己的确是胜利了，在十分哀怨的粉颊上，不免透露了一丝笑意，扬着眉，乌圆的眸珠一转，说道：

　　"郑先生，你这话我不明白，凭什么我要怨恨你？我明白你的心，所以我才说是金钱破坏了我的爱情。但……你应该相信我，我虽然是处身在富贵的家庭里，我绝不会像我哥哥那样腐败的。"

　　毓秀听她这样说，一时也感到不好意思起来，微红了脸，却说不出一句话。毓珠瞧他这样情景，倒又不禁为之嫣然，向他挥了挥手，说道：

　　"我不送你，现在你快去伴秋露兄妹俩来医院是正经，我也回家伴爸爸来，反正回头我们还见面哩！"

　　说到这里，一颗芳心非常的羞涩，秋波瞟了他一眼，她的身子已跳进车厢里去了。毓秀站在人行道上，望着汽车的影子在斜阳光辉中消失了后，忍不住又叹了一声，原来章如海就是她的哥哥，想不到半年后的她，还同半年前对待我的情形一样，唉，那我真辜负她了。想到这里，觉得毓珠的可爱，而且也感到她的可怜。跳上一辆人力车，在到秋露家里去的途上，脑海里浮起过去一幕一幕的事实，觉得这仿佛是个可歌可泣的惨剧。

　　阅者诸君且不要性急，这一个悲惨故事的展开，所以造成书中主角发疯的原因是什么？待执行者慢慢地记录在下面，让读者明白一个详细吧。

第二回

因失帕巧逢崇拜人

"唉，春天是多么撩人情思的季节。"

郑毓秀在一间斗形式的卧室中，倚着那扇一方口大小的窗户旁，凭栏望着天空，是碧青得可爱。燕儿是十分的活泼，在白云堆里回环地追逐。春风是那么的柔软，阳光是多么的温暖，在他心灵里有了一阵感触，使他说不出所以然地竟轻轻地叹了一口气。懒懒地离开了窗口，走到那张写字台旁坐下，取出抽屉中的稿纸，握着笔，对着稿纸上的小方格子呆呆地沉思了一会儿。约莫有了五分钟后，他的眸珠转起来，似乎已得到了一个很曲折的故事，正欲先来写一个具体的结构，突然哗啦啦一阵倒牌的声音触送到他的耳鼓。毓秀心头不免有些着恼，把正接触到纸上去的笔尖又停了下来，但这些倒牌的声音还不够他的刺激，接着打孩子的声音、孩子的哭声、娘的骂声，一股脑儿都从前楼播送过来。

"大毛，今天是星期日，要你埋着头写什么断命字？我要玩牌了，你故意不把小毛领到外面去玩玩，却叫他缠绕着我，你心里高兴吗？快领去，快领去，你再写字，我把你簿子也撕了，下学期不给你再上学校里去，看你怎么样？"

"前楼嫂嫂，你骂他们做什么？我们快早些入局了，时候不早，十二圈牌恐怕要又到七点钟了，阿囡爹回来，他是要骂我的呢！"

"亭子间阿姨真也可怜，玩玩雀牌老是偷偷摸摸的，像我那口子就不会管账的。"

"这是你的福气，才嫁了这么好性子的丈夫。我那口子的断命脾气真不好，动不动就会掷东西的，不过我若一使性子，他倒也会不敢再吵了。"

"男人家就是这种蜡烛脾气，阿姨平日是太好了，所以他才会不许你玩牌，其实女人家玩玩小牌解个闷儿，上海地方又有什么稀奇？阿姨我教你，以后你要待他凶些，他就会怕你哩！"

随了这几句话，后面是一阵像鸭群走过那么的笑声，真是欢悦得了不得。郑毓秀恨恨地把笔套上，以拳击了一下桌子，骂声废物，他觉得再也坐不下去了。刚才结构的那个故事已在前楼几阵笑声中消散了。他气愤愤地站起身子，在衣架上取下那件法兰绒的西服，披在身上，很快地走出房门。当他关上房门的时候是特别的响一些，砰的一声，这仿佛给予前楼的一个警告。然而前楼是并不会注意这个警告的，她们的笑声、牌声依旧还是在这空气里荡漾着。

今天的气候实在不错，风和日暖，天高气爽，马路上的行人，男男女女都已换了春装，可说绝对找不出冬的痕迹来。郑毓秀走出弄堂的时候，心里还是非常的愤恨，不过在马路上被几阵春风扑面后，他的全身才感到了轻松许多。

当毓秀经过黄金大戏院门口的当儿，只见买票的人真是拥挤得了不得，几乎把戏院门口挤得水泄不通，心里暗想：今天是星期日，无怪生意这样好，不过在报上曾瞧见黄金的票价确实很惊人，七元钱瞧一场戏，那真了不得，唉，上海真不穷。毓秀在这一声叹息之间，他的眼睛又瞥见黄金对过马路的一幕拥挤的情景，这的确比买票的是拥挤。"这在做什么？"在毓秀脑海里既有了这么一个疑问后，他就定睛仔细望了过去。原来这不是戏院的门口，却是一爿米店的门前，拥挤的人群都是鸠形鹄面，形容枯槁，衣衫褴褛，你拿了面粉袋，我拿了竹篮子，一字儿的在排长蛇阵。这给予毓秀的刺激更深刻了一些，脑海里震动得很厉害，脸色有些灰白，他不忍再瞧这两相对照悬殊的情景，低了头急急地走。胸口仿佛有块铅质那样重的东西镇压着一样难过，他几乎有些透不出气息来。

"上海人还是幸福的，唉！"

忽然毓秀心中想起宁波公报上登载的，他们每人只能用信壳去籴米的消息，这就觉得上海人拿面粉袋、竹篮子排长蛇阵去籴米，究竟还是幸福的。毓秀暗暗地自语了这一句，却又深深地叹了一口气，不过他立刻又浮上了一个感觉，宁波的米贵，是因为确实没有米，海口封锁，不能运入，这是没有办法的事。然而上海呢，则情形不同。说米没有吧，你瞧报上哪一天不登着有大批稻米运沪，二万包、三万包，源源而来。既然米的来源不绝，但为什么仍要一天一天地行情飞涨呢？一日涨十元，那是不算稀奇的一回事。推其原因，当然是"米蛀虫"在作祟。他们有了几百万的家产，似乎还不够他们的富裕，所以只管把所有的米囤积起来，要满足他们贪得无厌的欲望，因此使世上一班贫民阶级都要做马路上的饿殍。唉！其心之残酷，甚于毒蛇猛兽。他们的理智已没有了，丧心病狂的举动简直像拿了手枪在杀贫民，不但是在灭绝自己的同胞，而且是在破碎自己的国家。这种投机操纵的王八，真是杀不可赦，杀而又杀。假使我有手枪的话，一定要予以打击者以打击……毓秀想到这里，恨得咬牙切齿，咯咯有声，他拳儿握得紧紧的，眼睛里几乎要冒出火星来。

经过了这一阵愤愤不平的思忖，毓秀的身子已是踱到了法国公园的门口。他觉得胸口太气闷，非进里面去透一透空气不可。摸出了二毛钱，购了一张票子，慢慢地步进了公园。游人很多，红男绿女，携手偕行，脸上都露着春天里的红晕和笑容。毓秀心里感到奇怪，春天是大家的，为什么春天给予他们的是喜悦和快乐，活活泼泼的都像自由的小鸟，然而春天给予我的却独独是苦闷和郁勃，奇怪，春天难道也有偏心吗？他叹了一声，懒懒地觉得举不起脚步来，就在一棵挺大的树荫下椅子上坐了。对着他面前的是一个花坞，里面植了金黄色的喇叭花，在阳光吮吻之下，是更吐得怪娇艳的，仿佛是个二八女郎，正在向人发出甜笑的模样。毓秀凝眸含響地望着，不免出了一会子神，因为阳光太强烈的缘故，他的目光受不住它的压力，于是又慢慢地垂下头来。

就在他低头的时候，忽然发现自己脚下有一方红白相让的丝帕，这倒出乎意料之外的。毓秀随手拾了起来，一阵风过，还闻到了一股细细的幽香。从这一点猜到，显然那是姑娘的东西。毓秀拿到鼻上嗅了嗅，心里不免荡漾了一下，他的脑海里浮上了一

19

个幻想，这手帕的主人不知是个怎么样的姑娘？很年轻吧，很美丽吧……不见得，也许是个少妇，也许是个徐娘半老的女子……想到这里，自己也笑起来。太无聊了，这也值得去费心思？因为这并不是一只钻戒，或者是一件贵重的物件，只不过是方价值七八角钱的小手帕，失主绝不会受到找寻的影响，我拾到了算为己有，也绝不会有损于道德的，毓秀这样想着。因为这方小丝帕内有股子细香，使他一颗寂寞的心里感到相当的安慰，于是他对于这方手帕，是十分珍爱。不料他刚把手帕插入袋内去，就见那边树丛里走来一个豆蔻年华的姑娘，身穿一件淡红哔叽的旗袍，手挽了一件白哔叽的单大衣，脚下是双半高跟的香槟皮鞋。虽然望过去还不能十分清楚地瞧她脸蛋儿生得如何，但单瞧她脸的轮廓是很秀丽的。

那姑娘急匆匆地正欲走到毓秀的身旁，见椅上已坐了一个年轻的男子，于是她并不走拢来，老远地把她秋波在毓秀坐着的四周望了一会儿，便立刻背过身子，又向前匆匆地走了。毓秀是个很聪敏的人，对于那位姑娘的举动和意态，心里早已明白她是找绢帕而来的，既然失主来找了，那是理应还给人家的，于是站起身子，便鼓足了勇气，向她喊道：

"喂！这位小姐，你不是找手帕来的吗？"

这话听到那姑娘的耳里，很显明自己帕儿被他拾去了，于是又回过身子，见毓秀已站起来，遂也赶上两步，笑盈盈地说道：

"刚才我曾在这儿坐一会儿，落了一方小手帕，原不值什么，因为走不多远，所以来瞧一瞧，你先生可瞧见过了吗？"

"不错，我是拾到的，这一方手帕是不是？"

毓秀听她这样说，遂伸手把袋内帕儿抽出来，向她扬了扬，给她瞧仔细。她见毓秀已插在自己的西服袋内了，忍不住感到有趣，抿嘴嫣然一笑，点头道：

"是的，就是这一方手帕。"

毓秀这就不得不交还了她，那姑娘接在手里，向他弯弯腰，乌圆眸珠一转，秋波在他脸上掠了一下，芳心里有个感觉，倒是个挺俊美的少年。有了这个感觉之后，她自己也不明白为什么，两颊会像玫瑰花样地红起来，遂点头谢道：

"多谢你，你先生贵姓？"

"我姓郑，小姐尊姓？"

毓秀对于她会问自己姓字，这是感到意外的惊喜，觉得这机会不能错过，遂也含笑反问着她。那姑娘眉毛一扬，露齿笑道：

"我姓章，郑先生一个人在闲散，今天大概放假吧？"

毓秀心里想，倒是个挺会交际的姑娘，便笑道：

"现在这个年头儿，瞧戏院、逛舞场，太对不住自己的良心，唯有公园里才是年轻人正当游玩的地方。章小姐大概在什么地方读书？"

毓秀因为瞥见她肋下除了那只白色的皮匣外，还夹着一本书，所以话锋又转到这个头上来。

"我在亚洲女子中学读书，星期日坐在家里太闷，到繁华场上去真如郑先生所说太对不住良心，所以只有到公园来呼吸一些新鲜空气。郑先生在学校里读书，还是在办事了？"

章小姐听他开口就有不平凡之声，知道他是个前进的少年，一颗芳心对他更有个好感的印象，不知怎的，却有些恋恋不忍走

21

开。毓秀听她问自己在读书还是在做事的话，两颊这就微红起来，搓了搓手，支吾了一会儿，方才嗫嚅着道：

"不，我没有……现在空闲着……"

章小姐见他这个模样，心里好生猜疑，不过从他脸红的态度看来，绝不是个浮滑的少年，这就凝眸含睇地盯住了他脸，说道：

"那么你的爸爸在哪儿做事的？"

"我爸爸早已死了。"

毓秀见她这样爱管闲事，不免也向她凝望了一眼。

"那么你妈妈呢？"

章小姐见他的神情有些奇怪，索性问他一个仔细。这回毓秀并不说话，只把头摇了两摇，来代表他的答复。章小姐听他父母双亡，觉得这人有些神秘，遂挨近椅旁坐下来，把手在旁边椅上拍了拍，向毓秀瞟了一眼，说道：

"郑先生，你坐下，那么你家里还有什么人？"

毓秀对于她这样落落大方的举动，倒不禁为之愕然，心里暗想：这姑娘莫非是不正当的女子吗？毓秀既有了这层考虑，不免疑惑了一会儿，但人家已经招呼自己坐下，我岂能听而不闻地装木人吗？反正我是个穷少年，她就是要设计骗我，也只有把我身子骗去了，于是就在她的身旁坐下，可是却距离得很开，依然摇头说道：

"我家里没有什么人了。"

"只有你一个人吗？"

章小姐心里愈加奇怪起来，雪白的牙齿微咬着殷红的嘴唇皮子，呆呆地望着他出神。毓秀点了点头，他的视线接触到椅子上她放着的皮匣上去。只见皮匣的上面那本书封面正向着自己，这就见很显明地印着《万里长风》四个美术字，下首还有"郑毓秀著"四个字，忍不住咦了一声，扑哧地笑起来，暗想：原来那姑娘还是瞧我著作的一个读者哩！章小姐听他突然笑起来，同时两眼又凝望着那本书出神，一颗芳心好生不解，忽然想着他姓郑的，似乎有些理会过来似的，秋波瞟他一眼，嫣然笑道：

"郑先生的大名是……"

毓秀拿起这本《万里长风》，翻了翻，却是含笑不答。章小姐是个绝顶聪敏的姑娘，这就猛可地理会过来了，眉一扬，乌圆的眸珠在长睫毛里滴溜地一转，笑道：

"哦！哦！你……你……莫非就是郑毓秀先生吗？"

"不敢……章小姐的芳名是什么？"

毓秀听她一言道破，这也可见她是多么的聪敏了。只说了一声不敢，又觉得羞人答答的怪难为情，那两颊又红起来。但转念一想，在一个姑娘面前脸红，那是太暴露自己的弱点，于是又竭力镇静了态度，向她低低地问出了这一句话。

"草字毓珠。哟！郑先生，恕我有眼不识，原来你就是我崇拜的一个文学家，久仰！久仰！今天不知是什么好日子才会遇到了你！郑先生，你的文章真好，我是常常拜读的。"

毓珠一听果然是的，她的樱口微启，便清脆十分地絮絮地说出这许多话来。毓秀见她咧开了小嘴儿，这一份得意高兴的神情，心里倒也荡漾了一下，笑道：

"章小姐，你少说几句褒奖的话，我觉得十分不好意思。"

毓珠秋波逗给他一个妩媚的娇笑，说道：

"这我倒并不是捧你，你的作风真好，你瞧我随时随地带着你的著作，这是个事实，你说对不？"

毓秀不好意思回答，只有微微地笑着，忽又问道：

"章小姐芳名的月珠，可是月儿的月吗？"

毓珠很得意地摇了摇头，笑道：

"不，和你的毓字一样，我想这事情很巧，好像是兄妹样的……不！也许是姊弟……"

毓珠有些得意忘形，既说出了口，倒又感觉非常的难为情，两颊添了一圆圈红晕，但她忽又噗地一笑，送给他一个媚眼，下面又这样地改了一句。毓秀想不到今天有这样的艳遇，心里真乐得什么似的，望着她玫瑰花儿似的脸颊，真是愈瞧愈娇媚，愈瞧愈可爱，忍不住也笑道：

"不见得，章小姐的年龄未必会超过我的。"

毓珠抿嘴儿一笑，秋波斜乜了他一眼，说道：

"那么你的青春多少？"

"二十二岁，章小姐呢？"

毓秀低低地说。

"可不是？我二十四岁，比你大两岁。"

毓珠转着乌圆眸珠，咏咏地笑。

"我不相信，你假使有二十四岁，我一定三十岁了。"

毓秀摇了摇头，表示她的话是骗着自己。毓珠听他说得有趣，这就咏咏地笑起来，说道：

"真的，我今年二十岁了，那你可相信吗？"

毓秀见她这样可人的意态，心里真有说不出的爱处，点头笑道：

"二十岁我还相信，不过我当时猜着，你最多不过十八岁罢了。"

毓珠听他这样说，芳心也是又喜又羞，秋波却逗给了他一个妩媚的娇嗔。毓秀笑了，毓珠也笑起来。两人嘴角旁都含了笑意，默默地静了一会儿，心里都在想着今天的巧遇。春风微微地吹在两人的脸颊上，各人都泛现了青春的红晕。毓秀几次要问她身世的话，已经塞到喉咙口来，却始终鼓不起勇气。最后，还是毓珠向他瞟了一眼，问道：

"郑先生的著作共有多少？我曾瞧过你三部，那部《大地的女儿》最有意味了。"

"我原只有出版三部书，想不到章小姐全都瞧了，那你真不愧是我一个知己。"

毓秀这才回眸望着她脸，又低低地笑着说。毓珠听他这样说，似乎感到意外的惊喜，微侧了粉脸，笑容没有平复地说道：

"知己？你真认我是你的知己吗？我在瞧《大地的女儿》的时候，我心里就想：这位郑毓秀先生准是个年轻的、热情的、前进的少年，今日相见之下果然不错。我曾几次想写信给大南书局，因为这本书是他们出版的，可是我却始终没有这个勇气，想不到现在究竟被我遇见了。郑先生，我愿意跟你交一个朋友，不知道你心里可愿意吗？"

毓秀听她这样说，方知她的心里是早有我的一个人了，心里不住地荡漾，笑道：

"章小姐瞧得起我，我心里喜欢都来不及，怎么还会不愿意吗？"

毓秀这话听到毓珠的耳里，满心是充满了甜蜜的滋味，噗地笑道：

"那么你府上在哪儿？难道真的只有一个人住着吗？"

"舍间在南洋桥，天同坊十六号。因为我父母都在我幼年时死的，我是一个寡婶抚养长大的，不料在我高中毕业那年，寡婶也抛我去了，所以我现在确实是只有孤零零的一个人。"

毓秀听她这样问，遂收起了笑容，很正经地告诉着。毓珠颦蹙了眉尖，秋波脉脉含情地凝望着他，似乎对于毓秀身世的凄凉感到无限的同情，低低地说道：

"那么郑先生孤独的生活确实是很苦闷的，平日除了写稿子外，不知还干些什么事？"

"除了写稿外，也没有什么事情干，不是蹀了一会儿马路，就是躺在床上休息着，或者到公园里来坐一会儿，这样的生活，开始倒也有两年了。"

毓秀见她含颦的意态，觉得另有一种楚楚的风韵，遂凝望着她又轻轻地回答。

"这样单调的生活确实太寂寞了，郑先生难道没有朋友吗？"

毓珠听他这样说，心里未免感到有些奇怪。毓秀似乎很感喟地叹了一口气，却又微微地一笑，说道：

"朋友可也不少，但社会上的朋友是酒肉的多，今天我请客，明天你请客，这样交朋友才有味儿，若一本正经只有谈谈的资格，朋友也会渐渐地疏远的。章小姐，你说这话对不？"

"郑先生这话真不错，处身在上海的青年，哪个不是醉生梦死地在过活？像郑先生那样不上跳舞场不到戏院的青年，真也找不出第二个了。单这一点，就令人佩服。"

毓珠频频地点着头，明眸里含了无限的柔情蜜意，向毓秀脉脉地瞟了一眼，显然她内心是非常的感动。毓秀微红了脸笑道：

"章小姐别那样说，没有离开上海的青年，总不是有勇气了的，所以我很惭愧。"

毓珠摇了摇头，纤手掠着被风吹乱的鬓发，说道：

"那也不能一概而说的，各人有各人的环境，要离开上海也不是一件容易的事，我想我们留在上海的青年男女，只要能对得住自己，那也就是了。"

"这话是对极，对极，所以我说章小姐的思想就不平凡。"

毓秀连说了两声对极，忍不住笑了。毓珠当然很得意，扬着眉毛也扑的一声笑起来。一会儿，毓珠凝眸又沉思着道：

"郑先生既不上戏院和舞场，那么对于小说的资料，是什么地方去找来的呢？"

毓秀笑道：

"上海社会的动态，目所睹、耳所闻的，若稍加注意，觉得无一不是小说绝好的资料，所以我认为小说的资料实在是无穷尽的。"

毓珠笑道：

"这话倒也未始不是。我见郑先生著作中描写儿女之情，真是细腻入微，而且令人感动，我想郑先生在情场中定是富于经验的，是不是？"

说着，俏眼瞟着他，忍不住又神秘地笑。毓秀红晕了两颊，却摇了摇头，笑道：

"完全空中楼阁，无非一种理想而已。章小姐别见笑，我确实不知道'情'之一字究竟是什么的东西。"

毓珠听他这样说，噘了噘小嘴儿，啐了一声，笑道：

"你这话谁相信？郑先生要没有女朋友的话，随便什么东道我都请。"

毓秀见她这可人的意态，心里是微微地荡漾，望着她红蔷薇那么的脸，笑道：

"打从今日起，也许我有一个女朋友了……"

毓珠不等他说完，便送给他一个媚眼，但立刻又背过身子。毓秀虽不听她有笑的声音，但单瞧了她两肩一耸一耸的情景，也可想她是笑得那份儿有劲的了。

"章小姐的爸妈想来一定全健在着吧？不知你的府上是在哪儿？"

两人静坐了一会子，毓秀再也忍不住地问出了这两句话来。毓珠这才回过身子，点头说道：

"不错，我家很热闹，爸爸、妈妈、哥哥、嫂嫂，还有一个侄女儿今年三岁了，怪活泼可爱的。舍间是在静安寺路愚园路口，三百十八号，郑先生有空请过来玩玩，我是很欢迎你的。"

毓秀听她说话的口吻，知道这位姑娘定是一位有钱人家的女儿，遂笑道：

"改天我一定来拜望你，章小姐的爸爸是在什么地方办事？不知大号是什么？能告诉我知道吗？"

毓珠道：

"爸爸名叫乃千，他是华洋银行经理，人很慈和，他见了有为的青年，心里是很喜欢的。"

说着，又把俏眼斜乜了他一眼，抿嘴儿嫣然地笑。毓秀觉得她这几句话至少是含有些神秘的作用，这就红着脸，又微微地笑。两人喁喁唧唧地谈着，正是愈谈愈投机，大有相见恨晚之慨。不知不觉竟已日薄西山，暮云四布，两人这才并肩走出法国公园。照毓珠的意思，很想和他到锦江茶室去吃些点心，但因为他是个朴实的青年，生恐他怪自己太浪漫，所以不敢启齿。在公园门口，只好点头含笑，各自分手了。

毓秀一向生活是十分的单调，今日无意中居然结识了一个美丽的姑娘，觉得这也并非偶然的事，心里自然是非常的欢喜，所以在他回家的途上，全身是感到无限的轻松。不料当他一脚踏进天同坊的时候，忽然里面也走出一个少女，手里拿着的一把铜勺子竟被毓秀一脚踢落地下去了。

第三回

闲磕牙促膝话同情

毓秀心内因为很兴奋的缘故，所以走得特别快速一些，不料因此就把人家姑娘手中拎着的铜勺子踢到地下去。那姑娘在冷不防之间，心里当然大吃了一惊，蹙起了眉尖，正欲娇嗔地发作几句，谁知凝眸望见的却是毓秀，也许为了是彼此时常见面的邻居，不好意思责怪人家，所以她一脸的嗔意又平静下来。毓秀在踢下人家的铜勺子后，心里也是非常的惊慌，他也不瞧那姑娘是谁，先俯身把铜勺子拾起，当他交还那姑娘的时候，两人的脸这就瞧个正着，毓秀暗想：竟是认识的，不过却从来没有招呼过。遂忙含了满面的笑容，很抱歉地说道：

"对不起，可曾累痛了没有？你在泡水吗？"

那姑娘一面接过，一面含笑点头，说道：

"没关系，郑先生才从外面回来吗？"

说着，俏眼又瞟了他一眼。毓秀听她喊出自己的姓字来，心里奇怪得不免向她愣住了一会子。就在这愣住之间，顺便把她打量起来。她身穿一件湖色士林布的单旗袍，袖子很短，那露着的胳臂好像嫩藕似的白胖，头发是乌黑的，却没有烫过，脸像剥出鸡蛋似的，绝对没有一些斑点的，眉毛并不过分的细，但弯弯的很长，覆着下面两只滴溜乌圆的眸珠，显出十分聪明的样子。今天为了略加修饰之后，比往常瞧见的确实要美丽许多。毓秀忽然想着自己是个年轻的男子，不该向一个姑娘这样呆瞧，于是他立刻又笑道：

"我才回来……"

说到这里，以下似乎还想说句什么，但他终觉不好意思，一点头，就匆匆地走了。毓秀回到家里，一脚跨进房内，那前楼打牌的声音就很响亮地触送到耳鼓里，心里很讨厌地想：还没有完毕吗？脱了上褂，走到桌旁坐下，静静地沉思了一会儿，脑海里不免又想起公园里艳遇的一幕，心里真有说不出的甜蜜，觉得那位章小姐确实是崇拜我的一个姑娘，初次见面，就对我这样热诚，可见她一颗芳心真已把我当作知音看待了。不过章小姐是个贵族小姐，听她说的家里住址，也许是个住宅房子。这就想到自己那个斗形的家，未免觉得有些寒酸，但愿她不要来望我才好，不然，这叫人是太感到不好意思了。一个贫寒的青年，要和一个贵族的少女交朋友，已属不相称，那何况较朋友更进一步的阶段，这简直在梦想。毓秀心里仿佛受了一重打击，全身泼了一盆冷水，火样热的希望也就立成泡影的了。毓秀感到自己和章小姐的阶级相差太远，因而又想起刚才弄口遇见的那个不知姓名的姑娘，倒是个小家碧玉的身份，论她的容貌，可说是不下于章小姐，论她的年龄，也许比章小姐更轻些，这样情窦初开的姑娘，确实是最令人感到可爱的。想起来真也奇怪，她怎么能够知道我姓郑呢？刚才她会笑盈盈地向我叫郑先生，可见她对我也是表示好感的。哦！哦！毓秀以手加额地拍了两下，忽然哦哦想起来。因为她有时候也到这亭子间阿姨那里来玩，也许是阿姨告诉她的吗？不过人家无缘无故的怎么会告诉我的姓字？除非她在问了。因为我有一天回家，经过亭子间的时候，瞧见她也在里面坐着，但她为什么要注意我，难道她和章小姐一样要和我交个朋友吗？想到这里，在万分孤独寂寞之余，他倒忍不住又得意地笑起来，想不到我这么一个贫穷的少年，居然也会有美丽的姑娘来和我表示好感，这我不是太幸福了吗？毓秀这样想着，心里感到无限的兴奋。

就在这个时候，一阵走路的声音在房门口经过，毓秀连忙回头去望，只见一个人影子闪过，已走到前楼房中去了，接着前楼便有清脆动听的话声在说道：

"阿姨，你今天风头好不好？红码子这许多，想来是大赢的了。"

这是阿姨的口吻，毓秀是听清楚的。

"桑小姐，可不是？我今天的牌风好极了，坐下来就是一副清三翻，三轮独赢，你看可了得吗？"

大概又是桑小姐轻微的笑声了，说道：

"阿姨赢了这许多钱，我们可要吃东道的。"

听阿姨回答的话是很得意，笑道：

"这个当然，桑小姐，你等着，晚上我请你瞧影戏去。"

"那么我们输了钱，阿姨也带着请请我吧！"

这是前楼嫂嫂的话声，接着便是众人的嘻嘻哈哈地笑，充满在这暮色的空气中。毓秀昂着脸只管向前楼板壁出神，心中暗想：这个桑小姐到底是怎样的人呢？听她说话的声音是怪清脆可爱的，不知她的脸蛋儿也和她的话声同样的可爱吗？想到这里，忽然又自骂道：

"愈想愈无聊了，吹皱一池春水，干卿底事？那不是笑话吗？"

这样说着，又觉得暗自好笑。就在这时候，忽然砰的一声，响自房门口。毓秀回头去望，原来是个正在学步的孩子，摸索到自己房门口的时候，竟跌了一跤。毓秀见他哇哇地大哭起来，遂慌忙赶了过去，把他抱起，笑着哄道：

"别哭，别哭，跌痛了没有？"

"小玉，你怎的一个人摸索呢？"

这时候，前楼里匆匆奔出一个姑娘来，见毓秀抱着小玉，给他抚摸膝踝，遂也蹲下了身子，还笑怪着小玉。毓秀见那姑娘可不是别人，正是刚才弄口遇见的这个小家碧玉，心里这就暗想：阿姨喊的桑小姐，大概也就是她了，遂望着她微微地笑道：

"才学步的孩子就最喜欢摸索着走，还好，顺势地翻倒了，没有跌得厉害，是你的弟弟吗？"

桑小姐听他这样问，便微红了两颊，摇头笑道：

"不是，她是我的侄女儿。"

说着，已把小玉抱着站起来。毓秀也跟着站起身子，瞟她一眼，笑道：

"侄女儿？是你哥哥的孩子吗？"

桑小姐点了点头，抱着小玉闻个香，手拍着她的背部，只管连喊小玉别吓。毓秀见她并不走开，遂又含笑问道：

"你们也住在弄中吗？"

"嗯，我们住的十八号。"

桑小姐绕过媚意的俏眼，在他脸上逗了那么一瞥。

"这样说来，我们只隔一幢房子，你瞧我这人可糊涂？你喊得出我的姓，我却不知小姐姓什么，请里面坐会儿怎样？"

毓秀微弯了腰，把手摆了摆，又很随便地问着。桑小姐虽然觉得一个女孩儿家要走到一个年轻的男子房中来坐，这似乎太不好意思了一些，不过人家既然招呼了，假使拒绝了，这叫他未免有些难为情。况且自己的心里也很奇怪，对于这位郑先生却表示非常的好感，我怎能舍得错过这一个机会呢？桑小姐既然这样想着，她便仗了小玉的胆量，笑盈盈地就把脚跨进房中来。毓秀见她居然不避嫌疑地进来了，心里当然很喜悦，遂请她在桌旁坐下，自己拿了两只玻璃杯，把热水瓶拿过，欲倒了两杯。说也可怜，热水瓶里的茶倒出了一杯后，第二杯可再也倒不出来了。毓秀的脸不免红了一红，只好把一杯倒满的送了过去，笑道：

"请喝杯茶，小姐可不是姓桑的吗？"

"是的，郑先生，你别客气，不是惊吵了你？"

桑小姐略欠了身子，一面点头，一面又把秋波盈盈的俏眼逗给了他一个妩媚的甜笑。毓秀在她笑的时候，发现了她颊上还有一个倾人的酒窝儿，这酒窝儿实在是美丽到了极点。毓秀心里不免荡漾了一下，便忙也笑道：

"桑小姐，喝杯白开水，也说得上'惊吵'两字吗？那你自己倒真的太客气了。"

桑小姐微微地一笑，没有回答什么，她把明眸只管打量房内的一切，显然她是借此来避免自己的难为情。两人默默地坐了一会儿，毓秀觉得这样泥塑木雕的大家都不开口，这也太没有意思。自己是主人，当然应该以主人的态度来招待客人，那才合于情理，于是他咳了一声，便又低低地问道：

　　"桑小姐，你这个侄女儿几岁了？叫什么名儿？不知会喊人了吗？"

　　"名义是喊三岁，其实还只有周岁零五个月，她叫小玉，只会喊一声爸爸、妈妈，别的都不会哩！"

　　桑小姐这才回眸过来，悄声儿回答。她亲着小玉又吻了一下脸颊，表示避免羞涩的一种手势。

　　"那么其实两周岁还没到，个子也不小了。说也有趣，我在这儿倒也住了相近一年了，照理我们邻居是早该熟悉了，可是我连门内几家邻居也不十分走动的。"

　　毓秀搓了搓手，又微微地笑着。

　　"也许郑先生的著作很忙吧？"

　　桑小姐把小玉坐到自己的膝上来，回眸又瞟了他一眼。这句话听到毓秀的耳中是感到相当的惊异，望着她白嫩而带红晕的娇靥，笑道：

　　"桑小姐怎么知道我是写小说的？"

　　"哎！我每次来亭子间里玩，总见你埋头写字，我问阿姨，阿姨告诉我说你姓郑的，一天到晚不十分出外，听说是作书的。我知道了你的姓字，就到书店里去买姓郑作的小说。后来买到一本《大地的女儿》，真作得好，我想郑毓秀大概就是你的笔名吧?"

桑小姐听他这样问,眉飞色舞地表示很得意,但说到末了,总觉得有些羞涩,两颊微微地又添上了一圆圈的红晕。毓秀再也想不到这位桑小姐也是一个拥护我著作的读者,不免乐得笑出声来,说道:

"桑小姐,既然你明白我是写小说的,你怎么不问我来借呢?《大地的女儿》我在家里倒还有好多本。"

"虽然我原有这个意思,不过从来没有招呼过,那似乎有些太冒昧了一些。"

桑小姐俏眼瞟了他一下,也很羞涩地回答。

"那也没有关系,桑小姐,我很奇怪,姓郑的人可多着,你瞧了郑毓秀何以就知道是我的名儿呢?"

毓秀觉得桑小姐这样武断地就认我是郑毓秀,心里又感到稀奇。

"在当初我原也不敢这样的肯定,那天我来亭子间玩,见桌上有封信,写着郑毓秀先生收,阿姨说后楼的出去了,邮差分到我家里,回头交给他。你想,我这还有个不明白吗?"

桑小姐转着乌圆眸珠,又絮絮地说出一个原因来。毓秀哦哦响了两声,觉得桑小姐对于我竟有密切的注意,其所以注意我的因素,那不用说,自然是为了爱我。心里真有说不出的喜欢,望着她掀起的笑窝儿,笑道:

"桑小姐很爱看小说,我家里还有一部《万里长风》,就送给你瞧好吗?"

说到这里,拉开抽屉,已取了出来。

"送给我太不好意思，我想问郑先生买了吧。"

桑小姐虽然是满心欢喜，但嘴里却又不得不这样推让着。毓秀摇头说道：

"桑小姐说这话，那就不成邻居了。这书原也是书店里送给我的，你若买了去，那我还赚钱吗？"

桑小姐略俯过身子，伸手把书接了去，笑道：

"那么我不客气，多谢你了。"

说时，把视线接触到书本上去，翻了几翻，抬头一撩眼皮，又含笑问道：

"郑先生一共著了几部书？"

"还只有三部，桑小姐对于《大地的女儿》不知有什么批评吗？"

毓秀手摸着桌沿，又向她悄声儿问着。桑小姐露齿一笑，摇头说道：

"郑先生这部《大地的女儿》，我只有赞叹的份儿，哪里还有什么批评吗？再说我只不过稍识了几个字，我还很想请郑先生随时指教指教我哩！"

"指教不敢当，桑小姐假使有兴趣的话，倒愿意你常来研究研究。"

毓秀当然不好意思接受"指教"两个字，遂又客气地回答。桑小姐这就感到意外的惊喜，扬着眉，笑道：

"郑先生愿意我常来吗？那么你不怕我打断你写作的工夫？"

"我也不一天写到晚，终有个休息时间的。"

毓秀见她这样高兴的样子，心里又荡漾了一下。虽然没有说出叫她只管来玩，可是在这两句话中，确实已有了这种意思了。桑小姐频频点了一下头，柔和的目光在他脸上掠了一瞥，轻轻地道：

"我以为写作一定要有规定的时间，不能工作太久，因为久坐对于肺部是有害的，所以我劝郑先生倒应该多休息才是。"

"可不是？所以我愿意桑小姐常来谈谈，假使没有人和我聊天，一个人在房中不写作，又有什么事情好干呢？"

毓秀对于她这一份儿关心的情意，心里当然表示无限的感激。桑小姐听他这样说，一颗芳心好像涂上了一层糖那样甜蜜，抿嘴儿笑道：

"郑先生不讨厌，我自然喜欢常来讨教的，但郑先生难道不到外面去玩玩？"

"这个年头儿还有什么可以玩？玩就是花钱的代名词，际此米珠薪桂，民不聊生，像我们贫民阶级的人们，哪儿还来闲钱去花费呢？桑小姐，你可别见笑，穷人就常常发这一套牢骚的。"

毓秀听她这样问，忍不住长长叹了一口气，但又恐人家引起恶感，所以先来补充一句。桑小姐对于他这两句话是表示无限的同情，也轻微地叹了一声，说道：

"可不是吗？米要卖到一百五十元一担，这是破天荒的奇闻，除了资产阶级外，哪一家不是喝粥汤？其实喝得着粥汤已经是幸福了。唉！'米蛀虫'真是可杀不可赦的呢！"

桑小姐的粉脸是加上了一层浓霜，显然她内心也有无限的愤激之意。

"我想这样下去，世界的末日是快要降临了，终有那么一天，让贫富阶级都同归于尽的。"

毓秀把拳轻轻地一击，他很肯定地说出这两句话。忽然，他又笑起来，说道：

"桑小姐，你觉得我这人可有些神经病吗？"

桑小姐见他忽又这么说，倒怔住了一会子，说道：

"为什么？我觉得有钱的人都在丧心病狂地发神经哩！"

毓秀觉得桑小姐也绝非普通的姑娘可比，心里很感到她的可爱，点头笑道：

"你这话不错，他们的居心、他们的行动，都是丧心病狂的，根本是全无心肝的畜类一样，不过很奇怪，报上也常常发现'米蛀虫'被狙身死的事，可是他们却并不害怕，依然我行我素，这真所谓是要钱不要命的了。其实这种利令智昏的奸商，也是值得人家可怜的。"

"可怜？郑先生心肠未免软些，这种奸商简直死有余辜，还谈得到什么'可怜'两字呢？"

叠小姐冷笑了一声，她的神情比毓秀更愤激得多。毓秀觉得桑小姐很不平凡，心里更印上了一个影像，望着她鼓起的小腮子，忍不住又笑道：

"桑小姐从前在哪儿毕业的？"

"我没有读过书……"

桑小姐听他把话锋又转变了，两颊微微一红，却羞涩地摇了摇头。毓秀笑道：

"你没读过书，这是你骗人，我怎么相信？"

"虽然读过几年，但小学毕业，也还不等于没读过书一样吗?"

桑小姐支吾了一会儿,转了转乌圆的眸珠,忍不住羞涩地笑。毓秀道:

"中学、大学都听个名义,其实小学毕业的也许更强,我觉得桑小姐的思想就不错。"

桑小姐摇了摇头,掀着酒窝儿,噗地笑道:

"你说这些话,就叫我感到难为情……"

说着,又垂下粉脸来,望着小玉拿了这本《万里长风》的小说,却衔到小嘴儿去咬着。桑小姐连忙拿下了,笑道:

"你这孩子,怎么咬书吃了?"

小玉被她夺下了书本,便吵着不安静起来。毓秀忽然想着抽斗里尚有一只糖屑饼,原是昨夜自己吃剩的,遂拿出来递过去,笑道:

"还有一只饼,小玉吃吧。"

"哟,那真不好意思……"

桑小姐秋波脉脉地逗给他一个媚眼,红晕了两颊,哧地笑了。毓秀不说什么,望着小玉咬饼的神情,也是微微地笑。室中是很静悄,前楼打牌的声音还是很清晰地播送着。毓秀忽然想到了什么,又低低地问道:

"桑小姐爸爸在哪儿办事的?"

"我爸爸是没有了,唉!假使爸爸在着的话,终不会到现在这样的境地。"

桑小姐回眸过来瞟他一眼,大有不胜今昔之感的样子。

"那么你是跟哥哥过活的,不知你府上还有弟弟、妹妹吗?"

毓秀听她这样说，很想多知道一些关于她的身世。桑小姐道：

　　"我妈妈还在着，她单养我和哥哥两个孩子，哥哥讨个嫂嫂，也生两个孩子，大的叫鸣申，是个儿子，今年也有七岁了，小的就是她……"

　　说到这里，又指了指怀中的小玉。

　　"现在一家生活全是你哥哥一个人维持着？在什么地方办事？真也亏他的。"

　　毓秀点了点头，表示维持一家六口的生活，在这个时代真有些不容易。

　　"哥哥在大陆纱厂做账房，唉！不艰苦地维持着，又有什么办法？"

　　桑小姐想着哥哥老是愁眉苦脸的样子，她心里感到悲哀。

　　"你哥哥有多少年纪了？他住在家里还是厂里的?"

　　毓秀想着她侄儿已有七岁了，忍不住又低声地问。桑小姐道：

　　"我哥哥二十六岁了，他是住在厂里的，平日不常回来，工作是非常的辛苦，可是还养不活家。你想，这个时代真是穷人末日世界呢！"

　　"你哥哥二十六岁，那么桑小姐你……"

　　毓秀很感到奇怪地问。桑小姐羞红了脸，微笑道：

　　"我十八岁，在我和哥哥之间原还有两个，都不幸早夭了。"

　　毓秀听了，暗想：果然比章小姐还年轻，遂点头笑道：

　　"桑小姐恕我冒昧，你的芳名是……"

41

说到这里，心里别别一跳，两颊未免有些发热。桑小姐却毫不介意地说道：

　　"我是叫秋露，郑先生在上海就只有一个人吗？"

　　秋露趁这机会也还问了他一句，同时两颊也添了一朵红玫瑰色彩的红晕。

　　"我的身世比桑小姐更凄凉一些，自幼没有爸妈，自寡婶抚养成人，结果，连我唯一的寡婶都死了，你想，我真像是只孤雁呢！"

　　毓秀深深叹口气，觉得前途有些灰暗的颜色。秋露一撩眼皮，明眸里含了无限同情的目光，向他脉脉地凝望着，说道：

　　"郑先生的身世真也够可怜了，叫人感到同情，不过我心里想，一个年轻人是需要艰苦的环境来磨炼，那才有光明的前途。你瞧苏联的高尔基、美国的爱迪生，哪个不是从恶劣境地中成功的？只要心不灰，气不馁，埋头苦干，将来一定有好日子过。你说这话是不是？"

　　毓秀对于秋露这几句话真是愈听愈爱听，差不多每一句话全都嵌入他的心眼儿里去，点头不已地说道：

　　"桑小姐这几句话对极对极，确实可以做我们青年的座右铭，只要有坚忍的心，没有事情是不成功的。"

　　秋露听他这样赞美自己，心里这一喜欢，那颊上的笑窝儿便没有平复的时候了，瞟他一眼，却又垂下粉脸来。一会儿，又笑道：

　　"郑先生现在吃饭怎么样呢？"

　　毓秀红了红脸，笑道：

"没有办法，自己烧，好在火油炉子倒也便当，还不十分麻烦，唉！"

说到后面，心里有所感触，忍不住地又叹了一声。

"那么换下来的衣衫呢？"

毓秀听她又这样问了，脸更红了一些，但也只好厚了脸，老实地告诉道：

"短衫裤外面拿出去洗，至于手帕、袜子等小件东西，自然也只有自己动手了。"

秋露觉得一个男人家连煮饭、洗衣服都要自己动手，这究竟太可怜一些了，一颗芳心很替毓秀难受，秋波脉脉含情地凝望着他俊美的脸蛋儿，一时有些情不自禁地说道：

"郑先生，你既要写作，又要做这些女人家的事情，那实在是太辛苦一些了。我想你以后把所有衣服都让我给你洗吧……"

毓秀做梦也想不到秋露会说出这几句话来，心里也许是感动得太厉害了的缘故，望着她的脸竟是怔怔地愣住了。秋露所以会说这些话，也是被情感过度地冲动，使她有些忘其所以然的，在她向毓秀说这几句话，她自己是一些也不觉得。如今被毓秀这么一呆瞧，她猛可地理会过来，心里这一难为情，连耳根子也都红起来，身子坐在椅上，仿佛下面垫着千万枚的针一样的难受。毓秀见她突然又显出极度不安的意态，当然明白她是为了自己出神的缘故，不过对于桑小姐这一份儿甜蜜的情意，叫自己还有拿什么话来回答好呢？两人正在这样局促的情形之下，忽听扶梯口有孩子的口吻在喊道：

"姑姑，姑姑，母亲喊你吃饭去了。"

43

这分明是侄儿鸣申的口吻，秋露当然听得很清晰。这就站起身子，抱了小玉，一面拿了《万里长风》小说，很快地说道：

"郑先生，多谢你，书我拿去了……"

她话还没有说完，脸红红的，连望毓秀一眼的勇气都没有，急匆匆地跨出房外去了。

第四回

如夫若妇如讥若嘲

秋露很快地跨出后楼，见鸣申还在亭子间的门口，遂叫道：

"鸣申，你别上来了，我们一同回去吧。"

鸣申见姑姑下来，于是便也回转身子，两人一同步下楼去了。秋露的家是以客堂做卧室的，这都是上海二房东的异想天开，不要说客堂，连晒台、灶披间都出租给人家做房间，一幢房子里住十多份人家，那是不算一回稀奇的事。二房东有了一幢两幢的房子，这比养了三个四个的儿子还要好，真可说是吃不完用不完的了，所以做二房东的儿子，大都不争气，事情不肯做，只晓得吃喝嫖赌白相相。其实我说倒也怪不了他们，因为做二房东的父母，既然把房子当作儿子样的叫它赚大钱，这叫做二房东的儿子怎么肯再替父母出一些力呢？

客堂里上下首铺了两张床，上首是秋露的嫂嫂小云和两个孩子睡的，下首是秋露和母亲睡的。秋露抱着小玉和鸣申回到家里，只见小云已把粥碗盛出，向秋露伸手道：

"来，小玉我抱了，秋姑在哪儿玩？"

因为是心虚的缘故，秋露两颊会微微地红起来，笑道：

"在隔壁阿姨家里瞧他们打牌，今天阿姨牌风真好，赢了许多钱哩！"

秋露为了要避免自己心虚起见，故意絮絮地说了这些话。桑老太是坐在椅上做活计，她把老花镜脱下了，瞥见秋露手里拿了一本书，便瞅她一眼，急道：

"秋儿怎么又在买书瞧吗？唉！你这姑娘也太不知辛苦艰难了，前儿买了一本，我也阻过你，怎的你又买了？要知道，书是当不来饭吃的，这个年头儿，喝粥已困难了，还有闲钱去买书瞧？"

秋露前次买了一本《大地的女儿》，是曾经被母亲骂过一顿的，她也觉得像自己那样环境，是没有瞧书的资格，然而所以买《大地的女儿》，完全是含有别的作用，不过这作用羞人答答的，怎好意思和母亲告诉？说也可怜，前次秋露躺在被窝儿里是曾经暗暗地泣了一夜的。今天听母亲误会自己又是买来的，一时也跳脚急道：

"妈妈，你不要瞎埋怨人了，这本书是阿姨地方借来的，你又不曾给我钱，我哪儿来这许多钱去买书？"

桑老太向书本望了一眼，很不高兴地说道：

"书还全新的呢，你骗谁？"

"上次我买来原承认的，今天这一本真的借来，你不信，我瞧完了要还给人家的。"

秋露说着，把书本塞到自己睡的枕儿上去。晚饭的菜，一碗是黄豆芽，一碗是青菜，单这两样菜，要吃四五个人，当然一碗粥未吃完，菜就没有了。桑老太很感伤地叹了一声，她把自己羹匙上放着的还有一些黄豆芽放到鸣申碗里去，说道：

"粥要喝得快些的。"

小云见了，忙说道：

"小孩子吃淡粥要什么紧？鸣申，你还给祖母自己吃。"

桑老太眼皮有些红晕，说道：

"黄豆芽不是什么好菜，让孩子吃吧。唉！过去的我们也并非没有度过好日子。"

秋露心里有些辛酸，匆匆地喝了一碗粥，便放下了筷子。小云望她一眼，低低地说道：

"锅子里还有些呢，秋姑再去盛半碗吧。"

秋露摇了摇头，说道：

"我饱了，嫂嫂自己去添好了。"

说着，身子已离开了桌旁。室中是静悄悄的，在那盏五支光的电灯笼映下，觉得四周一切都显得死过去了那样凄凉。夜里，秋露躺在被窝儿里，把《万里长风》展开来瞧，瞧得非常有趣味，觉得瞧了郑先生的小说，会把自己一切的烦恼全都抛到东海大洋去了。但是为了怕二房东啰唆起见，桑老太是不得不很早地把电灯关了。秋露正瞧得紧要关头，突然眼前呈现了漆黑，自然很不快乐，央求道：

"母亲，你把灯再开一会儿吧。"

"睡吧，这里二房东并不时常地要加租，良心总算还好，我们自己要识趣，电灯早些关，也给他一个好印象。"

桑老太是胆小的，其实她是怕这班有财有势的二房东。"唉！

三房客真不是人做的!"秋露深深地叹了一口气,把书合上,也只好沉沉地熟睡去了。

第二天下午吃过饭,其实是吃过粥,秋露很想到隔壁去望望毓秀,因为昨天俩人的谈话确实还没有告一个段落。他听了我的话,便呆若木鸡地愕住了,这究竟是什么意思?不过照我猜测起来,他一定感到意外的惊喜。一个年轻的姑娘,如何肯向一个年轻的男子说这些体贴的话呢?唉!我怎么连羞涩都忘记了?真也痴得可怜呢!秋露这样暗自细想,一颗芳心便像吊水桶那样扑通扑通跳起来,全身一阵热燥,两颊会热辣辣地红起来。正在这时候,小云抱着小玉叫道:

"秋姑,你想什么心事?小玉要你抱哩!"

"小玉,来吧,姑姑抱你外面玩去。"

秋露这才抬起粉颊,伸了两手,已是站起了身子。桑老太睁大了眼睛,从那副老花镜的玻璃片内望出来,说道:

"小玉这孩子现在给秋儿抱坏了,家里不肯住,一天到晚只想在外面逛。"

"又是我的不好,我不高兴抱了,我情愿在家里做事的。"

秋露听母亲这样说,鼓起了红红的小腮子,背转身子,故作生气的样子。小玉扑着小手,笑嘻嘻地已经要投到秋露怀里来,今见秋露别过身子去,便要哭起来。小云笑道:

"得了吧,别搭什么架子了,秋姑,你就抱她到外面玩去吧。"

秋露这才嫣然一笑,回身把小玉抱来,吻了她一下小脸,笑道:

"别哭，别哭，你不要怨姑姑不抱你，全是祖母不好呢！"

"这妮子越说越不像话了，你还教小玉来怨我吗？"

桑老太听秋露这样说，忍不住噗地笑了。小云、秋露便也哧哧笑起来，寂寞的空气中这才荡漾一些春天的气息。秋露抱着小玉，她是熬不住不到十六号门口里进去的。假使一直就到后楼去，这到底太感到难为情一些，所以她先进亭子间里去坐坐，不料阿姨齐巧没有在家，因此使她不得不跨进了后楼的房门。

"桑小姐，请坐请坐！"

毓秀站在桌旁，两只手伸在面盆里，正在来回地搓洗着袜子，忽见秋露进来，不免使他窘得两颊有些发红，但也不得不竭力镇静了态度，向她含笑招待着。秋露见他在洗袜子，便嫣然笑道：

"郑先生，你这部《万里长风》昨夜我瞧了几章，真怪有趣的。"

秋露所以先这样搭讪着，原了为了避免他的难为情。毓秀这就也毫不介意地笑道：

"真的吗？这部书我还嫌它情节不好呢……"

说到这里，望了她一眼，又笑道：

"桑小姐，恕我不招待，你喝茶吗？"

"别客气，郑先生，假使你真心愿意跟我做个朋友的话，我想还是随便一些的好。"

秋露抱着小玉，已挨近到他的身旁，秋波脉脉含情地逗给他一个妩媚的甜笑。毓秀见她今天的头发梳得更光亮一些，两颊上似乎还涂了一圆圈胭脂，容光焕发，娇艳得好像一朵出水的芙蓉。听她这样说，心里自然非常喜悦，瞅住了她的粉颊，却是憨笑了一会儿。秋露见他不回答，也不说话，只管目不转睛地盯住了自己，一颗芳心真有无限的羞涩和喜悦，这就白了他一眼，是一个倾人的娇嗔吧，嫣然笑道：

"郑先生，你不认识我？"

毓秀因为房内没有什么人，胆子大了一些，笑道：

"我觉得桑小姐比昨天更年轻了一些。"

秋露不等他说完，啐了他一口，两颊愈加红晕起来。毓秀见她垂了粉颊，似乎有些嗔意，一时深悔不该放肆，意欲向她赔个不是，但又说不出口，因此出了一会子神。其实秋露的芳心中除了羞涩的成分外，是没有半丝的怒意，她听毓秀好一会儿没有动静，遂绕过媚意的俏眼，向他偷瞟了一眼。不料毓秀那种木然的情态映入秋露的眼帘，倒又不禁为之嫣然笑了，说道：

"郑先生，我瞧你干这些事儿似乎很生硬，要不我给你洗去了。"

毓秀听她这样说，方才落了一块大石，忙摇头笑道：

"那我怎么敢？"

秋露听了，这回却真的生气了，她噘着小嘴儿，哼了一声，说道：

"我原说自己够不上和郑先生做朋友呢！"

"那是什么话？我……"

毓秀见秋露这样哀怨的神情，他心里真的奇怪得呆起来。秋露却又噗地一笑，秋波斜乜了他一眼，说道：

"那么我给你洗吧，你暂时给我抱一抱小玉。其实小玉不用

50

抱，你和她坐在床上逗她玩一会儿好了。"

秋露说着，把小玉的身子已放到床上去了。她又走到毓秀身旁，把他推开了，笑道：

"你擦干了手，给我去照顾小玉，别让她掉落地下来。"

毓秀对于秋露这种举动，那是出乎意料之外的，暗想：我怎好意思要一个年轻的姑娘给我洗袜子？那她算是我的什么人？但人家既然这份儿热心，我还有拒绝的情理吗？而且瞧她这情景，也绝对不准我有不给她洗的可能。想到这里，望着她忍不住又笑起来，遂也不再和她客气，把手擦干，走到床边和小玉去逗着玩了，表面上虽然和小玉玩着，心里兀是暗暗地细想：桑小姐要代我洗衣服，这意思在昨天就有的了，她对我这样好，当然她是非常爱我的表示。假使我能娶这么一个美丽的姑娘做妻子，这也真是我前生修来的福气了。

"郑先生，你还有什么衣服吗？索性我给你全洗了。"

毓秀正在满心甜蜜、荡漾不止的当儿，忽听秋露又向自己笑盈盈地问。虽然脏衣服原有着，但人家到底不是我的什么人，我怎好意思叫一个姑娘洗衣服？遂摇摇头，笑道：

"桑小姐，没有什么了，多谢你吧！"

秋露似乎不相信般地把明眸向室内四周打量了遍，果然给她发现那边衣钩上挂着一件衬衫，这就走过去把它取下了，笑道：

"这件衬衫脏得这个样儿，难道还可以穿上身去吗？"

毓秀心里感动得了不得，把小玉抱着也走到桌边来，见秋露搓洗衣服的手势是很灵巧的，望着她玫瑰花儿般的娇容，心里不免爱极欲狂，很柔和地说道：

"桑小姐，承蒙你和我一见如故，这一份儿情意对待我，真叫我感到心头，我觉得不知应该怎样才可以报答你的深情呢！"

秋露微抬粉脸，明眸脉脉地回望了他一眼，说道：

"郑先生，我们别说那些话，你孤独的身世我是同情的，那么我可怜的环境你当然也同情的，所以我们只要能够彼此实心眼儿相待，也就是了。"

秋露说到这里，又觉万分的羞涩，把两颊涨得绯红的，她忍不住垂下了头。毓秀是感动得太厉害了，他情不自禁地伸过手去，把秋露那只正在洗衣服的纤手紧紧地握住了，恳切地叫道：

"桑小姐，你这话不错，同是天涯沦落人，相逢何必曾相识？我们的身世是一样的可怜，我们的境遇是一样的恶劣，但我们需站在一条战线上共同奋斗，我相信，只要我们不受环境的支配，将来我们一定有光明灿烂的前途。桑小姐，你说对不？"

秋露听了他这几句话，一颗芳心是得到无上的安慰，秋波又喜又羞地凝望着毓秀的脸，频频地点了一下头，那颊上的笑窝儿更掀起妩媚得动人。两人紧紧地握了一会儿，毓秀的感觉是柔若无骨的，因为她手上沾有肥皂沫的缘故，更觉滑如凝脂一般的。毓秀真有些爱不忍释的样子。良久，秋露低低地说道：

"郑先生，我快洗好了，你可以写作了。"

毓秀听她这样说，知道她是叫我不要把她手老握着的意思，这就红了脸，微微地一笑，把手缩了回来。秋露见他这样怕羞的神气，瞟他一眼，也哧哧地笑了。秋露搓洗好了衬衫，欲到楼下去给他用清水漂过了。毓秀觉得这事情要引起人家的误会，遂阻止她说道：

"桑小姐，已经辛苦了你，回头我自己去洗吧。"

秋露初以为他客气，后来眸珠一转，这就理会过来了，于是便点头答应，含笑把手擦干了，向毓秀抱过了小玉，说道：

"郑先生，很累吧？"

毓秀瞅她一眼，笑道：

"桑小姐说这话叫我回答不出什么好，那么你给我洗衣服，你倒不累吗？"

说着，便倒了一杯白开水，亲自拿到秋露的手里去。秋露掀着笑窝儿，忙着接过了，说道：

"你又客气了，郑先生现在开始写的是一部什么名儿的小说？"

"还没有定，我正想结构一部情节好一些的，可是找题材很不容易。"

毓秀也在她隔桌子的椅上坐下了。秋露笑道：

"我想每一部著作，当然有它的背景，假使完全空中楼阁，那也写不好的。"

"不过以我的著作说，是完全没有背景的，书中情节，无非作者一种理想而已。因为我在社会上所瞧到的一切，总觉小说里的情节，与事实的确相差太远，不过写得好，所以看起来仿佛是实情实理了。"

毓秀很感喟地说。秋露听原著人都这么说，心里未免好笑，不过他所以这样说，也许是另有作用，遂摇头说道：

"这也不能一概抹杀的，我瞧了你的《大地的女儿》，觉得其中的情景，完全是个现代社会的缩影。我想郑先生今后开始可以写一部现实的作品，比方拿我们认识的经过而说，也是一个绝好的资料……"

说到这里，又感到有些难为情，两颊添上了一朵美的红霞。毓秀笑道：

"不错，我想将来终有那么一个机会写的。"

秋露秋波斜乜了他一眼，嫣然地一笑，说道：

"但是我希望你不要写得像《大地的女儿》那样悲惨的结果。"

毓秀对于她这一句话倒不禁为之愕然，暗想：既然你叫我写现实，我当然不能改变，但我俩友情的结果，是悲惨，抑是美满，在事先又怎么能够料得到？但她所以这样叮嘱一句，也可见她用意的深刻了。这就笑道：

"当然，我也希望能够写得美满一些。"

秋露回味他这一句话的意思，觉得他还有这一层万一事实是悲惨，当然不能强把它写成美满的意思，她满心充了悲思，忍不住深深地叹了一口气。毓秀见她粉脸突然笼上了一层愁容，心里好生奇怪，便悄悄地问道：

"桑小姐，怎么你叹气了？"

"没有什么，我觉得奇怪，心头只感到有股子郁勃塞上来。"

秋露眼眶子里有些晶莹莹的，嘴角旁尚透露一丝淡淡的微笑。毓秀觉得她的可怜，心头也有些黯然，虽然很想明显地说一句我爱你的话，然而这又怎么说得出口？因此两人呆坐椅上，却是默默地出了一会子神。最后，毓秀方才低低地说道：

"桑小姐，我想你这一句只要我们能够实心眼儿相待的话，那是不错的，能够以实心眼儿待人，将来一定有美满的结果……"

秋露听了他这几句话，方才回过笑脸来，羞红了脸，赧赧然地道：

"我也这样想……"

说到这里，以下虽然尚有许多的话，可是再也没有勇气说出来。两人相互地望了一眼，大家脸上都泛现了青春的红晕，心里的荡漾正如春风吹动着水波那样的柔和。

"郑先生，我不打断你的工作了，明天会吧。"

秋露见怀里的小玉有些不安静了，于是她趁势站起身子来，低低地说着。毓秀很想留她多坐一会儿，但喉管里仿佛有什么东西塞住着，身子随着站起，最后才说出一句道：

"不要紧，再坐会儿吧。"

秋露见他身子已经站起，口里却这样说着，那未免有些矛盾，不禁横眸一笑道：

"小玉吵了，明天来吧。"

毓秀当然不好意思强留，遂含笑送她走出房门。毓秀待秋露走后，把衣服去洗出了，晒舒齐了后，感到有些吃力，坐在桌旁休息一会儿，脑海里不免又想着了秋露，觉得这位桑小姐对待我的情景，不但已达到了情人的阶级，而且已给我尽了贤妻的职务。这样痴情可爱的姑娘，真不知叫我如何报答她才好呢……想到这里，满心是甜蜜无比，他忍不住独个儿笑出声音来……

"郑先生……"

毓秀正在喜欢地思忖，忽然有人走进房来这么地喊了一声，毓秀回头望去，原来是二房东王太太。虽然王太太是满脸堆了笑，但毓秀心头的跳跃却比见了吃人的猛兽还害怕，他不等王太太再开口，便含笑说道：

"王太太，你请坐，今天该是我付房金的日子了吧?"

王太太未说话之前，先来了一个无声的笑，说道：

"本来我也不上来拿的，因为我小阿囡要买双皮鞋，所以我……"

说到这里，方才笑出些声音来，表示很不好意思的神气。毓秀听她这样一说，两颊渐渐地红起来，支吾了一会儿，说道：

"王太太，这事情非常对不起你，今天我的稿费还没有领来……"

王太太不待他说完，笑容就收没了，淡淡的柳眉就紧锁起来，明眸含了轻蔑的目光，在他脸上逗了那么一瞥，很严肃地问道：

"那么几时才可以把稿费领来?"

"再过三天，我一定可以付给你……"

毓秀感到王太太这副脸孔实在太使自己难堪一些，他害怕得连说话都有些口吃了。然而毓秀胆怯的神情瞧在王太太的眼里，心头更会激起一种鄙视，白了他一眼，追问着道：

"三天? 准定可以付的吗?"

毓秀赔着笑，点头道：

"一定可以付给你，王太太，你别生气，我终不会赖你的。"

王太太听他这样说，冷笑了一声，说道：

"住了人家的房子，可以赖房钱，上海地方可没有这样容易

56

吧！郑先生，凭良心说句话，一间后楼借你二十元房钱，是便宜还是贵的？黑心的二房东可多着，人家最少要租四十元哩！因为你是老房客，我们当然不好意思十分增加租金，假使你付房金都要这么拖三拖四的，那我情愿给你一些搬场费，就请你乔迁了吧！"

毓秀的两颊是红得发烧，搓了搓手，说道：

"到期付不出房金终是我的错，一个人终晓得好歹的，王太太租给我便宜，我心里是天天感激着。我想下一个月绝不会再叫王太太亲自劳驾来收了，我一定会送下来的。唉！这个年头儿，穷人真没有办法，王太太心地很慈悲，我想你一定会原谅穷人苦衷的。"

毓秀觉得在这个情形之下，是不得不运用委婉的口吻来奉承她几句，因为他明白王太太的心理，到底还是一个重情面的人。果然王太太听了毓秀这几句近乎可怜的话，她有些表示同情起来。因为自己是个基督教的信徒，每天早晨起来读《圣经》做祷告，每星期日上教会里做礼拜，确实自己也认为是个慈悲的人，所以对于毓秀的话是齐巧说到自己的心眼儿里去。不过为了要避免自己催讨房金是并非心恶的意思，所以她又平静了脸容，很柔声地说道：

"郑先生，你要明白，就是为了这个年头儿米要贵到一百五十元一担，所以房金也不得不涨起来。房捐、电灯、自来水，哪一样不涨价？说句笑话，倒马桶费从前每个月只有四百文，现在要涨到六角八角，你想，做二房东不是也有不得已的苦衷吗？"

"王太太，你这话说得真不错，做二房东也是没有什么好处的，尤其像王太太那样慈悲心肠的好人，又不会十分地苛刻三房客，所以自己本身更苦一些。我想好心有好报，听说王先生的鸦片不是戒绝了吗？还有小王先生近来舞场、赌场也少跑了吧？这都是王太太的好心肠哪！"

毓秀含了满面的笑容，他终是只管奉承着这位王太太。王太太听了这几句话，在喜悦之中未免有些刺耳，因为王先生的鸦片不但没有戒绝，而且瘾头更深一些。至于断命的不争气的儿子，职业不做，一天到晚在外面搭壳子开房间，就这两幢房子的收入，每月倒也有三四百元，然而却被扔进丈夫的烟洞里去并儿子的壳子里去，这真是作孽哩！王太太这样想着，她不愿再和毓秀谈下去，只叮嘱道：

"郑先生，那么三天后，你一定要付的。"

"我知道，王太太，你放心吧！"

毓秀很恭敬地送到门口，弯了弯腰肢，小心得仿佛对待一个晚娘一样。王太太在走下扶梯的时候，她还在回味毓秀说的"好心有好报的"这两句话，不知道他真心地称颂我呢，还是故意地讽刺我？因为照事实上说，我丈夫和儿子都没有改过自新，那么他的话不是讥笑我吗？想到这里，心中十分气愤，恨恨地骂道：

"看着神气活现，连二十元钱的房金都付不出，真是洋装瘪三，洋装瘪三……"

王太太似乎很生气，下面还连骂了一句。不料这时候，就有个很摩登的小姐也从扶梯下走上来，笑盈盈地问道：

"请问这位太太，楼上可住着一位郑先生吗？"

第五回

钩心斗角暗地赠银

　　王太太正在万分生气的时候，忽然见一个这样美丽华贵的少女向自己问郑先生，一时倒呆了一呆，心中暗想：这个瘪三在这儿住了一年多的日子，也从来不曾见有这样华贵的女朋友来探望过他，这位小姐到底是他的谁呢？遂凝眸含颦地悄声儿问道：

　　"楼上姓郑的原有一个，但小姐找的郑先生不知是做什么事情的？"

　　在王太太所以这样问她的意思，就是肯定那小姐一定找错了人家，因为姓郑的也是绝不是他一个的。不料那姑娘笑盈盈地答道：

　　"他是写稿的。"

　　王太太听了这话，竟没有找错，心里不但奇怪，而且是很妒忌，表面上虽然点了点头，把手向上一指，但口里犹自言自语地说道：

　　"房钱都付不出的瘪三，想不到倒有这样美丽的女朋友。"

　　那姑娘对于王太太这两句话是听得很清楚的，知道她就是二房东，觉得人心的势利不想可见，遂回头去望了她一眼，只见王太太已步下扶梯，走进后厢房里去了。这就轻轻地叹了一口气，身子继续向楼上走，因为忘记问郑先生是住哪一间房子，所以她就连喊了两声郑先生。

毓秀送王太太走后，全身正感到轻松了许多，忽听有女子清脆的口吻在叫自己，心里暗想：是谁来找我？于是很快地步出后楼来，只见亭子间门口站着一个年轻的姑娘，手挽一件白哔叽的大衣，正在四下张望。毓秀想不到毓珠此刻会来，一时不免感到意外的惊喜，忙招手笑道：

"章小姐，在这儿，在这儿……"

毓珠见了毓秀，乐得眉飞色舞，乌圆眸珠一转，笑道：

"郑先生，你怎不到我家里来玩呀？"

随了这两句话，毓珠的身子已走到了毓秀的身旁。毓秀因为她太华贵，自己更显得寒酸，但又不能不招待她进房，只好硬着头皮，把手向后楼房门口一摆，笑道：

"章小姐，请里面坐，地方小得像鸽笼，你别见笑。"

说着，两人一前一后地已跨进了卧房。毓珠听他这样说，回眸逗给他一个妩媚的娇嗔，笑道：

"郑先生，你这话就不把我当作朋友看待了。上海地方，房金多么贵，谁家都不是这样子的？一个人住这么一间房子，我还以为是幸福的。"

毓秀听她这一种论调，因为她本身是个住洋房的小姐，心里不免感到佩服，望着她笑了笑，上前把她的大衣接过了，说道：

"那么你请坐会儿。"

待毓秀给她挂好大衣回身过来的时候，只见毓珠已坐在写字台的旁边了，于是又拿热水瓶倒了一杯开水，放到她的面前。毓珠并不和他客气，伸手接过了，秋波在他脸上掠了一瞥，笑道：

"我怕郑先生出去了，谁知却在家里，那总算很凑巧……"

从她这两句话中，可以瞧出她内心是感到十分的得意。

"我原说不常出外的，不过我却想不到章小姐这时候会来。"

毓秀所以说这两句话，他是在庆幸房东讨取租金一幕丑态没有给她发现。不料听到毓珠的耳里，心中未免有些狐疑，因为在他这一句话中至少是含有一层意思的，不觉瞅他一眼，又嗔意又玩笑地说道：

"怎么啦？我这时候不能来的吗？是不是你有些讨厌我？"

毓秀想不到她会说出这两句话来，觉得章小姐豪爽的性情终是不会改的，一时两颊微红起来，忙笑道：

"哪有这种意思？我欢迎还来不及哩！"

毓珠对于他这份儿羞人答答的意态，倒又不禁为之嫣然失笑，说道：

"郑先生，你没有在写稿吗？"

这句问话是根据桌上没有放着写稿纸。毓秀当然不能否认，点了点头，笑道：

"上午写过了，下午休息一会儿。"

毓珠频频点头道：

"每天写四五千字也差不多，我倒赞成你多休息。"

毓珠说着，秋波脉脉含情地望了他一眼。毓秀回味这两句话，宛然是秋露的口吻，心里当然同样地很感激，说道：

"你这话很不错……"

　　说到这里，觉得以下没有什么话好接下去，因此停了停，却报之以微笑。毓珠这时候芳心在暗自思忖：房东太太说他付不出房金，这样看来，郑先生的经济显然是十分的急迫。虽然我有资助他的意思，不过这个意思是很难说上去，因为郑先生是个要面子的人，我若说得不恰当，他一定要很不好意思的。毓珠心里既有了这一层考虑，自不免昂着粉脸出了一会子神。毓秀见她微抬了粉颊，两眼只管望着竹竿上那件衬衫出神，因为原是心虚的，所以又误会毓珠一定在笑我连衬衫都自己洗的。毓秀这样一想，觉得在一个贵族小姐的面前，自己委实是太寒酸了一些，全身一阵热燥，两颊会发烧那样地红起来，屁股下仿佛有针在刺一样地难受，简直有些坐也不是立也不是的情景了。为了要竭力避免自己的难为情，他又不得不显出洒脱的态度，搭讪着道：

　　"章小姐，你是刚从学校里出来的吗？"

　　毓珠这才从沉思中惊觉过知觉来，回眸瞟他一眼，点头笑道：

　　"我已回家中去过了，郑先生，我想和你一同到外面去散一会儿步，不知你心里高兴吗？"

　　毓珠乌圆的眸珠在长睫毛里滴溜地一转，她在慢慢地设计想达到帮助他的目的。毓秀对于毓珠这个意思，那是求之不得的事。因为他自己也感觉到房中的空气是太寒酸一些，若和一位有钱人家的小姐相对坐着，真是愈坐愈苦闷的事，遂很快地站起身子，点头笑道：

　　"章小姐有兴趣的话，我当然奉陪。"

说着话，已走到衣挂旁边来。自己先披了西服上褂，然后把她的大衣取下，亲自提了衣领，意思当然是给她穿上了。毓珠站起身子，笑盈盈地向他点了点头，说声劳你的驾，便伸张臂，就在他手上穿了大衣，一面在桌上拿了黑漆皮匣，一面便和毓秀并肩出了房门，随手关上，遂匆匆地步到楼下去了。两人在步到客堂的时候，齐巧遇到房东王太太，她见毓秀居然和这位美丽的小姐走出去，因为心里气着他，存心欲出出他的丑，遂走了上来，向毓秀笑道：

"郑先生，那么三天后，你房金一定要付给我的，再挨是不可以的了。"

毓秀被她这么一说，两颊直羞得绯红，真有些哭笑不得的了。幸而毓珠是个很聪敏的人，她很快地先步出大门去了。毓秀既不好意思怪王太太不该说这几句话，也只好向她连说了两声晓得，便匆匆地跟着走出。毓珠听后面脚步声音，当然明白他赶上来了，遂走慢了两步，待毓秀挨近到身旁，方才回眸瞟他一眼，含笑问道：

"郑先生，我想和你瞧一场《血染河山》的影片，这片子是含有刺激性的，我们青年瞧了，不但无损，而且有益，不知你允许我瞧吗？"

毓秀心中是怀了鬼胎，但毓珠是绝对并不提及房东索取房金的事，她想出看影戏的事情来解去毓秀羞惭的心理。毓秀对于她这一片苦心当然是很了解的，从这一点看来，章小姐确实是没有贫富的观念。这样一个有思想的姑娘，在毓秀的心里是多么的感动啊！他听毓珠那种央求的口吻，真使他感到深深的惭愧，遂竭力镇静了自然的态度，微笑道：

"章小姐这是什么话？我如何敢不允许你瞧影戏？只不过我想恐怕时间赶不及吧。"

毓秀因为自己袋内只有一元二角钱，买一张票子还不够，若叫章小姐请客吧，那究竟太不好意思，所以急中生智，又不得不这样地推托着。

"不会赶不及的，现在还只有五点钟，大光明五点半开映，此刻坐车子去，齐巧刚好的。"

毓珠听他这样说，把手腕撩上来，瞧了瞧长方白金的手表，又笑盈盈地说着。毓秀听她这样说，怎好意思再说不去的话呢？但心里实在非常的不安，本来有这么一个美丽的姑娘来热烈地爱自己，这是一件多么快乐兴奋的事，但毓秀的感觉完全是相反的，他内心只感到无限的痛苦，然而这痛苦连自己也说不出一个所以然来。两人走出天同里，门口便是无轨电车站。不多一会儿，电车来了，两人一同跳上，毓秀见只有一个座位，遂给她坐下，自己站在她的面前。毓珠已开了皮匣，抬头望着毓秀的脸，说道：

"先买到大世界，然后换票到新世界，是不是？"

毓秀点头道：

"是的，角子我有着。"

毓珠瞅他一眼，娇媚地笑道：

"你有着，难道我这儿不是吗？郑先生，我最怕的是客套，以后你还是别客气。"

说时，卖票的齐巧走过来，毓珠这就抢着买了。毓秀知道她这两句话中至少是含有些作用的，于是也就不客气了。车到大世界，乘客都跳下了，车厢空了许多，毓秀这就在她身旁坐下来。不多一会儿，从大世界跳上的乘客又把车厢挤足了，因为人多的缘故，两人的身子是偎得紧紧的，车子开的时候，从窗外流动进来的春风吹送到毓秀的鼻管，只觉一阵一阵的处女的幽香，从毓珠的身上发散出来。偶然回眸望去，见毓珠的颈项真是白嫩得可爱，因为衣服领圈制得时式的缘故，更显得美丽非凡，使毓秀的心里真不免有些想入非非起来了。到了新世界，两人跳下来。从新世界走到大光明，是不消五分钟的时间，只见大光明的门口，男男女女，真是拥挤得了不得。毓秀心里正在担心我用不用假意地抢着要买票的神气呢，不料忽然瞥眼瞧见正中放着一块牌子，写着上下客满四个大字。毓秀心里这一喜欢，全身顿时会感到轻松了许多，忍不住笑道：

"上下客满，真的仿佛瞧戏是不用出钱哩！"

毓珠心里的感觉却完全和毓秀相反，她颦蹙了柳眉，心里真懊恼得了不得，顿足说道：

"不是放假日子，想不到也会有这样的好生意。"

"也许是因为这张片子号召力的伟大，因为广告在半个月前就登着哩。既然客满，反正我们也并非一定要瞧的，就到别处去玩一会儿吧。"

毓秀从弄口跳上电车，一直到大光明门口为止，他的心里仿佛有一块大石重重地镇压着一样不安，直待瞧到"上下客满"四个字后，那真好像心中是落了一块大石。此刻瞧着毓珠噘着小嘴儿生气的样子，倒反而忍不住哧地笑出来了。毓珠听他说到别处玩去，便绕过媚意的俏眼儿，脉脉含情地瞟他一眼，笑道：

"再预备上哪儿去？郑先生，你说。"

毓秀道：

"我们乘一路公共汽车，还是到兆丰公园去玩玩好不好？"

毓秀想的总是竭力节省经济办法。但毓珠听了，却摇了摇头，并不赞成到公园里去，笑道：

"此刻已五点二十分了，到公园里天色也要夜了，我想还是到金门茶室去吃些点心，离这儿很近呢。"

毓秀听她这样说，觉得很不错，自己一心想节省经济办法，可是却不曾顾虑到现在是什么时候了，这岂不是笑话吗？这样一想，那两颊会一层一层地通红起来。毓珠听他并不说话，便望他一眼，问道：

"为什么不说话？你不高兴吗？"

毓秀忙笑道：

"不，我想金门茶室是雪园的旧址，自从改装了以后，倒还不曾去过。"

毓珠笑道：

"既不曾去过，那是更应该去一次了。"

毓秀点了点头，于是两人并着肩，慢慢地向东踱了过去，静悄悄的，彼此都没有说话。毓秀偶然低头向地下望去，只见毓珠脚上的皮鞋已换过一双了，这种式样的皮鞋，在惠维公司橱窗里曾经瞧见过，记得标价是一百二十元。那双丝袜也是薄得像裸着足一样，怪可爱的，大概至少也得花三十元钱一双。以毓珠一双脚的代价计算，已经要花到一百五十元之巨，那更何论其他部分的服装。章小姐虽然是很真心地爱着我，然而叫我怎样来能力养活她呢？想到这里，自不免黯然神伤，轻轻地叹了一口气。

毓珠虽然是默默地走，但她却很注意毓秀的态度，忽然她灵敏的感觉发现毓秀又在叹气了。这叹气的原因，在毓珠心中是只晓得他为了生计逼迫的缘故，然而她却没有想到毓秀还有这一层意思的。为了要解除他心头的烦闷，她只得又含了满面的笑容，向毓秀搭讪道：

"郑先生，你对于一切的事情，成功与失败，是不是相信'命运'两字的？"

毓秀忽然听她问出这个话来，心里自然感到有些意外的，不免望了她一眼，笑道：

"事情的成败，一大半固然靠本身的努力，一小半对于'命运'两字，我倒也认为大有道理。比方伍廷芳和伊藤博文两人，以才干学识而论，伍廷芳未必输于伊藤博文，然而伊藤博文终于做了日本的首相，伍廷芳呢？却没有得到国家的信用。这难道说伍廷芳的才干学识不及吗？那当然谁也不相信。这样看来，还不是要归至于命运论去吗？所以我说时势造英雄这一句话是再对也没有的了。"

毓珠听他说出这一篇话来，当然明白他是有感而发的，遂频频地点头，说道：

"可见世界上埋没英雄的人真不知有多多少少呢！不过我想，一个年轻的人总也不见得失意到底的，只要有坚忍心，有刻苦的精神，将来总有伟大的前途。譬如像汉韩信而说吧，他曾穷得连一碗饭都没有吃，但他到底并不灰心，并不气馁，结果登台点将，终于做了大元帅。你想，这不是一个很好的例子吗？"

说到这里，秋波脉脉地含了无限的柔情蜜意，向毓秀脸上很温和地凝望着。毓秀当然明白她是绕了圈子在安慰自己，心里非常感激，点了点头，正欲再说句什么话，却也到了金门茶室的门口，于是两人一前一后地踱了进去。侍者招待两人到一个坐桌上坐下，问喝什么茶，毓珠道：

"我喝红茶，郑先生呢？"

毓秀道：

"拿一杯红茶、一杯菊花茶好了。"

侍者答应，便匆匆下去，一会儿，就把红茶和菊花茶拿上。毓秀见金门茶室吃点心的办法和大东茶室一样，都由女侍者手托了盘子，里面放着点心，向每个桌子循环地走着，客人假使要吃什么，便可呼之叫她放下什么点心，这样是非常的随意和自由，用不到拿纸点写或者吩咐的了。这时，有个女侍者手拿一盘烧肉包走过来，毓珠遂叫她放下两客。见盘上尚有式样不同的包子，毓珠望她一眼，问道：

"这可是甜的吗？"

女侍者含笑点了点头，毓珠遂叫她也放下两客，回眸向毓秀说道：

"郑先生，吃些吧。"

毓秀知道这一吃，花费十几元钱那是算不了一回稀奇的事，不过既来之则安之，何必显出局促不安的神气，这不是叫人疑心我是个屈死吗？这样想着，遂又显出很洒脱的态度，握起筷子，把桌上那张白纸擦了擦，便吃了一只烧肉包。毓珠脸儿生得美丽，连吃东西的姿态都感到可爱，她微开了小嘴儿，露出一排玉洁的牙齿，咬了一口包子。忽然，她又想到一件什么似的，把秋波瞟了过来，笑道：

"郑先生，你瞧这几个茶花倒是怪美丽的，无怪生意很不错。"

毓秀见她挺爱说笑话的，不知是不是因为自己显出忧愁的样子，所以她要引逗我的高兴吗？觉得章小姐对待我的一片深情，确实也不下于桑小姐的。为了自己要表示原没有什么忧愁，遂也说笑话道：

"其实女侍者雇用得美丽，那是茶室主人失算的，对于营业上非但没有帮助，恐怕还要大受影响呢！"

"你这话是什么意思？我听不懂，你倒给我说出一个道理来。"

毓珠听他这样说，倒不禁为之愕然，瞅住了他的脸，忍不住奇怪地发问。毓秀笑了笑，说道：

"那理由是很简单的，古人有句话叫'秀色可餐'，那么以这四个字而说，一班吃客瞧了美丽的茶花，秀色都已吃饱，还能吃得了点心吗？这样大家都不吃点心，只餐秀色，茶室主人还不大受影响吗？"

毓珠听他这样新鲜的解释，白了他一眼，忍不住扪着嘴哧哧地笑起来。好一会儿，她才拿手帕拭了一下眼皮，秋波逗给他一个娇嗔，笑道：

"这就亏你想得出的！"

毓秀自己也好笑起来。毓珠把手抬到后脑去拢了拢卷曲的长发，握了玻璃杯，又微微地喝着。毓秀见她今天穿的是件苹绿色条子花呢的旗袍，颈项的衣纽上还别了一颗珠宝石的别针，真是鲜艳夺目，秀丽非凡。毓珠见他目不转睛地呆望自己出神，便放下茶杯，握了筷子向碟子内点了点，笑道：

"郑先生，你吃呀！别冷了，你难道也饱餐了秀色不成？"

说到这里，猛可想着他是望着自己出神呢，一时真难为情得了不得，颊上本来涂了一圆圈胭脂的，这就更红晕得好看了。毓秀听她这样说，也觉得很不好意思，微微一笑，遂也握了筷子，自管吃包子了。两人静静地吃着，毓珠的芳心是非常的愉悦，然而毓秀的内心却仍是十分的忧郁。他在想三天后的房金，又到哪儿去设法？此刻是在做少爷，回去还不是做难民？那么这眼前的享受，是并不感到一些的愉快，只觉得无限的痛苦。固然不理会自己究竟是置身在什么地方，连吃到嘴里去的烧肉包子也体会不出到底是怎么样的美味呢。他觉得毓珠会看中一个穷少年做朋友，那简直是瞎了眼睛……唉！想到这里，他胸口一股子郁气不由自主地塞上来。毓珠见他又在叹气了，这倒给自己一个说话的好机会，遂微抬了粉脸，向他望了一眼，低低地问道：

"郑先生，我瞧你今天似乎总有些不快乐的神气，不知是为了什么缘故呢？"

毓秀心中别别一跳，连忙又堆起笑容来，摇头道：

"我没有什么不快乐，也许你的心理作用。"

毓珠瞅他一眼，微鼓了小腮子，说道：

"我为什么要疑心你不快乐？我觉得我的感觉完全是事实，绝不是心理作用的。郑先生，你假使认我是一个朋友的话，你应该告诉我,是不是?"

毓秀心里暗想:刚才客堂里房东向我索取房金的一回事,她到底听见了没有?假使她听见的,当然明白我忧愁的原因,难道说没有理会吗?这是绝不会这样呆木的。明知故问,叫我怎么好意思告诉你呢?因此依旧摇头笑道:

"真的没有什么不快乐的事情,叫我打从哪儿来告诉你?"

毓珠听他一味地否认,这就难了。假使我一定要追问他,他当然决意不肯告诉,而且人家本身既说并没不高兴,而我一定说他不快乐,这算什么意思?假使我直接地问他经济困迫吧,这似乎太唐突一些,究竟也不是一个办法。毓珠在这样左右为难的情形之下,她一颗芳心真焦急得了不得,两颊会热辣辣地红起来。毓秀见她绯红了两颊,紧蹙了眉尖,仿佛在做沉思的样子,心里倒反而感到有趣,暗想:她这是为什么?难道因我不肯告诉,使她生气了吗?遂搭讪着道:

"章小姐,近来学校里忙不忙?"

毓珠听他竭力把话锋转变着,可见他是个多么志高气傲的少年,一颗芳心愈加佩服,在佩服之中,更产生了爱的成分,秋波含了哀怨的目光,向他脸上逗了那么一瞥,点头道:

"说忙也不忙,说空也不空,总是那么刻板式的生活。郑先生,我们就在这儿叫几只菜,喝些酒好吗?"

"酒我不会喝,章小姐要喝的话,就自顾喝些是了。"

毓秀望她一眼,很低地回答。毓珠笑道:

"稍许喝些要什么紧?我们喊他们拿两瓶强身露吧。"

说着,向侍者要了一张白纸,便点了几只冷盘和热炒,并两瓶强身露，吩咐侍者拿去。约莫一刻钟后，侍者把酒菜都端上来，只有热炒还没有送上。毓珠把强身露倒了两玻璃杯，一杯送到毓秀的面前，笑道：

"强身露和葡萄酒一样的和善，这是喝不醉的。"

毓秀道：

"不过我喝葡萄酒也会醉的，这一杯还太多一些。"

毓珠已喝了一口，把筷子指了指盘内的烧鸡，说道：

"喝不完就剩着吧。"

毓秀觉得章小姐的豪爽大方，这似乎更衬自己的寒酸局促，强身露还没有沾唇，他的脸已是血红了。在这样情形之下，毓秀倒反而像个羞人答答的姑娘了。

待热炒送来，毓珠的两颊已喝得海棠花那样的鲜美了，因为脸红的缘故，所以更衬眸珠的乌黑、雪齿的洁白。瞧章小姐的酒量也未必好，似乎她今天这样的大喝，还有些存心这样子的神气，一时心里未免感到有些奇怪，难道她是生气我吗？因此望着她娇靥，笑道：

"章小姐，你的脸已很红了，我想别喝了。"

毓珠秋波一转，笑道：

"真的吗？那么我们就吃饭……"

毓秀点点头，于是吩咐侍者拿饭。在送上饭的时候，方才把那盅凤爪汤也送上来了。吃饭毕，毓珠叫侍者开上账单，见二十八元五角。毓秀暗吃一惊，想不到一个多月的房金吃去了。因为自己身边根本没有钱，也就用不到做虚伪的举动，所以老实不客气地瞧着毓珠付了三十元钱，叫他们不用找了，并吩咐代为喊一辆汽车，一面又向毓秀斜乜了一眼，笑道：

"我真有些醉了，非坐汽车回去不可，郑先生，你送送我好吗？"

毓秀听了，哪里还有个不好之理？当然是含笑点头。一会儿，汽车来了，两人一同走出金门茶室，毓秀见她紧偎了自己，走路的姿势有些歪歪斜斜的，显然真的有些醉了。在这情景之下，是不得不扶她跳上汽车，吩咐车夫先开到静安寺路去。在车厢里，毓珠的娇躯可就是整个地靠在他怀里。毓秀因为她微闭星眸，醉态可人，自然不忍拒绝，也只好让她静静地躺一会儿。汽车到静安寺路，毓珠叫车夫停下，很快地付去车资，开了车厢，便和毓秀一点头，匆匆地跳下去了。毓秀见她这神情，又觉很清楚，心里有些奇怪，但也不假以思索，叫车夫又开到南洋桥天同坊。当毓秀伸手摸到西服袋内去的时候，不料却已多了一叠厚厚的钞票了。

第六回

鄙她父何忍抹她爱

　　毓秀在汽车掉头的时候，他在感觉章小姐的醉意很有些神秘，因为她假使真的醉了，当然不会再顾到汽车是已开到静安寺路了，现在她表面的神情似乎醉得很厉害，而内心依然很清楚，这不是令人感到稀奇吗？就在这沉思之间，毓秀的感觉，自己袋内仿佛高起了一块，连忙伸手去摸，却是一叠厚厚的钞票。心里这一惊奇，顿时呆呆地怔住了。经过三分钟的发怔，他内心开始猛可地恍然了，于是他才明白毓珠所以要这样的大喝，是为了可以到醉的地步。既然醉了，便可以叫我同车伴送回家，因为借了酒醉的名义，她才能不避嫌疑地倒入我的怀里，这样她在我不防备之间，达到了她要接济我金钱的目的。唉！这样看起来，章小姐待我一番深情，真是用心良苦。毓秀想到这里，因为是过分的感动，不免淌下一滴眼泪来。

　　这夜，毓秀坐在写字台旁，点着那一叠钞票，齐巧是一百元钱，觉得天下竟有这样的好人，那真可说是难得极了。不过我受了这一百元钱，当然心里是很不安的，虽然她是因为怕我羞惭，所以用这一种方法来接济我，但我岂可以也能不声不响地老实拿着吗？那么明天章小姐来的时候，我是应该向她说明，假使她情愿接济我，我算问她借一百元钱，这也是一个道理。毓秀想定主意，便把一百元钞票依然好好地放入抽屉，预备明天章小姐来，和她说明这一件事，愿意出一张借据给她。不料次日，毓珠却没有来，再过一天，仍旧不见她到来。毓秀心里好生奇怪，这她的心里究竟是什么意思？难道生恐我和她说起这一件事，所以她避着我吗？这章小姐也未免太有趣了。不过在自己的存心，章小姐若一天不来，我总不能把这一百元钱用它一丝半毫的，要她承认的确是借给我，那么我用着也心安。在毓秀的心里是想得好好的，不料过了三天，毓珠没有来，这位房东王太太却铁青了脸孔又走上来。她一见到毓秀，便送过来一个白眼，恶狠狠地道：

"三天到啦！你不是叫我不用自己上来吗？怎么直到下午三点多了，还不送下来？你难道稿费还没有领来吗？郑先生，一个人不能这样的无赖，交结女朋友的钱有的，付房钱的钱没有，这算什么道理？你不要欺我老实，哼！你若……"

毓秀觉得王太太这副凶相实在太难看了，在这万不得已的情形之下，他是没有了办法，立刻走到抽屉旁边，取出那叠钞票，向王太太摇了摇手，说道：

"别闹别闹，王太太，你太性急一些了，再迟一刻，我自己的确也要下楼来付给你了。"

王太太忽然瞧他取出这么一叠钞票来，方才把一脸的怒容消失了，转着眼睛，这回却是送给他一个媚眼，微笑道：

"郑先生，你不能怪我催索得紧呀，因为明天我们是要付大房钱了，唉！一个人真不知一个人的苦楚。"

"我绝不怪王太太的，当然，王太太也有苦处的。这是二十元钱，请你点一点吧。"

毓秀数了二十元钱，交到王太太的手里去。

"这也不用点的，难道会错的吗？郑先生，那天这位小姐是你的谁呀？真生得美丽极了，我想郑先生是可以给我们吃喜酒的了。"

王太太笑盈盈地接过钞票，两眼只顾望着他手中剩余的钞票上去。毓秀望着她媒婆式的笑脸，倒也忍不住笑起来。王太太见他不答什么，方才大功告成地走下去了。毓秀在她跨出房门的时候，这才深深地叹了一口气，心里真有说不出的感触。一天两天地过去，毓秀天天等章小姐来，可是章小姐却从此不来了，因此毓秀等待章小姐来的心也就慢慢地淡下来。

这天是星期六的下午，毓秀坐在写字台旁，正在埋首疾书，忽听一阵革履声，接着就见章小姐笑盈盈地走进来了。毓秀因为是没有防到，所以感觉意外的惊喜，立刻离座迎着，给她拿下大衣，笑道：

"章小姐，那晚你醉得很厉害吧？"

毓珠没有回答，微红了两颊，却是抿着嘴儿哧哧地笑。一会儿，又走到写字台旁，瞧了瞧他写着的稿纸，回眸又瞟他一眼，笑道：

"郑先生写的稿纸真清洁，难道一些不涂改吗？叫人佩服佩服。"

毓秀照例给她倒了一杯白开水，然后挨到她的身旁，明眸在她娇靥上脉脉地凝望着，低声地道：

"章小姐，你这人我觉得不应该，怎么不声不响地竟在我袋内放着一百元钱呢？当时我真弄得丈二和尚摸不着头脑，后来再三思忖，方才知道是章小姐给我藏在袋里的。"

毓珠对于他要向自己说明的，这是早在意料之中，于是假装很惊异的神情向他望了一眼，摇头说道：

"郑先生，你说的什么话？我怎么听不懂呢？"

毓秀对于毓珠会假装含糊的态度，这是做梦也想不到的事情，望着她粉脸，倒是愕住了一会子。毓珠觉得自己若不承认，那也不是道理，于是秋波逗给了他一瞥多情的目光，露齿嫣然地一笑，说道：

"已经是过去一星期的事情了，我们还谈它做什么？郑先生，今天我要来打断你的工作了，不知你心里讨厌我吗？"

毓珠是竭力把话扯了开去。但毓秀是不肯随着她装含糊的，摇了摇头，说道：

"章小姐，我觉得这事情不妥当，无缘无故的，我怎么好意思拿你一百元钱？"

毓珠听他这样说，把身子也偎近了他一些，微抬了粉脸，望着他，很柔和地说道：

"郑先生，我以为朋友只要结交得知己，对于'金钱'两字，可以不必看得太重，假使我以后有什么困难的话，那么你难道就不应该帮助我了吗？"

毓珠这几句话听到毓秀的耳里，自然是感到心头，情不自禁地把她纤手握住了，觉得柔软得可爱，遂也很恳切地道：

"不是那样说的，章小姐，我在你的面前，当然也不用假装虚伪了。确实，我的环境是非常恶劣，承蒙章小姐热心见爱，慷慨接济我金钱，这我当然感激万分，不过什么事情总有一个名目，现在这一百元钱，就算章小姐借给我，那么日后我有了钱，一定照数归还，这样子我实在已经不胜感谢的了。"

"唉！你又何必一定要这样声明？日后你假使飞黄腾达了，那么你不是也可以给我一些钱用吗？"

毓珠对于他这两句话是并不感到喜悦，她只觉得十分怨恨，把身子完全靠到他的胸前去，转着乌圆的眸珠，却逗给了他一个妩媚的甜笑。毓秀还有什么话好说呢？因为章小姐的话是再显明也没有了，她对待我的态度，完全已像丈夫一样的了。在她意思，就是她的钱等于我的，我的钱也等于是她的，唉！她不是认为我已和她成功一体了吗？想到这里，真是感无可感，眼皮一红，几乎要淌下泪水来。毓珠见他这一种神情，心里当然是得到无上的安慰，雪白的牙齿微咬着鲜红润润的嘴唇皮子，望着他憨笑了一会儿，说道：

"郑先生，你难道还不明白我的意思吗……"

问到这里，又觉得太难为情了，因此垂下了粉颊，又不禁为之赧赧然起来。

"我明白，我当然明白，但章小姐待我太好了，我觉得十分惭愧。"

毓秀又听她这样说，他心里仿佛涂上了一层蜜，紧紧地握着她的纤手，温和地又说出了这几句话。

"我觉得你一些也不用惭愧，你为什么要说这样的话？我心里感到难受。"

毓珠这才又抬起红晕的脸，秋波含了无限的情意，脉脉地向他逗了那么一瞥。毓秀因为是感动得太厉害，眼角旁终于展露了晶莹莹的一颗。毓珠明白他是因为感激自己的意思，眉毛一扬，乌圆的眸珠在细长的睫毛梢里转了转，嫣然笑道：

"这么好的天气，你是应该出去散散心的，郑先生，我们走吧。"

毓珠说到这里，她便走到衣钩旁去，把他的上褂取下，提了衣领，向他抿嘴笑道：

"我给你穿吧。"

这宛然是贤妻的口吻，毓秀的心里不免荡漾了一下，但是他觉得太不好意思了，遂伸手来接，笑道：

"不敢当，不敢当！"

毓珠听他这样说，却噘了噘小嘴儿，很不乐意似的逗给他一个娇嗔，说道：

"那天你给我穿大衣，我就敢当了？"

毓秀瞧她生气的模样，倒是扑哧的一声笑了，说道：

"你到我家里来，我招待你，那是我的职分。现在叫客人给主人穿衣服，这成什么意思呢？"

毓珠被他这么一说，脸也红起来，于是手里拿着的上褂也就给毓秀接过去了。毓秀穿上西服，一面在床上拿起她的大衣，提了衣领，也向她微笑，不料毓珠很快地抢了过去，自行穿上，也连说了两声不敢当。毓秀瞧她这意态竟是很生气的样子，倒不禁为之愕然，笑道：

"章小姐，怎么啦？你恼吗？"

"哎！当然恼你，谁叫你老喜欢戴假面具地客气。"

毓珠鼓着小腮子，恨恨地白了他一眼，但却又忍不住笑出来。毓秀觉得她可人极了，便弯了弯腰，笑道：

"以后就不再和你客气，那总好了。"

这话带有些央求的口吻，毓珠觉得自己是胜利了，于是咯咯地笑出声音来。

这天，两人在大光明瞧了影戏出来，在咖啡馆吃了一些点心，方才分手回家。毓秀走在归家的途上，想着自己是个穷得生活也难以维持的人，现在居然还要享受这种贵族化的"看"和"吃"，这确实是太惶恐了一些。想到这里，仿佛有人在耳边说道：

"你又不是拆白党，怎么在一个姑娘身上沾光呢？"

毓秀脑海里有了这么一个感觉之后，他全身会暴躁起来，觉得自己真的太惭愧一些了。虽然这并非是我去勾引她，但自己总感到极度的不安，黯然神伤地回到家里。在走到亭子间门口的时候，见楼上匆匆走下一个姑娘来，毓秀定睛一瞧，不禁咦了一声，笑道：

"桑小姐，你来望我吗？"

"可不是？郑先生在外面吗？"

秋露心里正在感到失望，今见毓秀回来，她眉毛一扬，颊上的笑窝儿又掀了起来。毓秀点了点头，笑道：

"回来了，桑小姐，来房内坐一会儿吧。"

于是两人又走到楼上，毓秀开门进内，脱了上褂，回头见秋露手里拿了一本书，正是前星期送给她的那本《万里长风》，便问道：

　　"这书拿来做什么？"

　　"我看完了，拿来还给你。"

　　秋露走到桌旁，把书放下，手摸着桌沿，秋波盈盈地瞟他一眼。毓秀听了，很奇怪地道：

　　"还我？我不是说送给你了吗？"

　　秋露低低地说道：

　　"郑先生，你不知道，母亲因为我上次买了一本书，被她已经骂了一顿，说这个年头儿，饭也没有吃，还有闲钱买书看哩！那天她见我又拿去这本书，她以为又是我买的，我说向阿姨借来看的，看好了要去还她，母亲这才不说了。你想，我家里藏不了这书，还是仍旧放在你这儿吧。"

　　秋露说到这里，两颊添了一圆圈红晕，却又轻轻地叹了一口气。毓秀听了这些话，心里自然很感触，不免跟着叹了一声，但忽然又笑道：

　　"桑小姐，那么你不会说是阿姨送你的吗？"

　　秋露摇了摇头，说道：

　　"阿姨送给我，母亲会不相信的。反正放在你这儿也一样……"

　　说到这里，觉得这话有些不对，他是他，我是我，怎么能够说一样呢？秋露经过这样一想，连耳根子也红起来了，但犹竭力镇静了态度，乌圆眸珠一转，笑道：

"郑先生今日有衣服给我洗吗？"

毓秀听她这样问，不禁噗地一笑，说道：

"桑小姐，你又不是洗衣服店里的人，我怎么好意思常常叫你洗衣服？我心里能够安吗？"

"没关系，我愿意给你洗，你干吗要不安？再说往后日子长哩，也许我有什么事情烦你帮助的时候，你难道不肯吗？"

秋露把身子扭怩了一下，明眸含了有些哀怨的目光，在他脸上逗了那么一瞥。

"不过今天委实没有换什么衣服，桑小姐，今天小玉没抱来吗？"

毓秀摇了摇头，心里有些感动。秋露点头道：

"小玉睡着呢，郑先生在哪儿玩？"

秋露因为人家既没有换过脏衣服，当然不好意思硬要给人家洗衣服，于是把话锋又转变了。

"在公园里散一会儿步……"

毓秀口中虽然这样回答，心里是感到十分的羞惭，脸有些发红，但接着又很快地说道：

"桑小姐，你请坐呀，反正小玉没带来，你就好好儿谈一会儿去吧。"

秋露对于他这一句"好好儿谈一会儿去吧"的话中猜测，似乎其中还含有一层意思的，芳心不免荡漾了一下，一撩眼皮，掀着酒窝儿娇媚地笑了笑，真的身子在桌旁坐下来。毓秀在她坐下的时候，发现她头上梳了两条辫子，从鬓上直弯到后脑上去，仿佛只有十五六岁小姑娘似的，脸蛋儿更衬得令人可爱，遂也步到桌旁坐下，望了她一眼，笑道：

"桑小姐，你梳了辫子，就像孩子似的。"

"本来我们不还是个孩子吗？"

秋露听他这样说，脸更娇红一些，绕过媚意的俏眼瞟他一下，很羞涩地笑起来。毓秀觉得秋露带有些村姑的风味，朴素、纯洁、天真，和毓珠相较，另有一种妩媚的风韵，点头笑道：

"这话正是，没有结过婚，总还是个小孩子。桑小姐，这辫子自己梳的吗？"

"不，是嫂嫂给我梳的。我晓得，一定怪不好看的，对不？"

秋露听他只管在辫子上说话，心里便起了误会。其实毓秀觉得没有什么正经事可谈，无非闲谈着解一会儿闷罢了。今听秋露这样说，便忙笑道：

"你别误会，我觉得是怪可爱的……"

毓秀原是说怪好看的，不知怎的，竟误说了怪可爱的，待要缩住，已经来不及。果然，秋露听了，却逗给了他一个妩媚的娇嗔。这娇嗔在毓秀眼里瞧来，是妩媚到了极点，同时也可爱到了极点，一时心里不住地荡漾，忍不住咏咏地笑起来。秋露被他这么一笑，如何还忍熬得住？那玫瑰花儿般的颊上，这个倾人的笑窝儿也就没有平复的时候了。

"郑先生，我走了，小玉醒来要哭的。"

秋露被他笑得十分难为情，觉得老坐着没有事也没意思，遂站起身子，向他点了点头。毓秀听她这话宛然是做娘的口吻，这就噗地一笑。秋露见他笑得奇怪，遂瞟他一眼，说道：

"你笑什么？"

"我笑你好像是小玉的妈似的⋯⋯"

毓秀听她问着，也就情不自禁地说了出来。秋露恨恨地啐他一口，哧的一声，身子早已逃出房去了。

这晚，毓秀躺在床上，哪里合得上眼？想着毓珠待我的情分，真可说是海无其深、天无其高，然而秋露待我的情分和毓珠相较，又何尝分得出厚薄呢？唉！我确实是太幸福了，想不到在这天涯落魄的境况下，竟有这么两个美艳的姑娘来爱上我，这不是做梦也想不到吗？秋露给我洗衣服，处处举动，没有不显出做贤妻的样子。她说只要彼此实心眼儿相待，也就是了。这两句话，不是已经很明白地告诉了我吗？那么我当然抛不了她，而且也不忍心抛她，因为她是一个同情我身世的姑娘，我怎么能使一个爱我的姑娘而陷害她到悲哀的境地里去呢？况且我也的确是爱她的，唉！秋露到底太使我感动了。不过对于毓珠的一片痴情，我又怎么能够忘记她呢？我和她虽然是萍水相逢，然而她对我的印象却已有相当的认识了，所以她一知道我是郑毓秀，她立刻就对我表示无限的好感。她这热情的爆发，绝不能和普通浪漫姑娘同日而语的。我相信她的热情是完全灌在我的身上，因为她认定我是她理想中的情人，甚至于丈夫，所以才这样赤裸裸地对待我，这叫我又如何能够忘得了她？唉！毓珠究竟也太使我感动了。

毓秀躺在床上，想着秋露的好处，觉得是难以忘记；想着毓珠的好处，也是不忍忘却，想到后来，实在一个都抛不得。毓秀感到太幸福了，心头开始也会有些痛苦起来，耳鼓里听到厢房中的无线电是开得怪响的，前楼打牌的声音又这样嘈杂，这使毓秀更加地失眠了。还是起来写一会儿小说吧！毓秀心里有了这么一个感觉之后，于是匆匆披衣起来，坐到写字台旁，把稿纸取出，握了钢笔杆，文思刚刚集中在一处，突然前楼一声"中风碰碰"的声音又把他文思打断了。在这样环境之下，叫毓秀怎能落笔写一个字？他心头有些愤怒，这些社会上的寄生虫，简直一天到晚没有事情的吗？奇怪！奇怪！他们生长到世界上来，就是天天抹这一百三十六只的牌吗？这是职务吗？这是事业吗？这是使命吗？他妈的，这简直是浑蛋、废物！

毓秀越想越气，越气火星越冒，猛可把笔在桌上一抛，手砰的一声击了一下，他开口几乎要骂起来。但是前楼的声音忽然更响了，有人在大嚷道：

"这可是一副三翻了，断幺九，一般高，碰二十和。六十，一百二十，二百四，四百八十和。"

说到后面，他顺便算起和头儿来。这仿佛连珠炮似的，表示他作战的技术和经验确实是很上乘的了。毓秀恨得咬牙切齿，骂了一声死坏，在无可奈何的环境下，他是不得不想出一个委曲求全的办法，伸手在抽屉里取出一块药水棉花，以一分二，塞到两只耳朵里去。果然四周的声音是远了许多。毓秀因为思想集中，落笔甚速，由九点钟写起，直到子夜一时敲过，竟也写了四千多个的字。这回停笔到床上去睡，因为神疲力倦，却是酣酣地入梦乡去了。

次日起来，早已红日满窗。毓秀感到自己的听觉似乎有些隔膜的样子，心中好生奇怪，伸手去一摸，这才恍然大悟，原来昨夜要紧睡觉，连两团棉花都忘记取出了，心里好笑，忍不住咪咪地笑起来。

梳洗完毕，肚子叫得怪响的，毓秀知道因为是空洞的缘故，遂匆匆地走到弄口来买烧饼油条，只见一个小孩子手拿了报纸，大喊着快看"米蛀虫"被枪毙了。毓秀心里一动，遂买了一份报纸，急急回到家里，一面吃饼，一面翻报，翻了几张，果然见有一则新闻，遂忙瞧着：

章乃千被狙

——闻系囤积大宗粮食

华洋银行经理章乃千，年五十六岁，浙江武林人，在静安寺路愚园路口筑有住宅房子一座，战后投机发财，拥产百余万之巨。近因囤积民食，操纵市价，以致米价飞涨，一日千里，沪市数百万贫民都受腹馁之影响。如此丧心病狂，缘是群起愤激。

昨日下午四时三十分，章氏乘六六六号自备汽车由华洋银行返家，途中红灯停车，斯时突有身衣灰色西服少年一人，袖出手枪，即向车厢内砰然猛击。当由章氏保镖三人出枪还击，该少年因寡不敌众，遂扬长而遁。

闻章氏仅伤及腿部，各界得讯，均颇为惋惜云。

毓秀瞧毕这则新闻，以拳击桌，大喊可惜，可惜！不料他口中原咬着烧饼油条，经此一喊，便掉落到地上去，于是忙又俯身拾起。把报纸摊在桌上，低头再瞧，忽然觉得那"章乃千"三字好生耳熟，凝眸含矓地沉思一会儿，猛可地理会过来了，这就哟

86

了一声，又叫起来，说道：

"这章乃千不是章毓珠的爸爸吗？哈哈！我倒想不到毓珠爸爸还是富翁中的一个这样丧心病狂的人物啊！哈……"

自语到此，忍不住又哈哈失常地大笑起来。毓秀笑了一会儿，肚子也笑饱了，那剩下的半个烧饼油条再也咽不下去，呆呆地坐在桌旁，出了一会子神。大约有了五分钟之后，他的拳头又恨恨地击到桌子上去，冷笑道：

"我郑毓秀堂堂七尺之躯，难道要她爸爸以剥削民脂民膏的金钱来资助我吗？那么我不是也成个社会的罪人了吗？唉！我若接受她这一百元钱，那我简直是无耻王八了……我还她，我还她！我一定设法还她……"

毓秀说到这里，他便疯狂般地走到床边，把床底下的皮箱拉出，开了箱盖儿，取出一套冬季的西服并一件厚呢的大衣，用张报纸包裹舒齐，挟在胁下，砰的一声关上了房门，他的身子便匆匆地直奔到楼下去了。

毓秀到什么地方去，谁也没有知道。大约半个钟点之久，他口里哼着华尔兹的调子，很轻松地回来了。开门进房，在袋内摸出一个小纸包，透开来瞧，里面是一叠六十元的钞票，再仔细望外面包的纸，很显明地印着"大同当"三字。毓秀有些感触，深深地叹了一口气。毓秀从此天天等毓珠到来，可是总不见毓珠的情影，好容易又过去了一星期，毓珠笑盈盈地来了。毓秀一见毓珠，便把一百元钞票放在桌上，向她含笑说道：

"章小姐，你来得正好，这几天你若再不来，我一定要来找你了。前次多承你资助我一百元钱，现在我领了稿费，理应照数归还，请你点一点吧。"

毓珠再也想不到自己还只一脚跨进，毓秀就会向自己说出这些话来，一时倒怔怔地愕住了。

第七回

百结愁肠如何解得

毓珠忽然听他要把这一百元钱还给自己了，这在未跨进室内之前，还是意想不到的事情。她瞧着毓秀严肃的脸色，不免把红晕的脸浮上了一层苍白的神情，但她兀是镇静了态度，且不说话，先把身上披着的大衣自管脱了下来，放在椅子的背上，秋波含了无限哀怨的目光，在他脸上逗了那么一瞥，低低地说道：

"郑先生，我没有什么事情得罪过你，你为什么要使我这样的难堪呢？"

毓珠的话声有些哽咽的成分，她眼皮一红，几乎已欲盈盈泪下的神气。毓秀见她这样楚楚可怜的意态，心里也深悔自己不该这样的性急，何必一见面就把这一百元钱还给她？章小姐的本身没有错，我难道也和她生气了不成？这就叹了一口气，说道：

"不，章小姐，你不要误会，因为我在三天前意外地领到了二百元的稿费，既然我有钱了，不是理应归还你吗？当初我原说是问你借的……我并没有使你难堪呀！"

毓秀搓了搓手，两颊也是涨得红红的。毓珠并不回答他，她把身子一步一步地退到椅上去坐下了，一颗芳心是感到万分的悲酸，她的眼泪再也忍不住扑簌簌地滚下了两颊。毓秀见她低头坐着，竟是哭起来，女人家的眼泪到底是件善于感动人的东西，毓秀自己也不知道为什么缘故，鼻管内有些酸楚，颊上也会展露了晶莹莹的那么几颗。两人默默地相对着淌了一会儿泪，毓秀终于先开口说道：

"章小姐，你为什么要哭？我觉得奇怪，借了人家的钱，不是应该有归还的时候吗？我自己既有了钱，总要还你的，你心里又何苦难受呢？"

毓珠还是不开口，她不但是淌着泪，听了毓秀的话，竟是哭出声音来，不过她又觉不方便，身子侧了过去，把手帕掩了脸。毓秀虽然见她把声音是扪住了，但瞧了她两肩一耸一耸的意态，显然她还是哭得非常伤心。想不到章小姐竟痴情到这样地步，一时也不禁为之凄然泪落。

室内是静寂得只有一架闹钟在嘀嗒嘀嗒地响着，虽然毓珠是坐着，毓秀是站着，但谁也相信，这间房中是没有一个人的。也不知经过了多少的时候，毓珠把手帕拭干了泪水，慢慢地转过身子，望了毓秀一眼，悄声儿说道：

"郑先生，你这话我不懂，何谓是意外的稿费？"

"因为《大地的女儿》销路颇好，书店主人欲请我再著一部，所以先酬谢我二百元钱，这不是意外的吗？"

毓秀被她这么一问，倒是愕住了，但他原是个聪敏的人，不得不暂时违背了良心，编一套谎话丛书来掩饰过去。毓珠听了，暗想：书店主人不是慈善家，想来绝没有这样的好人。不过她嘴里没有说出来，叹了一口气，又说道：

"你要还我钱，这是你的志气高傲，我当然不能怪你，而且我原也希望你有这么的志气。不过你的举动太快速了，为什么我坐也没有坐下，你就急急地和我说这些话，那你不是存心和我负气吗？"

说到这里，还感到有些委屈，眼泪又淌了下来。

"不！不！我没有和你负气，因为这是一件兴奋的消息，我举动上不免太快速了一些。其实，我原也有些懊悔……"

毓秀是竭力地把过去话去变成正面来，但毓珠是个绝顶聪敏的姑娘，她绝不会这样呆笨，让毓秀轻轻地掩饰过去的。她深深地叹了一口气，说道：

"你不用说这些违背良心的话，我明白，我很明白，然而，你却不明白，我又有什么话好说？"

她的泪从颊上一直淌到嘴角旁来。毓秀听她这样说，心里有些感动，也有些惭愧，但是自己没有什么话可以对她说，因为她是痴心地爱着我，我为了她爸的缘故，没有勇敢去接受她的爱，在她这几句话中寻味，显然她也未始不知道。虽然章小姐的本身是值得令我可爱的，但我俩间是隔了一条广阔的鸿沟，在种种的事实上，的确是没有结合的希望。为了避免彼此痛苦起见，觉得这根情丝还是早些割断了比较妥当。毓珠见他听了自己的话并不回答，红了脸，似乎在沉思的样子，遂把明眸在他脸颊上掠了一下，蹙了眉尖，显出很哀怨的神色，说道：

"郑先生，我问你，一个杀了人的罪犯，他的女儿是不是同样有罪恶的?"

毓秀想不到她会问出这句话来,可见章小姐的心细如发,她把我所以立刻还她钱的原因,已经是了若指掌了。因为她既然已经明白,这使毓秀的心里更加地不好意思,遂假装含糊地说道:

"章小姐为什么谈到这个问题上去?我以为借人家的钱,必定也要还人家的钱,这是极简单的道理。"

"不过我觉得郑先生所以还我的钱,绝不是像你所说的道理那么的简单。我并没讨你,你为什么要还我?"

毓珠见他这样理直气壮,虽然心里是更感到怨恨,但对毓秀人格的伟大也就更感到了敬爱。她鼓着红红的小腮子,视线和问话一同集中到他的脸上来。毓秀听她这样问,心里觉得有趣,因为这情形是特殊的,与普通的借钱还钱不同,这就噗地一笑,低低地说道:

"虽然章小姐没向我讨,但我多余了钱,不是应该要还你吗?"

毓珠心中最不爱听的就是"应该"两字,因为自己前次虽没有和他明显地说我的钱就是你的钱,然而暗中是早已授予他这种的意思了,但是他还只管要和我分得这样清楚,他不是一些也不明白我的心吗?因此一颗芳心里真有说不出的怨恨。不过照理而说,我绝不能怪他是说错了话的,借了人家的钱,当然是要还的,这我难道还有个不知道吗?毓珠在这个情形之下,她说又说不出,哭又哭不出,心里的痛苦真是非作者一支秃笔所能形容的了。

"你还笑得出？我想不到你有这样的狠……"

毓珠也许是过度的怨恨，使她情不自禁地说出这两句话来，但说到"狠"字的时候，以下的话再也说不出来。因为他还我的钱，实在用不到一个"狠"字的必要，这就觉得一个女孩儿家对待一个年轻的男子，未免是太失了姑娘的身份。心里越想越不好意思，越想越觉得悲酸，她哀怨的目光在毓秀脸上逗了那么一瞥之后，泪水又像泉一般地涌了上来。毓秀究竟不是草木，何况还是个富于感情的少年，他听了毓珠的话，同时又瞧了毓珠的神情，他觉得章小姐的痴情是太可怜了。但是我素来痛恨杀贫民不见血的奸商，我曾经有要拿手枪去予以打击者以打击的存心，然而我现在要接受大众仇人的钱的资助，我是人吗？我是有头脑、有理智的人吗？我简直是畜生，是狗彘都不及！为了黄金与美人，而转变自己原有的思想和意志，这是最卑鄙下贱的东西，较之一向拥护财阀的小人更不要脸，那么在今日这一刻千金之间，我不是已将要达到这个地位了吗……毓秀这样一想，他全身颤抖了一下，对于章小姐这一份儿深刻的情意，他还觉得漠然无动于衷。毓珠的粉脸是低垂着，热辣辣地发烧得厉害，她在想：毓秀听了自己这两句话后，不知作何感想？也许他一定有所明显地表白吧！然而毓珠的理想还是不能成事实，她明眸望着自己的脚尖，经过良久的出神，却仍不听毓秀有什么动静，于是她再也忍不住地站起身子，一步挨一步地走到毓秀的身旁来，带了颤抖的声音，含了晶莹莹的泪水，叫了一声郑先生，说道：

"你应该同情我的环境，你应该可怜我的身世。唉！你不能因我父亲是个杀害贫民者，你就把我也当作仇人看待吗……你固然是个有理智、有勇敢的少年，但，你错了，你不能抹杀一个可怜的好人呀！郑先生，假使你的爸爸是个利令智昏的市侩，你也遭到你朋友这样冷酷对待，你心里的感觉怎样？你所受到的刺激如何……"

毓珠的喉间完全哽住了，她整个的脸已全都给泪水作为根据地了。毓秀再也想不到毓珠对自己赤裸裸地会说出这几句话，一时望着她海棠着雨般的粉颊，倒是呆住了一会子，情不自禁地握住了她的纤手，很柔和地微笑道：

"章小姐，你一切别误会，我所以还给你钱，绝不是为了你爸是个囤积民食商人的缘故。其实在前星期我在报上得知了这个消息的时候，我心里也很代你焦急的。章小姐，你是一个思想不平凡的女子，我如何不同情你的环境？"

毓珠从他这几句话中细细地寻味，觉得他对于我爸爸的行为确实十分不满，不过他对于我的一片深情是真的非常感动罢了，遂又低低地说道：

"郑先生，你不用骗我，我是个明理的人，爸爸身拥百万家产尚不知足，竟投机这样丧失天良的事业，这不但外界觉得愤怒，就是我做女儿的也觉得可恨。虽然我也曾再三地强谏过，但爸爸所交的朋友太无耻了，他们都是外界所谓'米蛀虫'者，唉！因此我爸爸也同化了。郑先生，我在报上我在无线电里常常听到骂'米蛀虫'的时候，我心里总感觉十分悲痛。不瞒你说，我在家庭里是得不到一些安慰的，我母亲是个吃斋念佛的人，一天到晚在佛堂里做功课，我知道我母女间是隔了一条鸿沟，绝对是没有谈话的余地。我爸爸此外又拥了四个美妾，这四个美妾除了在一百三十六张牌里过生活，否则上舞场、逛戏院、跑赌场，爸爸也从不过问。哥哥虽在大学读书，但只不过是块招牌，因了哥哥的不良，使嫂嫂也常常回娘家去，三天五天不回家，在娘家做什么，那是无从明白的。你想，我处身在这样家庭下，我还有什么趣味呢？自从和你见了面，我很想在你那儿能够得到一些安慰，然而你今天给我的刺激太难受一些了……"

毓珠絮絮地说到这里，既难为情，又觉悲酸，低下了粉脸，啜泣不停。毓秀听了她这一篇话后，心里也就愈加同情，想不到一个有钱人家家庭的内容竟如此腐蚀，真令人不胜感叹。但毓珠独独不染恶习，真也不容易了。遂在袋内摸出一方雪白的帕儿交到她的手里去，说道：

"章小姐，你快不要伤心了……"

在毓秀的心里，是很想好好儿安慰她一番，可是心中虽然有许多的话要说，却是无从说起，因此只好呆呆地又顿住了。毓珠见他拿帕儿给自己拭眼泪，遂又微微地抬起粉脸，擦了一下眼皮，把手帕交还了他，又向他点了点头，表示谢谢的意思。毓秀见她意态是已恢复了原状，遂走到桌旁，倒了杯开水，递到她手里，微笑道：

"章小姐，你喝茶。"

毓珠见他笑，心里颇觉怪不好意思的，暗想：这是向我赔不是吗？这样一想，两颊便又透露一圆圈的娇红，但也只好显出洒脱的态度，向他点头含笑地道了一声劳驾，便伸手接了过去，同时她的身子又退回到椅上去坐下了。毓秀心头这才感到室中空气是松弛了许多，遂也在写字台旁边坐下，因为大家没说话，又默默地静思了一会子。毓珠握着玻璃杯子，凑在红润润的嘴唇旁，露着一排玉洁可爱的牙齿，微微地一口一口地呷着。约莫五分钟后，她把身子侧了过来，茶杯放在桌上，纤手掠了一下鬓际的云发，明眸望着毓秀的脸，低低地又道：

"郑先生，这一百元钱是我个人自己的私蓄，你假使真心同情我的话，你应该不要还给我，不知道你肯听从我的话吗？"

毓秀听她这样说，当然明白她内心深刻的意思，一时觉得章小姐爱我之情，实胜过同胞手足，不免感入骨髓，沉吟了一会儿，说道：

"章小姐，你的情深谊厚，我是刻骨难忘，不过我现在还不短少钱用，假使将来有需要你帮忙的时候，我自己也会问你要的。"

毓珠听他不答应，心里虽然有些怨恨，但他这两句话是说得尚属诚恳，并不虚浮的样子，因此也只得罢了。不过心里却在细细地暗想：一星期前，他并没有把这一百元钱还给我，显然他正短少钱用，在一星期后的今天，他忽然又还给我了，那么他这钱是从什么地方来的呢？虽然他说是书店酬谢他的，不过我觉得这话是不可信的，莫非他心气高傲，是拿物件去典质了还给我的吗？想到这里，意欲再向他追问详细，但到底问不出口，因此颦蹙了柳眉，却又深深地叹了一口气。

"章小姐，我们还是到外面去走一会儿吧。"

毓秀见她这样闷闷不乐的神气，这回倒是他开口叫毓珠一同去散一会儿心。毓珠也感到坐着太气闷，遂站起身子，频频地点了一下头，拿起皮匣开了，在里面一块镜子上照了照，见粉脸泪痕纵横，这样子怎好意思走到外面去呢？遂取了里面的粉盒儿，意欲扑上一层粉去。毓秀在旁插嘴说道：

"索性洗个脸吧。"

说着话，把热水瓶里的水已倾入面盆里去，放了一条手巾，向毓珠望了一眼。毓珠觉得他的举动处处显出多情的样子，一颗芳心愈加感到他的可爱，一面洗脸扑粉，一面也拧了一把手巾，回身交给毓秀，瞟他一眼，说道：

"你也擦一个脸吧。"

毓秀连忙含笑接过，心里自然也十分感动。两人洗过脸，毓珠披上大衣，拿了桌上的皮匣，先走了出去。毓秀见桌上那一叠钞票依然放着，遂忙叫道：

"章小姐，你钱忘记拿了。"

毓珠这才回身哦了一声，把钞票从毓秀手中接过，藏入皮匣里面去。当她抬头的当儿，秋波脉脉地却逗给了他一瞥无限哀怨的目光。毓秀虽然不知道她是真的忘记，还是故意不愿拿去，不过从她忧抑的粉脸上瞧来，当然她是很不愿意把这一百元钱藏到皮匣里去的，心里这就感到好笑，遂说道：

"我们走吧。"

于是两人一前一后地走到楼下，跨出了大门的时候，毓珠忽见皮鞋带子散了，遂把皮匣交给毓秀拿着，自己蹲下身子系带子，待系好了鞋带，两人方才并肩踱出了天同坊。这情景瞧到后面一个人的眼里，因此情海中又起了一层微微的波纹。

这后面的人到底是谁呢？当然诸位明白就是桑秋露。秋露也有四天不曾到毓秀那里去玩了，因为她受了一些感冒，是曾经睡倒在床上几天的。昨天下午是已经可以起床了，原想到毓秀家里望他，但是生恐母亲责骂，才病好的人，怎么就要到外面去走呢？所以秋露是只好忍熬着。直到今天下午，她是再也忍不住了，因为算来有四天没和他见面了，毓秀的心中当然也是同样地记挂我的，所以她悄悄地跨出大门，很高兴地预备和毓秀去谈一会儿。不料一脚跨出十八号的大门，映入秋露眼帘下的就是一幕够人刺激的情景。她立刻停步呆住了，心里还有些不相信，纤手拭了拭眼皮，仔细望了过去，这还不是郑先生吗？那姑娘是挺华贵的，因了华贵的缘故，更显得美丽。她弯了身子，似乎在系鞋带子。郑先生给她拿了皮匣，站在旁边望着。这一种亲热的情形，完全是一对两小口子的模样。

失望像一枚尖锐的利箭，猛可穿过了秋露一颗脆弱的芳心里，她感到一阵无限的惨痛。因为病后的身体原是虚的，两眼昏花，全身无力，要不是门框子给她扶住了，她真的会跌到地下去呢！眼瞧着自己心爱的郑先生被一个小姐夺着走去了，慢慢地终于消失了他们的影子，秋露的心里，仿佛已失了一件什么宝贵的东西，她如醉如痴地呆住着，眼泪会像雨一般地滚下来，拖着沉重的步伐，回身又踱进房中。桑老太抬头见女儿苍白的脸色，她心里感到有些吃惊，急问道：

"怎么啦？你脸色这样可怕！"

"没有什么，我还觉得有些头重脚轻似的。"

秋露竭力镇静了态度，低低地回答，身子已摸索到床沿旁去坐下了。

"我原叫你不要起床，前天的热度还是怪烫的呢！唉！你这姑娘到底太孩子气了，反正又没有什么事情叫你干，嫂嫂抱了小玉是回娘家去了，你快给我静静地再躺着吧！"

桑老太口里虽然絮絮地埋怨着，但她心里是十分肉疼，身子已从椅上站起来，放下手中的活计，走到床边，把手摸到秋露的额角上去，立刻叫她脱了衣服睡了。秋露并没回答什么，深深地叹了一口气，身子已钻进被窝儿里去。桑老太是很慈爱地把被塞塞紧，说道：

"病才好一些，心就想活动起来，要知道你的身子是素来柔弱的呢！唉！这个年头儿……"

桑老太说到后来，她心里又在暗暗地感伤了。秋露始终没开口，她的眼泪又大颗地涌上来。

"唉！人心到底是不可捉摸的！"

她暗暗叹了一声，她觉得芳心好像有什么东西在猛刺一样的难受。我这样一片深情对待着他，我以为他心眼儿一定也只有我一个人的，谁知他又去爱上了别个姑娘，可见男子都是三心二意、见一个爱一个的多，哪里谈得上真正"爱情"两个字呢？只有女子总是痴心的多。想不到像郑先生这样诚实的少年，也会这样的没情没义，唉，那还有什么话说？于是她又想到这位小姐的服装，当然是个贵族小姐的身份，于此可以明白，爱情完全是建筑在金钱身上的。秋露想到这里，仿佛是受了伤的小鸟一样的悲伤，情不自禁地竟呜呜咽咽地哭起来。秋露这一哭不打紧，倒把桑老太太大吃了一惊，回过头来，又急急地问道：

"秋露，你怎么啦？你……到底怎样地不舒服呀？"

"没……有……什么……"

秋露被妈一问，她方才惊觉过来，立刻停止了呜咽，但喉间兀是窸窸窣窣地抽噎着。桑老太这就把手中的活计又放到膝踝上来，不觉暗暗地想道：瞧女儿的情形，仿佛这哭并不是单纯为了生病的缘故，难道她另有失意的事情吗？便又问道：

"既然没有什么，为什么哭呢？你可不是小孩子，让人家听见了，岂不是笑话？"

"那又有什么笑话？这个年头儿，何事不足伤心？谁不想痛哭？"

秋露停止了抽噎，又感慨地说着。桑老太听了，倒也不禁长叹了一声，低低地说道：

"但是哭也没有什么用呀！秋露，你茶要不喝一口？"

"我不要喝茶……"

秋露轻声儿回答。桑老太道：

"那么你好好儿地睡吧，别胡思乱想，无论一件什么事情，都有一个定数的……"

桑老太这几句话听到秋露的耳里，芳心倒是暗暗地一跳，母亲这话无形中竟在给自己譬解，难道她老人家已知道自己的心事了不成？想到这里，两颊会热辣辣地通红起来，遂把被蒙住了头，暗自又想：母亲这话是对的，无论一件什么事情，总有一个定数的，那么我又何必为毓秀的另有女朋友而伤心？假使我和毓秀有缘的话，当然是有个圆满的结果。假使没有缘分的话，强求又有什么用呢？况且我和毓秀虽然是认识了多时，但开始谈话也只不过两星期之久，我有什么能力去干涉他的另有女朋友呢？也许你自己一片痴心，在毓秀的心中，他根本不爱我，那也说不定哩！秋露这样一譬解，心里这才宽松了许多，一时颇觉疲乏，竟真的沉沉地熟睡去了。醒来的时候，室中已亮了电灯，只听鸣申在说道：

"祖母，姑姑怎的还不醒来，粥快烧好了呢！"

桑老太道：

"你倒去瞧瞧姑姑，也许醒着哩。"

鸣申听了，真的走到床边来。秋露遂翻过身子来，鸣申唬地笑道：

"姑姑，你醒了！"

秋露亦微笑道：

"你母亲今天还没回来吗？"

鸣申道：

"可不是？在外祖母家已住了三天了。外祖母家里天天吃饭，菜肴又好，所以妈是不肯回来了。"

秋露叹了一口气，拉了他的小手，问道：

"那么你愿意到外祖母家里去吗？"

鸣申摇了摇头，说道：

"我要上学校里读书去。"

秋露又问道：

"那么你喝着粥，不嫌苦吗？"

鸣申摇头道：

"当然不苦，祖母也喝粥，姑姑也喝粥，大家都说不苦，我难道就苦吗？学校里先生说，有许多许多的人，不但没有吃，而

101

且没有穿，还在炮火中死呢！假使我没有读书，那才真的苦呢！"

秋露想不到这几句话会出在一个年才七岁的孩子口中，当然感到意外的惊喜，情不自禁地把他小手拿到鼻上来闻了闻，掀着笑窝儿，说道：

"你这孩子有志气，哥哥总算也很安慰的了。"

秋露因为在下午睡了一觉，晚上吃过粥后，却无论如何睡不着了，因了睡不着，难免又胡思乱想地忖了一会儿，忖到后来，总是辛酸的，这就又暗暗地泣了半夜。

秋露一夜没睡，不料毓秀也是一夜不曾合眼。他在想白天里和章小姐出去又玩了一天，结果又花了她许多钱，想起来真有些惭愧。以我这样的一个贫少年，和一个贵族小姐在一起，那的确太不相称了。我是一个有理智、有思想的青年，不能认为这种享乐是欢悦的，我瞧着章小姐付钱的时候，我心里是感到无限的痛苦。我没有钱去应酬这种无谓的交际，但我也不情愿去享受这种不花钱的幸福。在她固然是不计较我的吃白食、瞧白戏，在我却感到十分的羞耻，我为什么要在一个女子身上沾光？我是上海人所谓"拆白党"吗？唉！毓秀在这一声长叹之后，摇了摇头，觉得自己和章小姐的阶级相差太远了，她是个享乐惯的小姐，她如何能吃得起贫民生活的苦？这样看来，我们是绝对没有结合的希望。章小姐的爱我，完全是盲目的，就是勉勉强强地结合了，将来也绝不会有美满的结果。毓秀这样考虑着，为了避免他日发生悲剧起见，觉得还是早些分手了好，于是他便忍痛地存了一个决心。

毓秀既然存心和毓珠分手，他的脑海里不免又想起了桑小姐。秋露的确也是爱我的一个姑娘，她爱我的举动，恰恰适合于我的环境，因为在我的环境中，实在很需要这么一个姑娘来给我料理家务，秋露现在尚且肯给我洗衣服，那么她将来做了我的妻子，再苦些的活儿，不是也情愿干的吗？秋露，你真是我理想中的爱妻啊！毓秀情不自禁地喊出了这一句话，虽然房中是没有第二个人，他也感到难为情起来。秋露说她是个生成的苦命吗？这我绝不以为然，享乐是人人会的，只不过各人环境不同而已，秋露的容貌，就瞧不出她是个贫苦人家的女儿。说她呆笨吗？也许比任何姑娘更聪敏些。说她学识浅薄吗？可是她说出话来就不平凡。秋露的确是个刻苦耐劳的女孩儿家，一个刻苦耐劳的女孩儿家，嫁一个丈夫，当然希望也是同样地能够刻苦耐劳的。那么我俩的结合，一定有灿烂的花朵可以展开在眼前的。不过很奇怪，这四天的日子中，秋露为什么却一次也不来？难道他们搬家了吗？这绝不会的。那么事情忙吗？也不会的。莫非病了吗……想到这里，不免有些忧愁，暗暗祈祷着，但愿她并不是为了生病吧！胡思乱想地直到子夜两点敲过方才蒙眬入睡。

过了两天，毓秀在外面买了一些墨水回家，心里暗暗地细想：真奇怪，秋露从此以后怎么竟不来了？难道她不爱我了吗？不过这到底为了什么原因呢？我又不曾得罪她，她如何会和我生气呢？想到这里，不免暗暗地纳闷。

这是很凑巧的事情，毓秀跨进弄中的时候，忽然见秋露挈了一支铜勺子，齐巧从十八号门口走出来。这在毓秀的心里，是感到十分的喜欢，加快了几步，老远地就和她笑了笑。但是出乎意料之外的，秋露立刻垂下了粉脸，好像装作没有瞧见一般地只管匆匆走路。毓秀瞧她明明也发现自己的，谁知她却假装不理会，那还不是和自己生气吗？因为要明白一个仔细起见，他就不管秋露是否理睬自己，便笑着叫道：

"桑小姐，多天不见了，你在家里很忙吗？"

第八回

清苦侈奢环境各别

秋露经毓秀这么一招呼，她自然不得不抬起头来，乌圆眸珠在长睫毛里一转，掀着笑窝儿，哦了一声，说道：

"郑先生在外面买东西吗？我病了好多天，和床在做伴哩。"

毓秀也不管她是否真的还只有此刻发觉，遂答道：

"我在买墨水，桑小姐病了好多天吗？我却一些也不知道，如今可完全好了？"

两人说着话，身子已是走到了面前。秋露微微地点了一下头，微笑道：

"全好了，多谢你。"

毓秀这时细瞧她的粉脸，觉得果然瘦削了许多，不过她的眼皮却也十分的红肿，仿佛哭过似的，一时对于她患病的话心里倒又怀疑起来了。暗想：桑小姐可不是小孩子，生病难道会哭的吗？显然她心里有不如意的事情，莫非她和家里人在吵嘴吗？一定是的，这就无怪她见了我故意装没瞧见，因为她怕我发现她哭过秘密，这原是女孩儿家怕羞的缘故。照理说，我既不曾得罪过她，她如何会和我生气？我倒不要误会了。秋露被他这一阵子呆瞧，当然万分地不好意思，连两颊也红晕起来。毓秀这才理会过来了，说道：

"真的，你两颊清瘦得多了。"

秋露明眸含了无限哀怨的目光，在他脸上逗了那么一瞥，说道：

"可不是？所以一个人是不能生病的。"

"桑小姐，你怎么心里很不快乐吗？莫非有不如意的事情？"

毓秀虽然见她是含了浅浅的微笑，但脸上似乎笼罩了一层抑郁的愁容，于是他终于忍不住开口低低地问了。秋露听他这样问，心里很是感伤，几乎又欲淌下泪水来，但她竭力镇静了态度，摇了摇头，说道：

"没有什么，贫苦人家的人，天天过着不如意，那倒也没有什么稀奇了。比不得有钱人家的小姐……"

秋露这几句话其实是暗藏了深刻的意思，然而毓秀却不理会，还以为秋露不免带有些虚荣的心理，遂忙说道：

"一个人总要有坚忍心，那不是你自己劝人家说的吗？我想我们年轻的人，只要具刻苦耐劳的精神，将来总有好日子过的。桑小姐，我们多天不谈了，回头你有空吗？"

秋露想不到毓秀会对自己这样说，可见他心里依然很爱我的，不然他为什么要喊我呢？一时心肠又软了下来，遂低低地道：

"郑先生不讨厌，我等会儿来吧。"

说完了这两句话，身子已向弄口走去泡水了。毓秀望着她窃

106

宛的后影，倒是愕住了一会子，暗想：这句话说得没意思，她不是又和我生气的表示吗？奇怪！奇怪！难道我有什么地方待错她了吗？这就觉得秋露的伤心，内容一定是颇复杂的，回头我倒要问她一个仔细，想着，便也匆匆地回家里去了。毓秀回到家里，把一瓶墨水和一袋碎饼干放在写字台的上面，脱去了西服上褂，暗自想了一会儿心事，却想不出秋露到底为什么和自己生气。约莫一刻钟后，只听一阵轻微的脚步声走上来。毓秀抬头望去，只见门框子外，秋露已是跨了进来，于是站起身子，含笑叫道：

"桑小姐，请坐，请坐。"

秋露对他抹嘴一笑，遂步到桌旁坐下。毓秀倒了两杯开水，并把纸袋打开，取出饼干，向秋露笑道：

"桑小姐，吃些饼干吧。"

"郑先生，我又不是贵客，你何必这样客气？"

秋露句句话都是提着章小姐的，可是毓秀却始终没知道她的意思，望着她笑道：

"你不是贵客，谁才是贵客呢？"

秋露淡淡地一笑，却是并不作答。毓秀见她此刻的脸和弄中瞧见的又换了一个样子，原来她回家后曾经洗一个脸的，而且还涂上了一圆圈微晕的胭脂，果然血色又好了许多。刚才像个病西施，此刻真的又美丽多了，遂笑道：

"桑小姐，你的脸色比刚才又好多了。"

秋露听他这样说，也忍不住扑哧一声笑出来，秋波却逗给他一个妩媚的娇嗔，这娇嗔是美丽的。毓秀也哧哧地笑了，说道：

"桑小姐，你为什么拿眼睛白我？难道我这话说错了吗？"

"你是好人？才不到一个钟点，我的脸色就会好了吗？"

秋露还听他这样问，又把秋波恨恨地白了他一眼。毓秀笑道：

"那是事实，我可不曾说谎，你不相信，我拿面镜子你瞧，真的，脸红红的很有血色了。"

秋露被他这么一说，更羞得耳根子也红了，说道：

"郑先生，你取笑我，我可不依你……"

说到这里，又觉得太难为情了，遂把身子背了过去。毓秀虽然不知道她在做什么，但很显明的，她当然也在笑哩！

"桑小姐，常言说得好，气气恼恼成了病，嘻嘻哈哈活了命，说说笑话，大家开颜一笑，这对于身体是很有益处的。现在笑过了，正经地还是吃几块饼干吧。"

过了一会儿，毓秀又向秋露正经地说着。秋露这才回过身子，秋波瞟他一眼，笑道：

"你这话，那么我前天的病难道也为了气恼不成？"

毓秀听她这样问，便也笑道：

"多少总带有些气恼的成分……我想……你好像和我有些生气，不过你为什么要和我生气，我却一些也没有头绪，不知桑小姐能否告诉我？我在哪儿曾得罪过你吗？"

秋露芳心倒是暗吃一惊，两颊这就更红晕了一些，但犹故意凝眸含睇地瞅住了他，微笑着道：

"郑先生，你这话奇怪，你打哪儿知道我和你生气？况且我的病完全是受了一些感冒，那你的猜想不是没有根据的吗？"

"我绝不会胡猜的，而且我也有根据的。"

毓秀望着她玫瑰花儿似的两颊，却是很神秘地憨憨地笑。

"那么你凭什么根据呢？"

秋露一颗芳心好像小鹿般地乱撞，但表面上还绝对保持镇静的态度。

"刚才我请你回头有空来谈谈，你说郑先生不讨厌，我等会儿来吧，我听了你这两句话，我就知道你是和我生气，因为我每次对于你的到来，总表示热烈的欢迎，何尝讨厌过你？你这话叫人听了，心里不是难过吗？"

毓秀收了笑容，态度是非常的严肃，表示十二分的诚恳。秋露听他这样说，心里也深悔不该向他说这一句话，因为他是个很聪敏的人，心里当然有些感觉到的，不过这里我感到奇怪，毓秀既然很爱着我，那么这个华贵的姑娘又是他的谁呢？照事实上说，一个有钱的小姐，一个贫穷的姑娘，那么在毓秀当然是舍秋露而爱那姑娘的，如今他又对我这样说，那不是叫人感到奇怪吗？毓秀见秋露听了自己的话并不立刻作答，却垂了粉脸，仿佛沉思的样子。这种意态更可以肯定秋露的确是和自己不高兴，否则又何必这个模样呢？不过她之所以生气的原因是的确不知道，因为那天我们分手的时候，也是欢欢喜喜的并不曾多过一句嘴，这不是一件叫人感到纳闷的事情吗？于是他又柔和地说道：

"桑小姐，我们既然成了朋友，假使你我有什么错处，大家是应该当面说的。假使我待错了你，你不说出来，却藏在腹中生气，那是很容易发生误会的。所以我得罪你的地方，你只管说，倘若我真的有不是之处，当然理应向你赔一个不是，你说对不？我以为朋友只要知己，什么话都不用计较的。"

秋露听他又这样说，可见毓秀实在很爱我，否则，他为什么要向我说赔不是的话呢？那么毓秀和这个华贵的小姐大概是不甚知己的吗？但是前天瞧了两人并肩同行的情形，实在是十分的亲热，那不是叫人太奇怪吗？意欲向毓秀问一问前天那个姑娘到底是他的谁，但自己究竟不是毓秀的未婚妻，哪里来权利去干涉他的另有女朋友呢？假使毓秀知道我是因为他另有女友而生气的事，这我一个女孩儿家算什么意思，不是太不知羞涩了吗？既然他肯和我说这几句话，显然他和我的友谊是已比他人深厚的了。秋露这样想着，便笑盈盈地抬起了粉颊，眉飞色舞地绝对不露一些生气的样子，笑道：

"郑先生，你这些话全是多余的事，你如何会得罪我？就是你得罪我了，我也绝不会生你气的。"

说着，秋波又送给他一个倾人的媚眼。

"就凭你这几句话，我知道一定有得罪你的地方，不过你是个大度容人的姑娘，当然也不会认真的吧？不过我哪一句话说错了，自己的确茫无头绪。桑小姐不用客气，最好请你老实地告诉我好不好？"

毓秀听她这样说，便又微笑着问。

"郑先生，真的你没得罪我，叫我说什么好呢？"

秋露的娇靥在红晕之中又透露喜悦的神色，抿着嘴儿忍不住笑出来。毓秀见她这时候的意态确实是很快乐，这就觉得秋露姑娘的性情不免也带有些古怪，遂说道：

"那么照你说，我真的没得罪你，那我当然很心安。不过我总有些疑惑，因为你说的'郑先生不讨厌……'这一句话，我就觉得我一定曾经得罪过你……"

秋露一颗处女的芳心是感到一层甜蜜的滋味，噗地一笑，乌圆眸珠转了转，这就有了主意，说道：

"这话我原和你开玩笑的，假使早知道郑先生这样会多心的话，我也就不说了。"

毓秀想不到她还怪自己会多心，一时倒愣住了一会子，笑道：

"这样说来，真所谓天下本无事，庸人自扰之了。桑小姐，这是我误会你了，其实我太小心，因为我就怕你会跟我生气。"

秋露听了他这几句话，心里这一快乐，连心花儿都朵朵地开了。他怕我跟他生气，换句话说，就是他怕我不爱他，为什么他要怕？当然他是为了爱我的缘故……想到这里，再也不好意思想下去，几天来的忧郁和烦恼都被毓秀这一句话仿佛春天的风一样，一股脑儿全吹得无影无踪了。她红晕了两颊，有些羞涩见毓秀似的，微侧了身子，抿着嘴儿却只管哧哧地笑。这种娇媚不胜情的意态，瞧在毓秀的眼里，一颗心的荡漾，仿佛水波那样流动着。他觉得乱头粗服的秋露确实比珠光宝气的毓珠更要可爱，尤其在自己的环境中，更需要秋露那么一个姑娘来慰藉的。因为她给予自己的是精神爽朗、情感兴奋、意志坚强。毓珠虽然和秋露同样真心地来爱我，但她给予我的却是羞惭和痛苦，这并不是毓珠那位可爱的姑娘不足以动人地爱她，实在是我自己没有接受她爱的资格。毓秀这样想着，对于毓珠的一番真挚的情意当然表示深深的抱歉和不安。两人默默地各自想了一会儿心事，毓秀忍不住又开口笑道：

"桑小姐，既然你没生气，那么你就吃些饼干，别背着身子呆呆地坐着，那不是又和我生气了吗？"

秋露于是很快地又回转身子，两人四目相接，不禁又噗地笑了。毓秀在碎饼干中拣了两块完整的交到她的面前，笑道：

"桑小姐，你吃，我们穷人只好买些碎的吃，价钱的确便宜了不少。"

"其实吃到肚子里，总是要经过嘴的细嚼，碎的和整块的又有什么两样呢？"

秋露一面拿了一片吃，一面又笑着说。毓秀点了点头，也拿了饼干吃，说道：

"世人都只求形式上的完整，却都不求实际的，这也就是一个例子。"

说着，两人同时地又握起杯子来，喝了一口茶。静静地过了一会儿，秋露忽然想到了一件什么似的，悄声儿说道：

"郑先生，我有六天没来，你换下的衣服一定很多，今天我全给你洗出了。"

毓秀听她总不忘记这一些事，仿佛给我洗衣服是成了她分内的职务了，心里的感动当然较之以金钱的帮忙更要深刻了一些，遂忙说道：

"不，我逐日地全都自己洗出了。再说就是有，我也不忍心叫你桑小姐洗的……"

"那为什么？"

秋露不等他说完，就急急地追问，粉脸上似乎还有些惊异的神色。

"桑小姐不是生了好多天的病吗？我知道你这样娇弱的身子，一定是累乏了。现在稍复原一些，我怎么忍心再叫你洗衣服？唉！我假使经济充足的话，桑小姐实在应该进一些补品呢！"

　　毓秀的话声是很诚恳的，他又轻轻地叹了一声。秋露的芳心自然也很感动，明眸里含了无限的柔情蜜意，脉脉地望了他一眼，说道：

　　"郑先生有这样存心对待我，也就是了。不过我却不希望你实行这些事，穷人的补品就是一日三餐，只要吃得下饭，也很满足了，哪谈得到'补品'两字呢？"

　　说到这里，猛可想到自己每天吃的是三餐粥，心里自然是不胜感慨系之，忍不住也叹了一口气。经过了秋露这一声叹气之后，室中空气又笼上了一层暗淡的色彩。秋露忽又悄声儿地问道：

　　"郑先生这几天里稿纸写好多少了？"

　　"也没有写好多少，前楼打麻将，厢房间开无线电，整天像戏院里一样的热闹，还叫我怎么能够写得出好的作品来呢？假使有好的房子，我倒想搬了一个场，可是房钱又不能太贵，所以这事情也只好梦想罢了。"

　　毓秀听她问起这个，一时对于四周环境的不良，使他又发起牢骚来。

　　"十六号里是比较嘈杂一些，我们十八号就清静得多。"

　　秋露对于他这一个问题，也觉得很是忧虑，颦蹙了眉尖，似乎在给他代为设法的样子。毓秀连忙说道：

　　"那么十八号里不知有房子空着吗？假使我们能够搬在一块

儿的话，倒也很好……"

秋露听了这话，芳心倒是一动，眉又展开来，笑道：

"我也这样想，但是现在还有谁家肯搬场呢？不过我给你留心着吧。"

毓秀点头道：

"好的，你一有消息，立刻就告诉我吧。这儿房东又怪凶的，我见了真有些怕她……"

秋露听了，忍不住噗地一笑，但结果却又叹了一口气。秋露和毓秀经过这一次谈话后，她一颗芳心的怨恨完全消灭了。这天回家，颊上的酒窝儿仍旧深深地掀着，显然她的内心是十二分的喜悦。

第二天下午，毓秀正在写稿，忽见秋露抱着小玉笑盈盈地走来了，很急促地说道：

"郑先生，事情竟有这样的凑巧，我们亭子间里王大嫂后天要搬场了。你想，那不是喜欢煞人吗？"

"真的吗？那么房钱每月租多少呢？"

毓秀放下了笔，兴奋得跳起来。秋露笑道：

"昨夜我得知这个消息，我就和房东商量。她说既然只有一个人，倒也很清洁的，从前王大嫂租的只有十六元，现在原欲租二十元，说是我介绍的，她便情愿租十八元，我想比这儿还便宜二元钱，这不是很好的吗？地方较后楼也小不了多少，不知你喜欢吗？"

"好极，好极！那是再好没有了，我还有个不喜欢的道理吗？那么你给我代为先去付一些定钱，待王大嫂搬后，我就立刻搬进去是了。"

毓秀满心欢喜，忙取出五元钱的钞票交到秋露的手里。秋露当然同样地感到喜欢，遂接了钞票，也不久坐，就兴冲冲地回家去了。

过了几天，毓秀已搬到十八号的亭子间里去住了。那边真的清静得多，使毓秀写稿的时候，把思想可以完全集中在一处，对于这一点，毓秀心里当然是十二分地感激秋露的出力。因为大家住在一个门内了，毓秀开始和桑老太也渐渐地认识了，而且秋露哥哥士杰回家对于秋露和他两人亲热的情形，当然也并不感到秋露是太失了姑娘的身份。因为在桑老太的意思，女孩儿家大了，总是要出阁的，所以对于毓秀倒也存了一个心。

毓秀和秋露朝晚相聚，可说是心心相印了，对于毓珠的一片深情，自然只好忍痛割除。毓秀的搬家，毓珠既然不知道，她当然还是向十六号里走的，不料王太太在厢房里出来，一见毓珠，便忙说道：

"你这位小姐没知道吗？郑先生搬家已有一星期多的日子了呢！"

这消息触送到毓珠的耳里，真仿佛是晴天中起了一个霹雳，定住了乌圆的眸珠，怔怔地问道：

"什么？郑先生搬家了？他搬到什么地方去了呢？"

"搬到什么地方去，这个我倒不详细……"

王太太望了她一眼，笑着摇了摇头。毓珠的一颗芳心里好像是失却了一件什么东西，只觉得空洞洞的，十分的难受。她轻轻地叹了一口气，拖着沉重的步伐，懒洋洋地跨出了大门。

毓珠踏在归家的途中，她想着毓秀突然搬家的原因，很明显的是不愿我去望他，这意思就是不愿接受我的爱他，这样志高气傲的少年，真也不可多得。唉！想到这里，她又悠长地叹了一声。在毓珠的心里，她倒并不怪毓秀的无情，她只怨自己命不好，会生长在这富贵的家庭里，因此金钱是拆散了我俩这一头美满的姻缘。因为当初我们在公园里见面，毓秀确实也很爱我，自从他得知章乃千就是我爸爸的消息后，他和我的感情仿佛由沸点而降至于冰冷了。他是痛恨杀害贫民阶级的市侩的一个少年，他当然不愿意和一个市侩的女儿结合，虽然他也明白我本身并不坏，但他终于毅然地和我疏远，到此我真佩服他意志的坚强。不给黄金与美人引诱的青年，恐怕现代社会上也只有他一个人吧。唉！毓秀，你真勇敢，你真伟大！毓珠暗暗地说出了这两句话，她的眼泪便再也忍不住地淌了下来。春风虽然是那样的温和，但此刻吹在毓珠的身上，却感到十分的悲哀。黯然神伤地回到家里，经过嫂嫂的房门口，只见哥哥匆匆地奔出来，脸上是显出很愤怒的样子，同时还听嫂嫂呜呜咽咽的哭声，这就瞅了他一眼，说道：

"哥哥，你怎么又和嫂嫂吵闹了？给仆妇们听见了，那算什么意思？"

章如海气得什么似的，向毓珠急急告诉道：

"妹妹，你给我评评理，究竟是谁的错？她怨我天天在外面胡调，她自己是好人，那天在高士满门口，我也亲眼目睹……"

毓珠不等他说完，就急阻止他说下去，说道：

"别大嚷了，给我留些颜面着。哥哥，说来说去，总是你不好，你若不到外面去胡调，嫂嫂怎么会跟人在游玩？唉！你们……"

"妹妹，你也不用为我叹息，我的绿头巾也不止戴一顶了，从此以后，我总不和她同床。她去偷人，我也管不了她，我再讨几个女人给她瞧瞧，看她有什么办法？有本事的只管和我离婚好了……"

如海也不待毓珠说完，就大声地说起来，说到末了一句，还故意响亮一些，仿佛是说给妻子任月琴听似的。毓珠听哥哥不顾羞耻地大嚷，真急得两颊绯红。就在这个时候，只见嫂嫂披头散发地从房中奔出来，眼泪鼻涕地哭道：

"放你的屁！你和珠姑说的什么话？你自己东搭西搭，不知弄了多少女人，怎么反来衔血喷人地诬我？常言说得好：捉奸捉双，捉贼捉赃。你无凭无据地胡说白道，我可还要做人哩！你给我嘴清楚些吧……"

月琴说着，又大哭大骂。

"你倒是放屁！那天我亲眼瞧见的，你还想赖吗？妈的，你敢凶，我就打你！"

如海见她如狼如虎地从房中赶出来，一时火星直冒，也恶狠狠地赶了上去。

"哥哥，你这是什么话？我家是怎么样的人家？夫妻口角，有动手打的理由吗？以后大家安分些也就是了，何苦来？夫妻总是夫妻，这样吵闹着，给母亲听见了，不是又伤了她老人家的心吗？"

毓珠把如海拦住了，又絮絮地说着。如海被妹妹一劝，当然也顺水推舟地不赶上去了。不料月琴却哭得更厉害，顿脚大骂道：

"打打，打打，我可不是你家的童养媳，你是吃打饭的吗？我今天就给你打死也干净，明朝好叫我爸爸来给你打官司，反正你是不怕的。你说高士满门口瞧见的，那是我的表哥，那天偶然去玩玩，爸爸妈妈也知道的，这要什么紧？谁像你今天和舞女开房间，明天和向导员开房间，这你做丈夫的难道是应该的吗？"

正在闹得不可开交，四姨太小兰芬急急地走来道：

"大少爷和大少奶的嗓子可不小，把老爷惊醒了。他叫我来请你们过去，要问问你们到底为了什么事情吵得这样厉害。别人家小两口子总是恩爱得扭股糖似的分不开，你们怎的像死冤家样的？这算什么意思呢？"

月琴听四姨太这样说，方才停止了哭泣，于是四个人便一同到乃千的书房间里去了。章乃千自从被人枪狙以后，在医院里住了七天，就迁回家里来调养。因为受了一次惊吓，总算不曾丧命，从此不得不严密地提防起来。书房的门外，另外再添上了一扇铁门，门上又架了一柄大铁锁。铁门的外面，除了阿金、阿银两个保镖外，尚添雇了一个罗宋保镖，三个人握着手枪，整日地在门外踱来踱去。凡是亲友等要和乃千接洽事情，都要经过保镖的搜查，然后才开铁门放入接谈，以为这样子，可以万无一失，绝不会再有暴徒敢来行凶等的事情发生了。至于乃千在里面的生活呢，除了吃、困、撒三件事，此外只有听听无线电，翻翻报纸看，可是报纸上的消息给予他的刺激更深一些，因为这几天里社会上最活动的，不是暗杀，就是绑票，报纸上差不多全都是这种消息。可怜章乃千也是曾经被暗杀过的一分子，所以心里愈加胆寒，时时刻刻只担忧着暴徒不知会不会闯到公馆里来暗杀吗？我这三个保镖不知是他们的对手吗？这样担忧着，他心里自然常常起了莫名的恐怖，因此四个姨太太也搬进铁门里来陪着他，晚上五个人睡在一张定制的大床上，真像猪猡似的挤在一起。有时候老兴来了少不得向四个人应酬应酬，但乃千已经是筋疲力尽，可是四位姨太太还是叫苦连天。本来四个姨太太外面都有小白脸，这样一来，大家都做了牢监里的犯人一样，不好到外面去，各人心里的怨恨真是难以笔述。后来，幸亏二姨太向乃千说道：

"现在已是初夏天气了，五个人睡在一张床上，到底有碍卫生，况且晚上老爷也太忙碌，虽然老爷是出了吃乳的气力，但我们还是分不到什么好处，这对于老爷的身子确实很伤的。现在我的意思，白天里都伴在书房里，晚上就留一个人是了，这样每人七晚或者八晚轮流地挨着，不是好得多了吗？"

章乃千听了二姨太的提议，也觉得很有道理，于是便允许了这个请求。从此以后，这仿佛是放了四个姨太太一条生路，单等晚饭吃过，除了值日的姨太留在房中陪伴乃千，其余三位姨太就涂脂抹粉，欢欢喜喜地到外面去，你约小王，她约小陈，你上舞厅，她开旅馆，真是非常的快乐。二姨太还向三个姨太讨好，全靠她的提议才有这样幸福的日子，三位姨太也是甘拜下风，都说全仗妙计。只可怜章乃千每夜要做三只乌龟，可是他还蒙在鼓里一些也不知道呢！

当时毓珠等四个人走到书房门口，由保镖开了铁门，让四人进内，毓珠在一脚跨进铁门的时候，心里就有一阵感触，忍不住深深地叹了一口气。乃千是躺在炕床上抽大烟，二姨太给他装烟，三姨太给他捶腿，大姨太在桌旁给他切花旗蜜橘。毓珠、如海、月琴三个人走上去，叫了一声爸爸。乃千皱了眉毛，把烟枪放下了，说道：

"你们到底为什么吵闹？小夫妻总要和和睦睦，又不愁吃，不愁穿，究竟闹什么呢？你们倒给我说出一个理由来。"

如海、月琴相互地望了一眼，都不敢告诉，良久，不约而同地都说了一句没有什么的话。乃千不信道：

"既然没有什么，那么哭哭闹闹算什么意思？珠儿知道吗？哥哥嫂嫂做什么斗嘴的？"

毓珠是个聪敏的姑娘，她当然不愿意多嘴管这些闲事，遂笑道：

"哪里有什么正经事，还不是喜欢吵吵当玩儿吗？"

如海、月琴听妹妹这样说，都不禁为之嫣然失笑。四个姨太太也都呵呵大笑起来，大姨太笑道：

"二小姐这话说得真不错，两小口子没事干，还是吵吵嘴解个闷儿，白天像冤家，夜里就成亲家，只怕哥哥妹妹喊得震天价响的了。"

大姨太这句话说得众人又都捧腹大笑。乃千也笑起来，见如海和月琴很羞涩地低下头，似乎也在笑，便说道：

"吵嘴是没有什么好玩的，我劝你们以后不要吵闹了。"

说着，又向如海道：

"现在外面暗杀、绑票这样多，我是再也不敢到外面去了。

120

你在外面走路，千万也得小心，华洋银行的事务我已通知秘书长，叫他天天到我这儿来一趟。至于大陆纱厂，虽然厂长可以完全负责，但我总有些不放心，你课余有空的时候，常去给我望望，并向厂长探问探问情形，叫他每星期做一个报告单给我瞧。你顺便也可以考察考察实际，将来你离开大学以后，对于这些事情都是值得注意呢！"

如海对于父亲这几句话虽然是一只耳朵进，一只耳朵出，但也只好唯唯答应。乃千一面又劝慰了两人一番，如海、月琴、毓珠三人方才又退出铁门来。保镖待三人走后，立刻把一柄大铁锁又架了上去。毓珠回到自己房里，隔壁就是佛堂，母亲喃喃念经的声音又很清晰地触送到耳鼓，她觉得让自己置身在这个环境里，实在是太痛苦了，于是她倒向床上，伏在枕上忍不住呜呜咽咽地哭起来。

毓珠真的太可怜了，她觉得四周包围的都是畸形怪现象，她不相信这就是自己的家。为了毓秀的搬家，自己是完全陷入了失恋的苦海，但她并不怒毓秀的无情，她更恨这万恶的家庭。她想脱离家庭，流亡到外面去，不仅是想脱离家庭，而且她还想脱离这万恶的上海。后来校中一个同学劝慰她别灰心，努力学业是你最大的责任，既不愿住在家里，何不住到学校里的宿舍来呢？毓珠听了这话，倒很以为然。从此以后，毓珠就住在校中，除了读书外，和同学们玩玩网球、抛抛篮球，倒也慢慢地忘记一切的痛苦了。

如海自从和月琴那日大吵了后，愈加在外面花天酒地、夜夜不归。月琴知道没有希望，遂也渐渐浪漫起来。两口子你玩你的，我干我的，大家索性各不过问。有时候在同一交际场上遇见了，便也很大方地玩了一会儿，各自走开，这样倒也相安无事。毓珠星期日有时也回来一次，望望母亲，只见三岁的侄女儿雅萍在乳娘手里嘻嘻地笑，问起哥哥嫂嫂，乳娘总是摇摇头说不在家。毓珠觉得这个可怜的孩子，真仿佛是没爷娘一样，心里暗暗感叹。因为回家所瞧到的情形都是刺激，往后她连星期日也不敢回家来了。

如海受了父亲的嘱咐，他也常到大陆纱厂去视察，原意是瞧瞧厂中的情形如何，不料如海一见数百个的女工中，也有比舞女、向导员美丽的，这就动了心，暗想：舞女、向导员玩厌了，何不玩玩新鲜的？所以他到厂里去的日子很勤，先把工头潘美珍看中了。美珍是个三十二岁的新寡，一见董事长的公子来吊自己膀子，这真是求之不得的事情，所以格外奉承，把个如海乐得心花怒放。从此以后，潘美珍便做了拉皮条的职务，凡有容貌美丽的女工，无不给如海搭上了手。在如海可说是发现了新大陆，从此，舞场里倒很少有他的足迹了。

光阴匆匆，不知不觉已是盛夏的季节了，这天如海又到厂里来物色人才，只见有一个女工，生得娇小玲珑，眉如远山，眼若秋波，芙蓉其颊，杨柳其腰，最最令人销魂的是颊上两个深深的酒窝儿，真可说是王嫱再世，西子复生。如海看得涎水欲滴，连忙把潘美珍喊来，问这女工叫什么名儿，几时进厂的？美珍骚眼瞟他一下，笑道：

"她的名儿叫杨春霞，进厂还只有一星期光景。章少爷，你快死了这条心，那位姑娘容貌虽然艳若桃李，但性情却冷如冰霜，我想这个恐怕是不容易勾搭的了。"

如海一肚皮的高兴，不料被她兜头泼了一盆冷水，一时望着她倒是呆呆地愕住了。

情　海　恨

第一回

防不到人心多险诈

寒暑表上的热度是一天一天地高起来，社会上的物价也是跟着热度同样地飞涨。米卖一百五十元一担，煤球卖十八元一担，豆腐吃肉的价钿。走到呢绒店门口瞧，衣料每尺八元十元，甚至二十元三十元一尺的也有。走到鞋帽商店门口去瞧瞧，皮鞋每双一百二十元，至少也得三四十元一双。这样的生活程度之下，最痛苦的是一班薪水阶层的人们，他们在公司、在商店里办事，人家称呼者所谓一班先生们，一件长衫是脱不掉的，假使拿所得薪水而论，实在还及不来马路上的人力车夫的进益。所以这班薪水阶层的人们，被生活真压迫得透不过气来，不管是春天是夏天，他们的脸上总是浮着秋的颜色。所有物价，均涨十倍以上。资本家的加薪，是绝不会同样地加十倍的，加了一半，已经是谢天谢地，何况有些还反对着不肯加薪呢！人家说资本家的良心是黑的，我说也许简直是没有的。物价的飞涨，使资本家十万可变百万，百万可变千万，他们绝对是不受一些影响的。所以物价愈高，资本家愈肥胖得像猪猡，贫民阶级也愈瘦削得像枯枝。他们只晓得自己穿了一套从前贫苦人家可以娶一个老婆费用那么贵的衣服，着了一双从前死人困棺材那么贵的皮鞋，然而他们不想想这班薪水阶层的人们，家里同样有父母、有妻子、有儿女，买不到一双皮鞋的薪水，叫家里人吃什么？喝粥汤也是不能够了。就是喝自来水吧，际此水电费增价的当儿，恐怕喝自来水也是喝不成的了。唉！这个时代，这个世界，简直是穷人的末路。

秋露的哥哥士杰，在大陆纱厂里任账房的职司，月薪虽然也有八十元，但除了房租三十元，剩下五十元钱怎么够家里五个人的日常生活费呢？说也可怜，士杰本身固然一个闲钱不花费，大热的天，他的身上还是一件老布的长衫呢！每次从厂里回家，总听到母亲的长吁短叹、妻子的怨声载道，使他一颗心会感到油煎那样的痛苦。他常想不愿再做人下去，虽然不作弱者的表示，但至少是脱离这万恶的上海。不过他怎能抛掉老母、妻子、弱妹呢？所以他是在万分的痛苦中忍耐着，总希望光明会降临到他的头上，虽然他也明白这是一件空虚的梦想而已。

这天，士杰又从厂里回家来探望母亲，只见家里除了母亲和鸣申外，小云和秋露都不在，心里殊觉不快，遂问道：

"小云到哪儿去了？"

鸣申道：

"妈和小玉又到外祖母家里去了。"

士杰道：

"外祖母家铁树开花了吗？一个月里也不知要去多少次的。"

桑老太叹了一口气，说道：

"这也难怪，家里又吃不饱……唉！"

"哼！谁叫她嫁给我，只能怨她的命！一个做人家妻子的女人，可以常常回娘家去吗？这算什么意思？简直岂有此理！假使她不惯吃苦，就跟我离婚也不要紧……"

士杰听母亲这样庇护小云，更气得跳起脚来。秋露是在亭子间里和毓秀闲谈，听得哥哥在楼下发脾气，遂匆匆地走下来，倒了一盆冷水，拧一把手巾交给士杰，说道：

"哥哥才回来吗？快洗个脸，为什么长衫也不脱，尽发脾气做什么？"

士杰听妹妹这样说，方才把气平了一些，一面脱了长衫，一面接手巾洗脸。秋露给他把长衫挂好，又替他斟杯白开水。士杰道：

"你们吃过晚饭没有？"

"还只有新钟六点钟，我们没吃过，爸爸吃过了吗？"

鸣申站在旁边，转着乌圆的小眸珠，悄悄地问。士杰点了点头，桑老太道：

"厂家的饭是吃得早一些，夏天里改用新钟点后，天日是更觉得长哩，其实这时候也只不过五点十分呢。"

"你妈回去几天了？"

士杰又向鸣申低低地问。桑老太不及鸣申回答，就先说道：

"还只有早晨才去的，她是问过我，你何必一定苦追究着。"

"并不是苦追究着，我以为既做了人家的妻子，丈夫不得意，妻子当然也只好跟着吃些苦。这不是我做丈夫的不肯上进，只知吃喝嫖赌，那当然是不应该。现在这个年头儿，环境逼迫得如此，不是我们一家挨苦，几千几万的人家，谁不吃着苦？一个人

129

是不能向住洋房、坐汽车的人们望的，低头瞧瞧马路上的流浪的一群，也就心平气和的了。"

秋露并不说什么，她把煮好的粥盛在碗内，又将菜碗端出，一块儿放到桌上。鸣申离开士杰身旁，走到桌边去，笑嚷道：

"祖母，我们吃粥了。"

士杰瞧孩子这一种神情，似乎含有好容易期待到了的意思，心里万分感触，忍不住长长地叹了一口气，低下头，两眼望着自己那双已将破的鞋尖，呆呆地出了一会子神。

"爸爸，下学期的学费又要涨了，留座费五元，学费要三十元了。"

忽然鸣申的话又触送到士杰的耳鼓。他很快地抬起头来，皱了眉头，说道：

"什么？学费又要涨了？唉！这个年头儿，还读得起书吗？鸣申，我瞧你还是做工去吧，书也不用读了。反正像你爸爸读到高中毕业，还是一个苦呢！唉，唉！"

士杰说着，又连连叹了两口气。鸣申听爸爸不给他读书了，一颗小小的心灵里也悲哀起来，放下了手中拿着的筷子，眼角旁涌上了一颗亮晶晶的泪水。秋露瞧了，忙哄他说道：

"鸣申，你别哭，爸和你说着玩的，下学期当然给你继续读下去的，你放心是了。"

士杰瞧孩子因为没有书读竟哭起来，可见孩子倒是一个有志气的，只不过做爸的能力太薄弱了。唉！我有什么资格做孩子的爸？士杰有些心酸，眼泪几乎也掉了下来。秋露见哥哥这样颓丧的神情，那一颗芳心自然也感到极度不安和难受，觉得自己老住在家中，总也不是一个道理。隔壁的三囡和银宝都在舞厅里做舞女，听说每月收入倒有二三百元。做舞女虽然是堕落的初步，我自己固然不愿意，母亲、哥哥也未必赞成，那么女子除了牺牲色相是一个出路外，难道就再没有生产的能力了吗？唉！秋露握着竹筷，低头暗暗地沉思，忍不住胸口也有一股子郁气塞上来。

在吃毕这餐粥的时候，秋露忽然想出一个主意来，向士杰说道：

"哥哥，你们厂中难道不添女工吗？反正我在家里也没有什么事情干，何不就到厂里去做工呢？"

"像我们这样人家也从来不曾做过工，我怎能忍心叫妹妹抛头露脸地去吃辛苦？"

士杰摇了摇头，表示并不赞同。

"哥哥，你这思想太落伍了，做工算不得低贱的事，我认为以气力换饭吃那是最神圣、最高尚的。哥哥，我想你准定介绍我进厂去工作，这样多少可以减轻你一些负担。否则，我在家里也不安的。"

秋露听哥哥不赞成，遂把明眸脉脉地凝望着他脸，絮絮地解释着她的理由。士杰低了头，依然不回答。桑老太觉得除了老的少的不会工作外，年轻的做些事原也应该，在这个年头儿，还管得了女孩儿家男儿家吗？反正做工总比做舞女、做赌场里女侍者要高尚得多，遂也向士杰说道：

"那么你们厂里是不是需要女工？假使你能够介绍进去的话，就不妨介绍一声。秋露去做了工，至少也可以补助一些家用的。"

士杰听母亲也如此说，一时心里也踌躇起来，望了两人一眼，说道：

"介绍几个女工，原是极容易的事情，只不过……"

说到这里，搓了搓手，却是停住了。秋露是个多么聪敏的姑娘，乌圆眸珠一转，说道：

"只不过什么？可不是怕丢了你的脸吗？我想，不用说兄妹关系，那就不要紧了。"

"唉！你不知道社会上的人心是多么势利，一个账房先生的妹子去做工，也许因此会给人轻视的……"

士杰被妹妹一语道破，两颊红得有些发烧。

"哥哥当然也有为难的地方，不过改个姓名，你只说是邻居吧，那也没有什么关系的。"

秋露当然也同情哥哥的处境，但为了生计的逼迫，是不得不再想委曲求全的办法。

"既然妹妹吃得起辛苦，我总有办法……"

士杰见秋露一定要去做工，自己当然也不阻挡了。秋露叹道：

"只要有饭吃，也就不管吃苦的了。"

"那么你明天上午九点钟来厂找我吧，我此刻回去了。"

士杰见时已八点钟了，遂匆匆起来回厂里去了。秋露点头答应，一面洗好碗筷，一面走到亭子间来告诉毓秀。毓秀听了秋露要去做工的消息，心里颇为闷闷，说道：

"不知有多少一月可以做？"

秋露道：

"起码也有五六十元一月可以做的，郑先生，怎么不赞

132

成吗？"

"并不是不赞成，做工虽然自食其力，比任何职业要高尚些，但社会是黑暗的，人心是险恶的，容易上人家的当罢了。"

毓秀当然不好意思说不赞成，所以微笑着摇了摇头，但他后面这两句话是很沉着，表示非有坚强的意志不可。因为做工的环境，究竟是太恶劣一些了。秋露自然很明白他的意思，点了点头，说道：

"郑先生，这个你只管放心，我虽然年纪轻，叫我上人家的当，这是绝不会的了。况且我的做工，完全是为了目前的困迫，将来哥哥能够稍有光明的发展，他当然也不愿我再做工的。不过如今这样生活程度之下，若不去做些生产的工作，又有什么办法？唉……"

说到后来，忍不住又长叹了一声。毓秀也觉得在万不得已之下，秋露才会出此下策，否则，一个女孩儿家，谁愿意去抛头露脸地做工呢？因此也叹了一声，低头不语。

"郑先生，你心里不快乐吗？"

秋露望着毓秀黯然的神色，芳心有些悲酸，两颊红得像两朵玫瑰，眼皮也慢慢地润湿起来。

"没有……我觉得世界是太不平等了……"

毓秀脑海里想起了毓珠，他觉得同样是个可爱的姑娘，为什么环境要有这样的差别。

"这是穷人的命……"

秋露伤心得滴下泪来，说了这一句话，喉间有些哽咽。她掩着粉脸，几乎失声啜泣起来。

"桑小姐，别伤心，穷人没有穷到底的，只要我们能够刻苦耐劳，不灰心，不气馁，努力干下去，光明终会降临到我们头上的。"

毓秀见秋露哭起来，心里也很悲伤，但他绝不能做懦弱的表示，他镇静着态度，向秋露正色地勉励着。秋露频频地点了一下头，手背抬到颊上去揉擦了一下眼皮，说道：

"当然，我们是绝不能灰心的。郑先生，你应该同情我所以去做工的苦心，你不能怪我自甘下贱去……"

毓秀听到这里，方才明白秋露的哭是为了生恐他怪她去做工的缘故，一时觉得秋露可怜，情不自禁地猛可走了上来，大胆握住了秋露的手，说道：

"桑小姐，你这是什么话？我怎么……唉！我感到惭愧……我……"

毓秀肚里觉得有千言万语要倾吐，但依然没有说出来。他因为感动得太厉害的缘故，他的眼泪也扑簌簌地掉下来。秋露被他一淌泪，自己的泪也就更像雨一般地落下。两人哭了一会儿，室中是静悄悄的，忽听楼下桑老太在喊秋露去睡了。秋露这才擦干了眼泪，向毓秀点头道了一声晚安，匆匆地走下楼去了。

次日，秋露到大陆纱厂去找哥哥，假名杨春霞，士杰也和工头潘美珍接洽妥当。从此以后，秋露早出晚归地便在大陆纱厂里做工了。

章如海发现了这个美丽的女工，就是桑秋露。当时如海听了美珍的话，倒是愕住了一会子，心中暗想：一定是美珍放刁。遂涎皮赖脸地拉了她的手，笑道：

“我的好姊姊，你不用刁难我，我多给你一些酬谢是了。”

“我也不要你酬谢，这种事情到底有伤阴骘的，我以后真不愿干了。”

美珍扭捏了一下身子，故意逗给了他一个娇嗔。

“人家叫你帮忙，你就搭架子了。美珍，你给我事情弄成功，我送你两百元钱。”

如海见她这意态，明明是故意做作，遂把她纳入怀内，手在她胸前还有个肉麻的动作。

“谁稀罕你二百元钱？你这种男人是没情没义的……”

美珍对于如海的举动并不拒绝，她含了无限哀怨的目光，逗了他一瞥，显然在她这两句话中，还含有另一种深刻的意思。如海这就理会过来了，捧着她粉脸吻了一下，笑道：

“你不用怨我，我知道你这几天里一定是很饥荒的了，今天晚上你就到远东三百二十八号来找我吧。”

美珍听如海这样说，心里乐得什么似的，红晕了两颊，俏眼斜睥了他一下，嫣然道：

“真的等着我？不要骗我吧？”

“你放心吧，我绝不会骗你的，几天不尝老蟹的滋味，也是怪记挂的呢!”

如海见她风骚的神情，便也涎皮赖脸地笑起来。美珍恨恨地啐他一口，便羞涩地奔出厂长室去了。如海知道一定要给美珍一些好处，她才肯尽心出力地帮忙，因为美珍是个寡妇，对于性的需要，是十分的迫切，所以她金钱倒不在乎，最要紧的是给她效些劳。如海既明白了美珍的心理，便决定今夜在远东饭店里给予

135

她一些甜蜜的刺激。

这夜在远东饭店里，美珍是很满足的，第二天她就向秋露开始亲热起来。秋露的午饭是带来厂里吃的，美珍坐在她的旁边，也一同吃饭，遂向她搭讪道：

"杨小姐和桑先生是邻居吗？"

秋露脸有些发烧，浮了不自然的笑，说道：

"是的……"

秋露口里虽然这样回答，心中却隐隐有些作痛。

"杨小姐府上在哪儿？爸爸、妈妈都健在吗？"

美珍划了一口泡饭，又低低地问着。秋露叹了一口气，说道：

"爸爸是过世了，妈妈在着，舍间是住在南洋桥，天同坊十八号。"

美珍道：

"杨小姐从前在什么地方做工？"

"从前我没有做过工。唉，不是为了生活程度高，我也不会来做工。"

秋露听她这样问，心里有些感伤，放下了竹筷子，眼皮有些红晕，深深地叹了一口气。

"嗯，我瞧杨小姐也不像是个做工的样子，像你这样好模样儿，真可惜，真可惜！"

美珍似乎也很同情的样子，把自己那碗鱼拿到她的面前，说道：

"杨小姐，别客气，你只管吃吧。"

秋露见她和自己表示好感，心里当然很欢喜。因为她是工头，平日对待其他的女工，脸孔总是铁青的，仿佛欠了她三百两银子一样。如今她待自己很好，是应该和她联络感情，那么在工作上也可以得到很多的方便了，遂眉毛一扬，微笑道：

"多谢潘妈妈，你自己吃吧。"

"我自己吃不了这许多，你不用客气。我这人的脾气就是这样子，心意说得合，我什么地方都肯照顾的，若心意不合，我就觉得像眼中钉一样可憎哩！杨小姐很讨人欢喜，桑先生介绍你第一天进厂，我就觉得你很可爱的。"

秋露露齿嘿地一笑，掀着酒窝儿，笑道：

"这是潘妈妈和我有缘分呢。我因为从前没有干过这些事，所以干得不快，潘妈妈，最好请你时常指教指教，我心里真感激着呢！"

秋露趁此机会，不得不奉承几句。美珍见她口齿伶俐，显然是个聪敏的姑娘，便笑道：

"那当然啦！杨小姐今年几岁了？"

秋露笑道：

"你猜猜？"

美珍望着她脸细细端详了一会儿，觉得实在太美丽了。这样可爱的姑娘，不要说男子瞧了欢喜，就是女人家见了，谁不疼爱呢？因此，倒愣住了一会子。秋露被她这一阵子呆瞧，倒难为情起来，笑道：

"潘妈妈，你猜不出吗？"

美珍这才醒来似的笑道：

“我猜你只不过十七八岁罢了，再大也大不到什么地方去了。你说我猜得对不?”

秋露微微地点了一下头，一撩眼皮，笑道:

“不错，我正是十八岁。潘妈妈呢?”

美珍秋波斜乜她一眼，笑道:

“我三十二岁了，以后你别称呼妈妈，那太客气了。我想彼此亲热一些，我喊一声妹妹，你就叫我一声姊姊吧。”

“你愿意有我这样一个妹妹，那我就喊你姊姊吧。”

秋露听她这样说，便望着她哧哧地笑。美珍“哎哟”一声，笑道:

“妹妹，你这是什么话? 只怕我够不到资格和你做姊妹吧!”

秋露小腮子一鼓，瞅了她一眼，说道:

“你说这话就是不愿意跟我做姊妹，否则，何必说这些虚伪的话呢?”

美珍见她薄怒含嗔的意态，这更增加她的妩媚，忍不住笑道:

“好妹妹，你别生气，从今以后我们就别客气，真像亲姊妹一样好不好?”

秋露点点头，心里非常的得意。不过她怎料得到美珍的亲热，乃是实现了她第一步的计划呢!

晚上放工的时候，美珍和秋露道:

“妹妹，我今天要到姨母家里去望望她，姨母也住在南洋桥，回头我和你一块儿走吧。”

秋露听了，当然点头答应，遂慢一步出厂，待美珍把工务向管理先生那儿交代清楚，两人方才一同携手走出大陆纱厂的铁门去。两人一脚跨出铁门，只见门口停着一辆簇新的自备汽车，车夫开着车厢，旁边正有个西服少年欲跳上去。他一眼瞥见了两人，便回过身子来，向美珍叫道：

"潘大嫂，你怎么这样晚才回家呀？"

"哦！原来是章少爷。唉！这也是做工头的苦，要吃饭，那又有什么办法？只是累我妹妹也这样晚回去了。"

美珍回头望了如海一眼，故意装作只有发现地叫了一声"章少爷"，一面含了满脸的笑容，一面又叹了一口气。

"谁是你的妹妹？我怎么从来也没有听你说起过？"

如海一面笑嘻嘻地问，一面把明眸在秋露的脸上脉脉地逗了那么一瞥。

"不是我亲妹妹，她是我的干妹子。霞妹，这位是厂里董事长的少爷章如海先生，他到厂里常常来考察实业的。"

美珍趁此机会，给秋露介绍着。秋露很羞涩地点了点头，却不说什么。如海也不向秋露搭讪着，笑道：

"潘大嫂，顺便的，要不要我送你们回家？"

美珍笑道：

"那是再好没有，我们真懒得走路，但不知会耽搁章少爷的正事吗？"

"没关系……"

如海说了这么一句，他的身子先跨进车厢里去。美珍拉了拉秋露的手，笑道：

"妹妹，我们就揩揩油坐了去吧。"

"怪不好意思的，我们还是走走的好……"

秋露两颊飞起了一朵红霞，忸怩着身子，却不肯开步走。美珍急道：

"你别傻了，那要什么紧？"

她一面说，一面也不征求秋露的同意，拉了她的手，身子就向车厢门口走。在这个情形之下，秋露又不好竭力地挣扎，竟没有抵抗地被她拉到车厢门口来。既到了车门口，美珍还把秋露先推了上去。秋露的芳心像小鹿般地乱撞，两颊涨得玫瑰花似的绯红，意欲不跳上去，但美珍推得很有劲，若转身回过来，反叫人笑话，倒不如索性大大方方地上去好。秋露这样一想，竭力镇静了态度，遂跨步跳上。如海见秋露跨上来，心里真乐得不知所云，但为了美珍曾经再三叮嘱过的，所以也显出十分大方的态度，把身子靠到右边的车门边来，表示和秋露坐的距离很远的。待美珍跳上车厢，关了车门，那车夫拨动机件，呜呜一声，车身便向前疾驰开去了。如海这才问道：

"潘大嫂府上哪儿？"

美珍俏眼斜乜了他一眼，说道：

"今天我不回家去，你给我们开到南洋桥天同坊去好了，这是我干妹子的家里。"

如海听了，便向车夫说道：

"阿根，你听见了没有？南洋桥天同坊……"

阿根点头说了一声"知道"，又连揿了两声喇叭。汽车在马路上驶行得非常快速，静悄悄的，彼此都不说话，空气显得十分紧张。

秋露的身子紧紧地靠在美珍的身旁，因此如海和秋露之间就仿佛留出一个空位来。如海见秋露的脸庞红晕得可爱，真仿佛剥壳鸡蛋似的，那一个深深的酒窝儿，愈令人感到有些想入非非，如海觉得秋露的美貌，比自己的妹妹更要娇艳一倍。因为秋露的明眸是低垂着，如海的视线也跟着她注意到下面去，这就见秋露那双脚，穿着黑色系带的布鞋，扁扁薄薄的，真俏丽得令人可爱，暗想：假使能够让我握一握的话，那真够人销魂。想到这里，心里不免荡漾了一下。秋露虽然是低着头，但她的俏眼也偷偷地在瞟如海，见他只管呆望着自己的脚尖出神，一颗芳心倒又引起了误会，以为他瞧自己穿一双布鞋子，他在感到好笑吗？因为像这种公子哥儿，平日和他同车坐的姑娘，总是高跟皮鞋、长筒舞袜的，现在我这么一个寒酸气的姑娘，竟也坐在人家的自备汽车里，那不是叫人感到有趣吗？不过在人家是感到有趣，在自己却是感到十分羞惭和局促。秋露既然有了这么一个感觉，两颊热辣辣地更娇红了，同时把两脚只管向里面缩进去，意思是要避免他的注目。美珍见秋露的身子只管向自己偎过来，因为是天热的缘故，不免有些肉感，这就附着她的耳朵，低低地笑道：

　　"你怎么尽坐过来？那边空了许多座位做什么？怪热的呢！"

　　秋露听她这样说，抿嘴嫣然一笑，方才把身子略为挪过一些去，但心儿的跳跃是更快速了一些，几乎要从口腔里跳出来。

　　"章少爷，你们学校里可以放暑假了吧？"

　　美珍见大家都不开口，遂笑盈盈地向如海问了一句。如海趁此回眸过来，说道：

　　"还有七八个星期，大考也不曾开始哩。"

如海要望美珍，他的视线必定先经过秋露的脸，这就饱瞧了一个痛快。但是秋露的脸蛋生得太美丽了，愈瞧愈可爱，假使瞧上一辈子，也不觉得可厌的。秋露听两人谈着话，自己若老是垂了粉脸呆坐着，那也不成样儿。我又不是在做新娘子，何必这样怕难为情？他也是一个人，我也是一个人，难道他会吞吃了我不成？秋露这样想着，便抬起粉颊，偶然把秋波向右一瞟，不料却和如海的视线接了一个正着。如海想不到她会来望自己，心里荡漾了一下，不免对她微微地一笑。秋露被他一笑，真是娇羞万分，觉得不理又不是，和他笑又不好意思，一时真懊悔不该去望他。乌圆眸子一转，这就有了主意，遂很快地回过头来，向美珍问道：

"姊姊，你姨妈家里是什么路呀？"

"我姨妈的家是在黄金大戏院过来的宁波路……"

美珍听她这样问，便很正经地回答。秋露暗想：那么美珍是要比我早先下车哩！她一下车后，就只剩了我一个人，叫我一个人和陌生男子坐在一辆汽车里，这……如何……想到这里，急得伸手把美珍的臂拉住了，说道：

"姊姊，你应该送我回家，然后再到姨妈家里去的。"

美珍见她这样焦急羞涩的神情，觉得春霞真是个胆怯而可怜的姑娘，自己真有些作孽哩，遂点头笑道：

"你放心，我就伴送你到家里是了。"

秋露这才放下了一块大石，把捏在她臂上的纤手松开了，两眼望着玻璃片外的马路上，却是呆呆地出了一会子神。美珍从秋露的背后绕过媚意的俏眼，向如海瞟了一下，这是一个密电，如海心里有些明白她的意思，于是含笑点了点头。

　　汽车到了南洋桥，秋露不愿在里门口下车，遂喊车夫停车。美珍不晓得秋露的家究竟在哪一段，听秋露说"到了"，于是便开了车厢，自己先跳了下来。如海便向秋露笑道：

　　"恕我不送下来了。"

　　因为美珍已站在人行道上了，那么在秋露心里想，他这一句话显然对我而说的，人家是个少爷的身份，既送我们回家，又对我们说这样客气的话，假使我再不回答人家一句，这不但叫人家心里要怪自己架子太大，而且似乎也成个不懂礼貌的、没知识的姑娘了。秋露心里既然有了这么一个感觉，便在未跨下车厢之前，先向如海点头嫣然一笑，秋波转了转，说道：

　　"多谢你……"

　　只说了三个字，她的两颊已变成红蔷薇那么美丽了，立刻回转身子，匆匆地跳了下去。如海觉得虽然从上车到下车，这长长的一条路程，她只有向自己说一句话，而且还是短短的这么三个字，不过在这三个字里，确实已得到了很深的安慰，觉得美珍这计划，是可说已经成功百分之三十的了。他乐得眉飞色舞，把身子立刻移到车门口来，抬上手去招了两招，但阿根把汽车早又"呼"的一声开去了。

　　"妹妹，你的家在哪儿？此刻可还要我伴你回去吗？"

　　美珍见汽车开走后，便回眸瞟了秋露一眼，又很神秘地哧哧地笑。秋露微红了脸，向前指了指，低低地说道：

　　"还要过去一条马路，姊姊若不嫌我家地方小，就请你到我家里去晚餐怎么样？"

143

"怎么还要过去一条马路？那么刚才何必在这儿下车呢？"

美珍听秋露这样说，心里感到很惊异，不免望着她脸发怔。秋露明眸逗了她一眼妩媚的目光，忸怩着腰肢，羞涩地笑道：

"陌陌生生的就叫人家用汽车送回家来，怪不好意思的。"

美珍瞧她这种娇媚的意态，真是可人儿，忍不住笑道：

"那有什么关系，我和他可很熟悉的呢。不是我倚老卖老地说笑话，章少爷我瞧他这么这么地高起来的呢！"

美珍这两句话听到秋露的耳里，倒不禁为之愕然，凝眸含颦地瞅住了她，笑道：

"姊姊，你这是什么话？"

美珍和她一面走路，一面说道：

"你以为我和你开玩笑吗？章少爷今年只不过二十三岁，他比我要小九年。我在二十岁的时候，原在他们公馆里帮佣的，那时候他还只有十一岁，整天地跑跑跳跳，还常常叫我抱他玩哩。过了五年，我嫁人了，于是便脱离了公馆，但也时常去望他的母亲。不料我命很苦，去年便死了丈夫，承蒙老太太可怜我，所以便叫我到厂里来做工头了。妹妹，你想，章少爷不是我看他长大起来的吗？"

美珍一篇鬼话说得实情实理，秋露虽然聪敏，也不免相信起来，暗想：原来是这么一回事，怪不得我想一个董事长的儿子，怎么如此不顾身份地就用汽车送两个厂里的女工回家？这不是叫人感到奇怪吗？如今听美珍这样说，倒也不觉什么稀罕了，遂笑了一笑，却是不说什么话。

"章少爷十六岁那年就有大人气度，斯斯文文，性情温和得了不得，对待仆妇一些没有少爷的脾气，我们常和他开玩笑，说不知谁家姑娘才有这样的好福气，能够嫁到这样一个好丈夫呢！他听了这话，脸就会绯红起来的。现在听说是读到大学了，就要毕业哩！"

美珍见她不回答什么，遂笑盈盈地又絮絮地说着，她是一句一句地去打动秋露处女脆弱的芳心。这话听在秋露的耳里，因为本身是一个姑娘，除了听听以外，当然不好意思发表什么意见，所以她低了头还是没有开口，只管一步挨一步地走。美珍不肯放松她说话的机会，仍旧很得意地接下去说道：

"章少爷的人好，就是好在一些没有大少爷的派头。有钱人家的少爷，十个倒有十一个是只晓得花天酒地地胡闹，只有章少爷并没这种劣根性，他对于书本很用功。老太太告诉我，说章少爷每学期总考三名之内的，而且更有一件人家不相信的事，就是章少爷直到现在还没有一个女朋友。当然我也不信，一个大学读书的少年，而且又是有钱的少爷，会没有一个女朋友吗？后来方才晓得是的确的事实，因为他自己是个怪俊美的人，娶个夫人自然也要非国色天香不可，原来是他的眼界高哩！妹妹，你想，这人可难弄吗？"

美珍说到这里，还把脸微侧了过来，向秋露瞟了一眼。秋露在这情形之下，当然不能不回答了，便把秋波一转，微微地一笑，随口说道：

"有钱人家的儿子肯这样子，那倒是难得。"

美珍听秋露这样说，知道她有些动了心，这就暗暗欢喜，觉得事情百分之五十可以成功的了。其实，如海这小鬼的那副小白脸，真也够女人家心里痒的，美珍想得十分得意，脸上含了甜笑，因为生恐露了马脚，觉得吹牛是应该适可而止的，所以也就不再说什么。

"姊姊，回头你瞧了我的妈，可别说起章少爷用汽车送我们回家的话，知道吗?"

秋露和美珍踱进天同坊，在十八号的门口站住了，悄声儿地又向美珍叮嘱着。美珍点了点头，两人方才携手走进里面去。走进屋子里，见小云已盛开了粥，仿佛正等着秋露回家来吃饭似的。桑老太和小云突然见了美珍，因为并不认识，自然呆呆地愕住了。秋露于是含笑向大家介绍了一回，桑老太知道美珍是厂中的女工头，一时便待她十分客气，并且请她竭力照顾秋露，美珍自然含笑答应。这里秋露暗暗地塞给小云二元钱，叫她现成地去添两只菜。不多一会儿，小云装了一盘烧肉、一盘烧鸭，端着出来，笑道：

"潘大嫂，不要客气，吃饭吧。这两天天气热，孩子们饭吃不下，所以烧了些粥吃。潘大嫂吃不惯，我们再烧饭吧。"

美珍忙说道：

"夏天里晚上上海人都爱喝粥，我也喜欢喝粥，大嫂子别客气吧。"

"嫂嫂，我和美珍姊像亲姊妹一样，就不和她客气，马马虎虎地胡乱吃些吧。"

秋露说着，拉了美珍已坐到桌旁来。美珍回头叫老太太、大嫂子一同来吃，又连说太客气，我可不好意思呢。秋露瞟她一眼，哧地笑道：

146

"我们一些也不客气，叫姊姊喝碗粥，还能说客气吗？"

秋露这一句话说得大家都笑起来了。

晚饭后，美珍和桑老太闲谈了一会儿，便起身告别，临走，还摸出四元钱来，给两个孩子买糖吃。小云笑着叫鸣申道谢，这里秋露送美珍出了弄堂，低声儿笑道：

"姊姊此刻还到姨母家里去吗？"

美珍道：

"时候不早，我想回家了。"

"那么我给姊姊讨车……"

秋露听了，一面说，一面向人力车招手。美珍见她伸手要摸车钱，便推了推她的身子，一面很快地跳上人力车，向秋露笑道：

"自己姊妹，还客气做什么？好啦，明天会，你进去吧。"

秋露待欲赶上去付车钱，只见美珍已吩咐车夫急急地向前拉去了。秋露只得罢了，眼瞧着车子远去了，回身正欲走进弄内去的时候，忽听后面有人招呼道：

"桑小姐，你在送客吗？"

第二回

怎禁得香饵巧安排

秋露回头去望，原来是毓秀正从外面回来，他脸红红的，似乎是喝过了酒，神情十分的欢悦。秋露觉得郑先生这样快乐的意态倒是很难得见的，遂也含了满面的娇笑，一撩眼皮，说道：

"郑先生晚饭外面吃的吗？想是遇到了一件得意的事……"

"咦！你怎么知道我遇到一件得意的事？"

毓秀不等秋露说下去，心里不免感到意外的惊喜，瞅住了她粉颊嘻嘻地笑。

"哎！我当然知道，瞧了你那有趣的神情，我心里就明白……"

秋露知道郑先生果然是很得意的，心里也就代为喜欢了一阵，眉儿飞扬，乌圆的眸珠在细长的睫毛梢里滴溜地一转，掀着酒窝儿，也妩媚地笑起来。毓秀觉得秋露这笑的意态真是美到了极点，他伸手摸了摸自己的面颊，明眸脉脉含情地望着她，嗞地笑道：

"桑小姐，我今天的神情有趣吗？这话可真的？"

两人说着话，已是步到了十八号的门口。秋露觉得毓秀今天过度兴奋，不免带有些涎脸的态度，遂不回答他，却逗给他一个妩媚的白眼。

"郑先生回来啦?"

秋露在逗给他一个白眼之后，便很快地走进屋子里去。本来别个房客前门是不好走的，因为客堂就是人家的卧房，不过毓秀是例外的，因为他和桑老大、小云也是很熟悉的了，所以毓秀跨进客堂的时候，桑老太太就笑着向他招呼。

"回来了。老太太用过饭了吗?"

毓秀是很恭敬地弯了弯腰，也含笑回答着，一面拉过鸣申的手，一面在袋内摸出一袋花生糖来，塞到他的手里去。小云先瞥见了，连忙说道：

"郑先生这做什么？那不是太客气吗?"

桑老太和秋露也发觉了，忍不住也笑起来。毓秀道：

"又不值什么，大嫂别这样说。鸣申，你快拿着吧!"

桑老太道：

"那么向郑先生谢谢，就拿着了。"

鸣申起初还害羞，经祖母这样一说，于是便含笑拿了，向毓秀还道了一声谢。秋露见毓秀今天显然是特别的高兴，便瞟他一眼，笑道：

"不用谢他的，反正今天郑先生是遇到一件得意的事哩！哦！袋内高耸耸的，想来还有什么东西藏着要送送我吗……"

说到这里，伸出纤手来还向他摊了摊。

"你这妮子不害臊的，亏你说得出!"

桑老太瞅了她一眼，噗地笑了，小云、秋露、毓秀三人也都笑起来。小云给他倒杯冷开水，秋波在他脸上掠了一下，笑道：

"郑先生今天大概是很高兴，在外面还喝过酒呢，可不是和女朋友在外面一块儿吃饭？"

"哪里哪里，我怎的还有女朋友？"

毓秀对于小云这个取笑，倒是窘住了，涨红了两颊，连连地摇头。秋露见毓秀这个神情，表面上虽然仍旧很自然，心里却在暗想：嫂嫂这话不要说到他心眼儿里去吗？因为他住在十六号的时候，我确实曾瞧见他和一个很摩登的小姐一块儿出去的，虽然搬到这儿以后，那小姐是没有来过，但这几天里我在外面做工，或者已经来过了，我哪里又知道呢？想到这里，也不知道是什么缘故，鼻子管内只觉有股酸味冲上来，是怪难受的。秋露虽然没有喝过酒，但此刻她的脸也会热辣辣地红起来。

"我洗澡去了，今天真是怪热的，你们慢坐。"

毓秀在喝过一口茶后，便站起身子，明眸还向秋露望了一眼，仿佛还含有一层"你也上来吧"的意思。毓秀到了楼上亭子间里，先亮了电灯，把衣服脱了，在袋内又取出一只扁长的玻璃瓶，因为外面有包皮纸裹着，所以不知道是什么东西。他把一方口大小的玻璃窗打开，天空里就有一阵凉风簌簌地流动进来。毓秀遂洗了一个身子，换了短裤和马甲，觉得全身爽朗了许多，端了污水，匆匆到楼下去倾了。在自来水龙头旁遇到秋露也在盛水，遂向她低低地道：

"你就上来，我有话跟你说。"

秋露自听了嫂嫂这句话后，心里就很不高兴，今听毓秀又向自己这样叮嘱，一时把不高兴又抛丢了，点了点头，秋波一转，嫣然地笑了。

毓秀回到房中，把桌上的水渍揩擦清洁，坐在窗口乘了一会儿凉，心里真是万分高兴，口中不免哼起市上流行的歌曲来。在毓秀的心里想，以为秋露总立刻会上来了，不料二十分钟后，还不见秋露的到来，一时心里十分焦急，暗想：刚才她明明向我点头的，怎么还不上来？难道她听了小云的话，就疑心我真的和女朋友在外面吃饭了吗？那么她一定又生气了。想到这里，忍不住又叹了一声。

"郑先生，你跟我有什么话说呀？"

毓秀这一声气还没有叹完，忽然一阵嘻嘻的笑声猛可送入他的耳鼓，倒使他大吃了一惊。慌忙回眸去望，见秋露已换了一件印花洋纱的旗袍，笑盈盈地站在室内了。遂带笑带嗔地说道：

"桑小姐，你蹑着脚走路，一些声响都没有，可是存心吓着我吗？"

秋露听他这样说，便抿嘴儿咪咪地笑起来。毓秀瞧她这样情景，想来不是生气，便又笑道：

"怎的这许多时候才上来？我以为你又生气了，倒叫我担了二十五分钟的心事。桑小姐，你坐到窗口来吧，这里风凉。"

秋露见他站起身子，把自己坐的那张藤椅让给自己坐，他又端了一把靠背椅坐，于是也就不客气地坐下了，秋波逗给他一个媚眼，笑道：

"怪热的天，你自己知道洗澡，别人家难道就不用洗身了吗？"

151

毓秀这才明白了，忍不住望着她粉颊哑声儿地笑。秋露被他瞧得难为情，噘了小嘴儿，白他一眼，说道：

"有什么好笑？"

毓秀道：

"我笑自己太笨，这些事也会想不到，竟疑心你生气哩！"

"不过我原也气着你的……"

秋露把身子靠着藤椅的背，脸微微地仰着，椅背上散了一片乌云，衬托得那张脸蛋儿白里透红，更像出水芙蓉那么的鲜丽。她明眸是斜望着窗外蓝色的天空，对了闪烁的小星，似乎在想什么心事，口里却很随便地说出了这一句话。

"咦！你为什么要气我？"

毓秀对于她这句话，倒是感觉十分稀奇，定住了眼睛，不禁愕住了一会子。秋露被他一问，这才意识到似的回眸过来，瞟他一眼，却是笑了。毓秀见她抬着白嫩的臂膀，掠着被风吹乱的鬓发，这种风流媚人的意态，会令人感到有些想入非非的，遂又笑道：

"为什么气我？你应该说个理由我听的。"

"我和你说着玩。客人坐着，怎不倒杯茶我喝？"

秋露要气他的原因，实在说不出口，因此红晕了两颊，却又摇了摇头，但立刻忽又转变了话锋，秋波逗给他一个娇嗔，向他要茶喝了。毓秀笑了笑，只好站起到桌旁，去斟了一杯冷开水。回身向秋露望了一眼，见她坐的姿势实在太安闲，仿佛有些仰卧的模样，一个青春时期的少女，那种娇懒的神情是多么醉人啊！毓秀不免出了一会儿神，在出神的当儿，又瞥见她脚下还拖了一双绣花的睡鞋，袜子也没有穿着，那双俏脚真白嫩得一点儿斑疤都没有。毓秀觉得秋露对于自己会这样放浪，也可见她是多么真心地爱自己呢！

"为什么一杯茶要斟这许多时候？"

秋露的明眸早已偷窥见毓秀出神的意态了，一颗芳心真是又喜又羞，但她故意装作不理会，眼睛向天上望，嘴里却这样问着。

"来了，来了，小姐别性急呀！"

毓秀这才醒来似的，故意抬高了声音，笑嘻嘻地走到秋露身旁来了。秋露听他这样说，掩住了粉脸，忍不住咯咯地笑出声音来。毓秀又在椅上坐下了，微俯过一些身子来，拿了茶杯递给她，笑道：

"我这丫头可像不像？桑小姐，别笑了，快喝茶吧！"

秋露听他这样说，忽然停止了笑，把小腮子一鼓，噘着红红的嘴唇，哼了一声，说道：

"你这话可是挖苦我？我有福气丫头服侍我？"

"谁知道谁，说不定将来当然有这个福气的……"

毓秀对于秋露这会儿的娇嗔，却并没有一些惊慌，而且也不加以抱歉，他正了脸色，表示将来很有一种希望的样子。

"这福气谁给我享？除非你……"

秋露听他这么说，把绷住了的粉颊又浮现一丝笑意来，却仍噘着小嘴儿，向他撇了一撇。不过这两句话说的时候，是并没有加以仔细地思索，及至说出了口，倒又难为情起来，连耳根子也涨得血红，羞涩地瞟他一眼，一面接过他手里的茶杯，一面又回过脸向窗口去望了。毓秀在外面喝了一些酒，原是为了高兴的缘故，如今听了秋露这两句话，更兴奋得笑出声音来，说道：

"假使我有得意扬眉的日子，当然会给你享这个福气的，那你可放心啦？"

秋露听他这话未免有些轻薄，不过心里是原谅他的，因为他这失常的态度，完全是为了喝几杯酒的缘故。这种兴奋的样子，她是几个月来从来没有见过的，所以秋露啐他一口，只逗给他一个娇嗔，却并没有恼怒他。其实秋露的心灵里除了喜悦和羞涩外，却也不忍去恼怒他。

"桑小姐，你信不过我吗？那你瞧吧，这是什么？"

毓秀听她向自己啐了一口，便起身在桌上把那瓶东西拿来，复又在椅子上坐下，同时把那瓶东西放到秋露的腿上来。秋露回头来望，倒是愣住了一会子，怔怔地问道：

"这是什么？"

毓秀把她手中的茶杯接去，笑道：

"你打开包皮纸来瞧吧。"

秋露雪白的牙齿微咬着嘴唇皮子，凝眸含睾地把那瓶东西拿在手里，一面揭去包皮纸，一面心里似乎在作猜测的样子。这是做梦也想不到的事情，秋露透开包皮纸一瞧，却是一瓶麦精鱼肝油，一时好生奇怪，望着毓秀俊美的脸蛋，笑道：

"郑先生，我不懂，这是做什么？"

"咦！你忘记了吗？那时候我还住在十六号里，你曾经有些贵恙的，才好了不多几天，又要给我来洗衣服。我说你这样娇弱的身子，是应该进一些补品的，可是我光嘴里说说，没有实行，不过我既存了心，总希望有做到的一天。桑小姐，你现在又做工去了，身子当然更辛苦了，所以这鱼肝油是我请你补身子的。"

毓秀见她不明白似的神气，遂很诚恳地絮絮地说出了这一篇话。对于进补品的一句话，此刻提起来，秋露当然也还记得，可是她再也想不到毓秀这人的说话，完全倒是说一句是一句的。原来当初他说这话的时候，确实有这一个存心。唉！他这一份儿情意对待我，与丈夫又有何异？普通的丈夫，对待自己的妻子，恐怕还没有这样的关切呢！秋露她是没有想到毓秀所以这样对待自己，正因为自己也拿了妻子的地位去给他操作的。秋露一颗芳心是感动得太厉害了，她说不出一句话来，只有把热情的眼泪大颗地滚下来，表示她内心是感激到不能再形容的地步了。

"桑小姐，你痴了……"

毓秀心中当然也明白秋露这次的淌泪并没有悲哀的成分，他望着秋露海棠带雨一般的娇容，是只有感到万分的喜悦，明眸瞟她一眼，逗给了她一个神秘的甜笑。秋露想刚才楼下自己和他开玩笑，问他伸手讨东西，不料他果然藏有东西送给自己的，这就破涕娇媚地笑起来。挂着眼泪会笑，在一个美丽姑娘的脸上，真是再也说不出的好看了。

"你别孩子气，刚洗过浴，又淌泪了。"

毓秀又低低地说。

"郑先生，你发财了？买这挺贵的东西送给我，叫我心里怎好意思受？"

秋露这才把手背擦干了泪水，秋波脉脉含情地逗给他一个媚眼。毓秀听了，却噗地一笑，原是倒给秋露喝的茶，此刻因为自

155

己代拿着，遂喝了一口，说道：

"桑小姐，你不知道吗？我真的发了财哩！"

"你发了什么财？倒说给我听。"

秋露因为毓秀今夜特别的高兴，使她一颗芳心中真的有些相信他是发了财，忍不住嘴角旁露出一丝笑意来。毓秀把坐着的靠背椅移近了一些，两人的膝踝几乎有些相触在一处了。秋露因为他是光着两腿，心里总有些难为情，遂瞅他一眼，抿嘴儿故意催道：

"你快说呀！你既不囤米囤煤，又不做贼做盗，打哪儿去发的财呢？"

"你别性急，我当然要告诉你一个详细的……"

毓秀说到这里，把手中拿着的玻璃杯凑在嘴旁又喝了一口。秋露见他把开水喝去了大半杯，忍不住扑哧一声笑出来，说道：

"你算倒一杯茶给我喝，可是结果我没喝上一口，还是你自己喝的。"

毓秀"哎哟"了一声，自己也笑起来，说道：

"该死，我这人真糊涂，大概是因为天太热了的缘故，我竟忘其所以然了。桑小姐别生气，我给你再去倒一杯。"

"不用倒了，你这剩下的半杯，尽够我喝的了。"

秋露见他忙着又要站起来，遂情不自禁地伸手轻轻打了他一下大腿。毓秀见她俏眼还含有些嗔意，但她这一下打着，自己心里反而荡漾了一下，也就涎着脸笑道：

"我喝过了，你不嫌脏？"

秋露暗想：这人倒也愈熟悉愈坏起来了。两颊不免又有些赤化，遂睃他一眼，故装毫不介意的神气，说道：

"你也是嘴喝的，我也是嘴喝的，你又不曾生着肺病，难道怕传染给我吗？"

"你不要触我霉头，我这么强壮的身子，会生肺病吗？"

毓秀听她这样说，心里乐得什么似的，却瞅了她一眼，哧地笑了。秋露咯咯笑道：

"谁叫你说这些话？"

毓秀道：

"那么你既然不嫌脏，就拿去喝吧。"

说着，把玻璃杯子递过来。秋露伸手接着，却不就喝，娇嗔似的说道：

"你怎么啦？怕我抢了你的钱，为什么还不把发财的事情告诉我呢？"

毓秀这才笑道：

"前天我是完成了一部小说，那原是利美书店的定稿，我和经理说，现在生活程度这样高，印刷所里的排工费听说也要三元一千字呢，那我们作者难道还及不来排字房里的工人吗？这文人未免也太苦一些了。况且我所著的书，销路甚好，据说颇受一班读者欢迎，所以要求增加一些稿费。那经理虽然带有些市侩气，但销路好是事实，为了赚我的钱也不少，良心似乎也有些发现，居然答应我四元一千字计算，说稿子是要作得好的。我心里想：你们这班亮眼瞎子懂什么好与坏，只晓得我过去的出版书能再版三版地赚钱，以后稿子里就是涂些花的，你们又知道什么呢？桑小姐，这次我费了两个月的时间写了十五万字，今天拿到六百元的代价，在穷人心里想，总算是发财的了。你说是不是？"

秋露听了这一篇话，方才明白他所以这样高兴的原因了，心里也着实代他欢喜了一阵。但她脑海里忽然又浮上了一个感觉，不禁叹了一口气，说道：

"你别说傻话了，这怎能够算发财吗？唉！这完全是文人的'心血'和'脑汁'的代价呀！我瞧你终日埋首疾书，是多么辛苦，好容易脱了稿，才得到些微的代价，还花挺贵的钱去买这种贵族化的补品，我心里能安吗？"

"话虽如此说，不过我这些微的代价确实比投机操纵者赚来的几十万、几百万元钱要快乐得多，因为我精神是永远兴奋的。在我脱稿的时候，全身会感到轻松，这轻松倒并不是为了我有一笔稿费的进益，因为写稿的人永远是穷的，永远是为人作嫁的，然而在我的生命中确实又完成了一部脑和血混合的结晶，所以我实在比发了财还高兴。桑小姐，你几个月来常给我做活，我心里是很感激的，原想买些衣料和化妆品给你，不过这你别误会，并非是谢你的意思，完全是我的一些心罢了。后来我想，衣料、化妆品都是物质上的享受，对于身体没有什么益处，我们实心眼儿的人应该做实在的事，所以我觉得还是买些补品给你比较实惠。因为我是爱你的人，总希望你的身子更健康、更活泼，永远像小鸟儿似的奔奔跳跳，那我是多么安慰啊！"

毓秀一口气地说到后来，未免有些情不自禁，连自己也哧地笑起来。秋露的一颗芳心是甜蜜到了极点，但到底太难为情了一些，这就啐他一口，绯红了两颊，慢慢地垂下头来。毓秀笑道：

"桑小姐，你别误会，我之所以说爱你的人，完全是真正地爱你的人。我常这样痴想，桑小姐这样美丽的一个姑娘，最好三年五年以后，也是像现在那么美丽，甚至十年百年以后，依然那么活泼，永远永远地和现在那样美丽，我是多么希望这样啊！"

秋露这才抬头瞟他一眼，噗地笑道：

"郑先生刚才喝了多少酒？怎么竟有这许多有趣的痴话呢？"

毓秀点了点头，笑道：

"虽然是这样做梦那么地痴想，但我心里的希望是绝不改变的。"

这时，秋露细细地回味着毓秀的这几句话，觉得毓秀爱自己之情实在是超过一切以上的了，那么前次我瞧见的这个摩登小姐和他大概是没有什么爱情的了，一时心里又喜悦又感激，也说不出什么话来是好。良久，方才又说道：

"承蒙你这样爱惜我的身子，我当然感激十分，不过你自己整天地用脑，确实也非常辛苦。用脑过度，将来难免要未老先衰，对于健康是会发生不良的影响，我也常常为你这样担忧着。现在我的身子倒好了许多，饭量也不错，所以我的意思，这瓶鱼肝油算我省给你吃，你是应该接受我这一片……"

秋露说到这里，以下的话可再也说不下去。因为这一片下面的字很难加上去，不免顿了一顿，羞红了脸，秋波脉脉含情地逗给了他一个又羞又喜的目光。"省给你吃"这四字的用情，宛然是贤妻的口吻，毓秀这就感到秋露的情深，实可称为天地古今第一人了。他不禁笑起来，点了点头，说道：

"那么你也确实是真正爱我的人了，我们不愧是知心。桑小姐，你不用忧愁，我虽然用脑的时候很多，然而我的用脑并不勉

159

强，完全是自然的流露，绞尽脑汁写文章，确实有伤身体，而且也很痛苦的。不过我绝对没有这一种痛苦，我写到得意的地方，还觉得兴奋痛快，精神也会振作起来，所以只要提笔会写，是没有什么辛苦的。你若不信，瞧瞧我挺结实的臂膀，就知道我并不是一个病夫。桑小姐，你别推让，你的心、你的情，我是感激的，然而你若执意不受的话，反使我感到难受……"

毓秀本是穿着汗背心，他把臂屈伸了一下，瞧在秋露的眼里，肌肉高高地凸着，芳心里也不知有了一个什么的感觉，她的两颊竟热辣辣地红起来。

"既这么着，我就收下了……"

秋露低低地说了这两句话，终于掀着酒窝儿咪咪地笑了。毓秀这才感到万分的喜悦，猛可把她左手握住了。因为这举动是冷不防之间的，秋露不免一惊，在一惊之后，右手握着的玻璃杯子竟掉落到地上去，乒乓的一声，却是敲碎的了。秋露哎哟了一声，急得两颊绯红，说道：

"该死，这可怎么好？"

"这是我不好，不关你的事，衣服倒湿了没有？"

毓秀红了脸笑着说，于是两人站起来。秋露把那瓶鱼肝油放在桌上，急在门背后取了拖布，把地板上的水渍拖干。毓秀也把碎玻璃片拾到畚箕里去，回头见秋露柳眉紧锁，意殊不悦，遂说道：

"一只玻璃杯，能值多少？何必去肉疼它？"

"我倒不是肉疼玻璃杯，好好儿地谈着话，就打碎了东西，真有些不吉利。唉！"

秋露似乎很懊恼，不免深深地叹了一口气。

"你这人就太迷信了，这也没有什么吉利不吉利的，年纪轻轻的姑娘哩，怎么说出话来倒像老太婆似的呢！"

毓秀瞟她一眼，倒忍俊不禁起来。秋露这才扑哧一声笑了，掀着酒窝儿，说道：

"说起来又是你不好……"

秋露话还未完，桑老太在下面叫道：

"秋露，时候不早，你明天不上工厂去了吗？"

秋露这才娇媚地一笑，拿了鱼肝油，说声"明儿见"，便匆匆地走下去了。

过了几天，是端午节，各厂家照例休假一天。美珍和秋露是格外的亲热，昨天拿了许多粽子，也曾经到秋露家里来过，说是送给老太太吃的。桑老太见她和秋露真的像姊妹一样要好，心里自然十分欢喜。

这天，秋露在家里吃过午饭，桑老太见美珍送来的粽子尚有不少，遂向秋露说道：

"郑先生时常送东西给我们吃，怪不好意思的。秋露，你把粽子拿四只上去吧。"

秋露是早有这个意思的，不过心里怕难为情，没有说出来罢了。今听母亲的话，正中下怀，遂眸珠一转，掀着酒窝儿，点了点头，很快地拣了四只豆沙粽子，兴冲冲地拿到楼上去了。

"桑小姐，这做什么？"

毓秀伏在桌上正写着稿子，忽见秋露笑盈盈地进来，手里还拿了粽子，遂停了笔杆，向她望了一眼。

"是母亲送给你吃的……"

秋露把粽子放在桌上，仿佛毫不介意的神气。毓秀道：

"你们自己人很多，送我这许多干吗？"

"今天是端午节，郑先生还写稿，不是太辛苦了吗？我想你应该游玩一天的。"

秋露对于他的话，却并不加以回答，秋波逗了他一瞥，管自向他笑盈盈地说着。毓秀心儿一动，把稿纸藏进抽屉里，望着她粉颊，觉得今天她还涂上了一层胭脂，更觉美丽一些，遂笑道：

"那么你预备和我到外面去玩玩吗？"

和毓秀开始认识以来，也有三个月的时间，可是两人一同出外去游玩的事情，却始终还没有实行过。秋露听毓秀这样问，芳心倒是荡漾了一下，抿着小嘴儿，憨憨地娇笑了一会儿，说道：

"你假使有兴趣的话，我当然愿意奉陪。"

"那么我们到什么地方去玩呢？"

毓秀表示很兴奋，身子从椅子上站起来。秋露凝眸含颦的，似乎在细想。不料就在这个当儿，忽听桑老太在楼下叫道：

"孩子，潘家大嫂子来望你了。"

秋露听了这话，心中暗想：那就真不巧。遂向毓秀说道：

"这是我厂里的工头，我下去一次吧。"

毓秀虽然也感到不巧，但也只好说道：

"有客人来了，你当然要下去招待的呀。"

秋露于是匆匆地下楼，只见潘美珍穿了一件黑色的绸旗袍，虽然徐娘半老，却也颇为俏丽。两人相见之下，很亲热地握了一阵手，秋露道：

"姊姊为什么不上我这儿来用中饭？"

美珍笑道：

"昨夜被隔壁嫂嫂硬拖去打牌，今天起来已近午时了，难道叫我一走到就吃饭吗？这究竟太难为情了。"

"在妹妹家里，那有什么要紧？哟！这枇杷是姊姊买的吗？每次来总叫你花许多钱，那我们怎好意思呢？"

秋露一面请她坐下，一面忽又瞥见桌子上放着的两篓枇杷，遂又转变了话锋。桑老太笑道：

"可不是？潘大嫂真也太客气了。"

"那又不值什么钱，老太太说这话，就当我作外人看待了。"

美珍说着，又向鸣申招手，叫他吃篓里的枇杷。这时，小云已泡上一杯苔苔花茶，含笑叫声"潘大嫂喝茶"。美珍连忙道了一声谢，俏眼又向秋露望着，笑道：

"妹妹，你今天有空吗？"

秋露因为和毓秀原约定到外面去玩的，芳心不免暗吃一惊，悄声儿问道：

"姊姊做什么？"

"我想你有空的话，我便请你瞧影戏去，其实也难得的，妹妹当然不好意思拒绝我吧？"

美珍喝了一口茶，微微地笑了。秋露听美珍已说在自己的面前，这就没有拒绝的可能，望着母亲笑了笑。桑老太道：

"既然姊姊高兴，你也不能扫人家兴的。"

"老太太这话真不错，大嫂、老太太大家也一块儿去好了。"

美珍听桑老太这么一说，心里乐得什么似的，遂又故意笑着

163

向两人这样说。小云和桑老太很不好意思似的，一同笑道：

"不客气，你们去吧。"

"姊姊，那么你等一等，我一会儿就来。"

秋露没有办法，只好向毓秀去回一声儿了。毓秀见她很轻声地上来，脸儿浮了抱歉的颜色，说道：

"郑先生，很对不起，这美珍姊姊一定要请我瞧戏去，我不好意思回绝，所以我……"

说到这里，顿了一顿，表示很对不住他的神气。毓秀忙笑道：

"没关系，我们反正明后天也可以去的。人家难得来请你，怎好意思拒绝呢？你只管去好了。"

秋露知道毓秀不会生气的，遂点了点头，和他嫣然一笑，便匆匆地又走到楼下来。美珍因时已两点，遂站起身子，说道：

"那么我们走吧。"

秋露拿面镜子照了照，笑道：

"姊姊怎么这样性急？让我再洗个脸去吧。"

"现在不是很好吗？胭脂粉搽得很匀的，你心急慌忙地再洗一个脸，怕反而不及现在的呢。"

美珍望着秋露玫瑰花似的两颊，劝阻她不用再洗脸。当然，她是含有另外的作用。

"那么我也得梳一个头……"

秋露出外去瞧戏，在三年之中，可说是从来也没有的。今天居然也有人请她去瞧影戏，她心里不知是感到如何的喜欢，拿了镜子，觉得脸既不洗了，头发总也该梳一梳的。

"影戏院里黑魆魆的，有谁瞧见呢？好了，别多梳了，让姊姊等着性急。"

桑老太见秋露把头发梳个不了，遂也笑着催她。美珍听桑老太这样说，倒反而说道：

"老太太，你别催她，一个女孩儿家出去总有这许多麻烦的，从前我做姑娘的时候，也是这样的。现在老了，也不要什么好看，说走就走，多么的爽快呢！"

美珍这几句话倒说得大家笑起来。秋露放下木梳，回身过来，笑道：

"好啦好啦，我又没有打扮什么，蓬了头出去那算什么样儿？你瞧我这样子就到外面去了，不是再爽气也没有了吗？"

"这样子只有派头大方，现在学校里的女学生，谁不是一件湖色的爱国布旗袍呢？好啦，老太太，我们走了，你只管放心，回头我一定送她回来的。"

美珍向她上上下下打量了一会儿，觉得真是非常美丽，便啧啧地称赞了几句，然后回头向桑老太又这样叮嘱着，表示自己很爱护她的神气。秋露噗地笑道：

"姊姊这话可有趣吗？难道我还怕你卖了我不成？"

桑老太和小云也都笑了。美珍也忍俊不禁，一面拉了秋露的手，一面向桑老太和小云告别，两人出了大门。

"潘大嫂，那么晚饭你跟秋露来我家吃吧，我们等着你。"

桑老太和小云送到门外，忽然有了这么一个感觉，桑老太又高声地叮嘱着。

"老太太，你们不用等，说不定我们在外面定馆子了……"

美珍听她这样说，回过头来又向她摇了摇手。两人出了弄口，秋露笑道：

"姊姊，你今天预备大请我客吗？"

美珍把她手握紧了一些，回眸逗给她一个媚眼，笑道：

"我预备二十元的花费，是吃玩得很惬意的了。"

秋露吃惊地问道：

"何必这样花费？我们辛辛苦苦做工得来的钱，舍得这样浪用吗？"

"就是为了一年到头太辛苦，难得有个放假的日子，若不玩个快乐，我们穷人真变成牛马了。你瞧我孤零零一个人，生活多么枯燥。钱太多了也没有用，做人为的是什么？不是应该吃些玩些吗？"

美珍听她这样说，摇了摇头，表示她把人生看得很明白的意思。秋露觉得她这话倒也不是没有道理，遂笑问到什么戏院去瞧。美珍说今天预备花些钱，到大戏院瞧外国片子去，于是讨了两部街车，叫他拉到大光明戏院。当美珍、秋露踏上石阶的时候，忽然瞥见戏院门口站着一个翩翩风流的少年，大家一见，都不禁咦咦地响起来。

第三回

处心积虑笑里藏刀

秋露忽然瞥见了那个年轻的西服男子，一颗芳心也不知怎的，竟别别地跳跃起来，暗想：奇怪，哪有这样的巧遇？这时，早听美珍笑盈盈地招呼道：

"呀！章少爷，你也来瞧戏的吗？巧极，巧极！"

"可不是？我在等一个同学呢，已经两点二十五分了，再过五分就要开映，他还没有来，你想糟不糟？潘大嫂，你们姊妹俩来的吗？"

如海皱了眉尖，表示很焦急的神气。他瞧到了秋露的时候，立刻又浮上了浅笑，向她很有礼貌地弯了弯腰。秋露见人家在招呼自己，因为曾经和他已有一度的碰面，当然不好意思不理睬人家，遂含笑也向他点了点头。美珍这时又问道：

"那么你票子买几张啦？"

如海把手中票子给她们瞧，说道：

"只有两张呢。"

"我想你这同学一定失约的了，因为已到放映的时间，他还没有到来，你难道预备痴等吗？假使不是女同学的话，你何必苦等，这张多余的票子让给我们吧。"

美珍俏眼斜乜了他一眼，故意这么地说两句，表示非常的认真。如海也微红了两颊，装出很难为情的样子，笑道：

"潘大嫂又和我开玩笑了，我哪儿来什么女同学？既这么说，我再去补买一张吧。"

"那不行，这叫我们怎么好意思？"

美珍慌忙拦阻着他，但如海已很快地挤到售票处去了。秋露拉了美珍一下手，明眸很羞涩地逗了她那么一瞥，笑道：

"叫他请客，不难为情吗？姊姊不该说票子让给我们话的，那不是明明想揩人家的油吗？"

美珍扑哧一声笑出来，说道：

"起初我原一片好意，因为他若再等下去，万一他同学真失信了，那票子不是要损失了吗？反正他自己愿意请客，就随他去是了。"

美珍说到后来，大有乐得揩油的神气。秋露在瞥见如海的当儿，还以为美珍故意做好的圈套，莫非她存心把我和他拉拢来吗？后来见如海手里只有买两张票子，同时又听美珍向他问男同学女同学的话，仿佛是很认真的样子，这就把疑窦渐渐地释去，以为事情真有这样的凑巧呢。就在这时候，如海已买了一张票走来，笑道：

"那么我们进里面去吧。"

他说着话，身子已向入场处走。秋露、美珍见他买的还是楼上票子，因为他的身子是向扶梯上走的，于是两人也就不得不跟着上楼，在收票处如海又等着她们。美珍拉了秋露，加快了几步，三人一同步进院里去。有女侍接了票子，替他们对号入座。如海把手向两人一摆，意思是请她们先坐进去，美珍是有心人，当然抢着先进内，接着秋露也坐进去，这样子秋露便坐在美珍和如海的中间。秋露回眸见四周的座位差不多是没有空的了，心里不免起了一个疑问，暗想：如海末一张票子是去补买的，楼上既是对号入座，那么这个连号的位置竟没有给人买去，偏偏给我们留着吗？那事情似乎没有这样的巧吧？秋露是个聪敏的姑娘，经此一想，她觉得如海也会到这儿来瞧影戏，恐怕绝不是偶然的事情了，于是她一颗芳心开始有了恐怖，跳跃的速度会忐忑地增加起来。

"潘大嫂，你们吃冰淇淋吗？"

如海回眸见秋露沉思的样子，遂低低地问着。美珍笑道：

"音乐响了，快开映哩，别吃了。"

如海说声不要紧，遂向仆欧招了招手，一面又问道：

"你们喜欢白雪公主，还是紫雪糕？"

美珍道：

"随便吧。"

如海这就向秋露笑道：

"你喜欢什么？"

秋露有些难为情，红晕了脸，却没有作答。美珍遂代答道：

"都拿紫雪糕吧。"

如海于是拿了三包紫雪糕，付了钱，先交给美珍一包，待交给秋露的时候，便低低地故意这样说道：

"你瞧我这人可糊涂？只知道你是潘大嫂的干妹子，却不晓得你姓什么呢。"

　　"我姓杨……"

　　秋露一面接过，一面向他点了点头，表示谢谢的意思。因为这是戏院里的座位，每只位置都有固定的尺寸，秋露要想避嫌疑也是不可能的了，所以如海望着秋露不到咫尺的娇靥，直乐得满心甜蜜的了。

　　银幕上的广告映完了后，接着场子上的电灯都熄灭了。不多一会儿，便放映出《青春之火》的故事来。这是一张热情五彩的歌舞巨片，布景自然非常的伟大，说句可怜的话，秋露对于五彩的影片，自落娘胎至今，可说还只有破题儿第一遭。她瞧着银幕上的人物，居然红绿分明，色彩和真的一样，一颗芳心不免暗暗奇怪，觉得欧美艺术的进展，也足以使人感到惊叹的了。如海见她的视线完全集中在银幕上，仿佛瞧得非常出神的样子，遂附耳过去，低低地搭讪道：

　　"杨小姐，你听得懂英语吗？"

　　秋露听他这样问，心里暗想：我听得懂英语的话，我还会去做女工吗？这就感到他问得有趣，遂摇了摇头，低声地答道：

　　"我不懂得。"

　　如海这就凑近嘴，向她很轻微地把片中情节约略地告诉。秋露虽然感到那是多余的事，但人家总是一片好意，所以少不得有时候也回答两句。如海见她并无憎恶自己的意思，当然万分欢喜，觉得美珍第二步的计划又告成功的了。美珍坐在旁边，其实并不是在瞧电影，她的注意力是完全集中在他们两人的身上，她见如海和秋露的头靠得很近，絮絮的似乎谈得非常亲热，心里也暗暗欢喜，觉得一个青春时期的少女，对于跟异性的接触，也是一件多么需要的事情呢，何况如海又是一个翩翩的美少年。

这时候的银幕上正放映着一幕热狂的镜头，使每个年轻的男女观众一颗心都感到极度的紧张，尤其男女伴侣一同来的，各人的身子几乎也要偎到一处去了。如海瞧到镜头里接吻的时候，他把嘴更凑近了秋露的脸颊，轻声地道：

"杨小姐，那少年乔丝向曼娜说，我是很爱你的，不知你也同样地爱我吗？曼娜回答，我将永远地献出一颗血淋淋的心来安慰你，安慰你热诚地来爱着我，所以他们欢悦地亲嘴了。"

秋露听了这话，口里虽然哦哦地响了两声，但一颗芳心的跳跃，真像小鹿一般地乱撞了，同时两颊发烧得厉害。幸亏场子里黑暗，不然自己的脸很显明一定像血一般的红了。如海借影片中的话来表示自己爱秋露的心，这在秋露一个聪敏的姑娘耳中听来，当然是很明白的。她心里虽然没有感到怎么的欢喜，却也没有认为如海这话是可厌恶的，只不过感到万分的羞涩罢了。如海见她没有恼怒，似乎娇羞万状的神气，心里甜蜜得不住地荡漾，脸上含了得意的笑。他觉得秋露这么一个可爱的姑娘，不久的将来，准可以投入自己的怀抱了。

也不知是谁的恶作剧，要和这班沉醉在爱河中的青年男女大寻开心起来。银幕上的镜头热情是达到最高峰了，男女观众的心头也要爆发出青春之火来了。正在甜蜜充满了各人心房的一刹那间，忽然有人大喊："炸弹，炸弹！"这一声大喊之后，果然在银幕上放射出的光线的映照下，瞥见一缕黑烟，弥漫了整个戏院里的空气中。

这仿佛是晴天中起了一个霹雳，不但如海、秋露、美珍都吓得面无人色，其他观众也都魂不附身。这歌舞升平的戏院里，顿时变成了恐怖的战场一样了，太平门四处大开，奔的奔，逃的逃，性命是人人要的，争先恐后，可怜被挤倒在地上的，也就被人踏得气也没有了。这情景真仿佛在战场上冲锋，他们是挺勇敢的，实在可说得一句"前仆后继"的了。如海趁这个机会，紧紧拉了秋露的手。秋露又拉了美珍的手，三个人好像是从枪林弹雨中逃出来一样的恐怖，好容易虎口余生似的奔出了戏院的大门，见到了青的天、白的日，这才深深地叹了一口气。

这时候，戏院门口拥满了人，马路上也是拥满了人，因了这意外的情形，使行人都起了好奇心而停了步，所以连车马都一辆一辆地停顿起来。马路上巡逻的巡捕瞧此情景，大为吃惊，一个电话打去，立刻全体出动，一时红色汽车接连开到。先到戏院里去视察，方才知道是有人放了一个烟幕弹，原是和这班忘记家破人亡痛苦的观众们寻寻开心而已，并没有什么存心丧人性命的恶意。探捕们知道没有什么事情，心里也着实气恼，这放烟幕弹的人倒是可恶，不但寻了观众们的开心，连我们捕房当局也被他开玩笑在内了。意欲提那恶作剧的人来重罚一下，可是这又到什么地方去找呢？也只好分头把行人遣散，维持车马开驶。经过十五分钟之久，才得恢复交通。

这时，最最有趣的是一班穿高跟皮鞋的太太、小姐们，她们从家里走进戏院，都是亭亭玉立，仿佛凌波仙子，可是从戏院里奔出马路上的时候，都是光了两只脚，身子还在发抖，真像难民一样的可怜。原因是逃性命要紧，高跟鞋有的脱落，有的自行放弃，因为穿了高跟鞋是不容易做田径赛那样奔逃的。

盛夏的天气是很热的，一班漂亮太太、小姐们已是不穿丝袜了，光了两只雪白粉嫩的俏脚，本来是风流的美丽的，穿上那双一九四一年的最新式的革履，多么令人想入非非呀！可是现在叫她们更时髦一些，索性光着脚在地上奔跑，这真是再要漂亮也不能漂亮的了。在这个情形之下，结果，人力车夫是多了一笔生意。

"真正触霉头，千年难得地瞧了一场影戏，竟会发生了这种意外的不幸，唉！"

如海拉了秋露的手，三个人急急向前奔了一程路，这才停住了步。美珍惊魂稍定地深深叹了一口气，秋露也是吓得两颊红红的，芳心的跳跃仿佛吊水桶般地扑通扑通地震动得剧烈。她听了美珍的话，笑出声音来，说道：

"可不是？我的心还跳得厉害，不知道是否是炸弹呢！"

如海望了她一眼，笑道：

"一听喊炸弹，我就糊涂了。如今仔细想起来，这绝不是炸弹，炸弹爆发了，难道会没有响亮的炸声吗？杨小姐，此刻我们不用怕了，你且定一定心，我们还是到东方茶室里去坐一会儿吧。"

秋露被如海这么一说，方才感觉到自己的手还是被他紧紧地握着。在逃性命的当儿，秋露是很柔顺地会跟着他奔的，这时候已经没有危险了，若老给他握住着，当然感到万分的难为情，这就把秋波向他瞟了一眼，手缩了一缩。如海也就理会过来了，慌忙放脱了，又笑道：

"假使真的是炸弹，那也危险极了。我刚才生怕杨小姐被人挤倒，或者累痛了什么，我真急得什么似的呢！"

秋露也回想到刚才一同奔逃出来的情景，如海确实是竭力做了自己保镖一样地掩护着，心里不免有些感激，回望了他一眼，微微地笑了笑，却又羞涩地垂下头来。美珍拉了她的手，向如海笑道：

"章少爷，那么你就快伴我们上东方茶室去坐一会儿吧。我吓得魂灵也没有了，若不好好儿坐一会儿，实在不行的了。"

如海听她一面说，一面飞给自己一个眼色，这就明白了，立刻叫了三辆人力车，坐到东方茶室。侍者招待入座，三个人围了一张小圆桌，泡了三壶龙井。如海从女侍者手里捧的盘子内，叫她放下各式不同的点心。

"杨小姐、潘大嫂，别客气，大家随意地吃吧。"

如海把纸擦着象牙筷子，拣了一块马蹄蛋糕先自己吃了，于是美珍、秋露不再客气，也就含笑点头地吃起来。三人一面吃点心，一面又谈着这班穿高跟鞋的太太、小姐们那种狼狈的样子，忍不住又都觉好笑。这时候，美珍的两颊忽然涨得绯红，身子还抖了两抖，如海故意轻轻问道：

"潘大嫂，你做什么？"

"茶喝得太多了，你别笑话，这儿的女厕所有没有？"

美珍微蹙了眉尖，羞涩地逗了他那么一瞥。

"隔壁就是旅馆，我陪你去吧。杨小姐，你请坐会儿。"

如海眸珠一转，便含笑站起身子，又向秋露这么地说了一句。秋露当然不好意思也跟着美珍一块儿小解去，遂点了点头，眼瞧着两人向西首的门口消逝了。

"章少爷，我避走一会儿，你好好地去进行工作，不能太轻薄的样子。这位姑娘确实是很多情的，不过也很古怪，你需要用温和的手段去对付她，不然事情也许要弄僵的，知道吗？事成之后，别忘记我……"

两人走出了茶室，美珍方才把秋波斜乜了他一眼，附着他耳朵低低地叮嘱着。如海原也明白她的小解是一种脱身的计策，心里乐得什么似的，遂连连地点头，说声"我绝不忘记你的相助之情"，便又很快地回到座桌上来了。

"杨小姐，你怎不再吃一些呀？"

如海坐下椅子，见秋露两眼望着杯中绿茵茵的茶汁出神，遂笑嘻嘻地又向她搭讪着。

"吃得不少，我已饱了……"

秋露抬头微微地一笑，两颊飞起一朵红色的玫瑰。如海脉脉地凝望着她的娇靥，很柔和地道：

"杨小姐的食量这样小吗？你别做客，大家应该实在一些的好。"

如海说着，把一只鸡球大包又拣到秋露的面前去。秋露有些情不可却，遂握了筷子，把鸡球大包凑到小嘴儿上去咬了一口。如海见她很听自己的话，心里万分欢喜，又笑着道：

"杨小姐怎么愿意做工？不会办一些银行或者公司的事情吗？"

"……我又没有什么学问，怎么考得进去？况且银行、公司都要有靠山，那么才行呢。"

秋露被他这么一问，两颊更羞得绯红，低了头，似乎有些惭愧的样子。

"杨小姐，你别误会，我并不是说做工是低微的，我想在银行、公司办事，总比做工要舒服些，工厂里一天要十二小时，那不是太辛苦了吗？"

如海生恐她芳心里引起反感，遂又低低地解释着。

"可是社会上找一个事太不容易了，尤其是我们毫无一技之长的女孩儿……"

秋露这才又抬起粉脸，乌圆眸珠转了转，表示无限扼腕的神气。

"不错，上海是太会堕落一班年轻的人了。你瞧有许多知识分子，她们都下海甘心地去做舞女，真不知多少，所以我认为杨小姐以十指操作得的代价来度生活，那是值得令人感到敬佩的。"

如海呷了一口茶，表示非常的同情。

"可是……这也没有办法哪！"

秋露瞟他一眼，忍不住微微地叹了一口气。如海皱了眉毛，把手中的茶杯又放下来，说道：

"杨小姐，我瞧你不像是个没有学问的人，你不是也读过书吗？"

"读了五六年的书又有什么用，还不如没有学问一样吗？"

秋露低低地说。

"那倒不是这样说的，杨小姐在学校里的名儿不知叫什么？肯告诉我听吗？"

176

如海知道她是小学毕业的，遂故意又向她问名儿，其实他在美珍的口中是早已知道的了。

"叫秋……"

秋露忘其所以然般地几乎说出来，但立刻记得了，慌忙又换口微笑道：

"我的名儿叫春霞……"

说到这里，两颊又发红起来。如海当然不会晓得秋露脸红的原因，还以为她是怕羞的缘故，遂又诚恳地说道：

"杨小姐，我很想跟你做一个朋友，不知我可有这样的资格吗？"

"……"

秋露两颊的红晕一圈一圈地泛上来，低了头，却是默不作答。如海把坐着的椅子移近了她一些，柔和地追问道：

"杨小姐，你怎的不回答？可是不答应吗？"

秋露抬头瞟他一眼，嫣然地笑道：

"只怕我高攀不上……"

说着，把脸又别了过去。如海笑道：

"杨小姐，你这话太客气，叫我感到不好意思。我以为只要性情相投，意气相合，那是没有什么阶级分别的。"

秋露没有作答，雪白的牙齿微咬着鲜红的嘴唇皮子，默默地似乎在想什么心事。如海急欲再向她表示一些爱的意思，但又觉得不容易说上去，因为美珍曾经关照过自己，那姑娘的性情古怪，说恼了她，事情反而弄僵的。如海这样想着，当然不敢以对付别个姑娘的手段来对付秋露，因此也是愕住了一会子。美珍在马路上兜了一圈儿，见时候已过去了二十多分钟，觉得两人有二十分钟的谈话，感情一定相当可以进步了，自己若再不回去，春霞心中不是要起疑心了吗？于是美珍急急回到茶室里来，只见两个人仿佛泥塑木雕似的呆坐着，一时倒吃惊不小，还以为他们两人是斗了嘴，所以都生气了，遂拍了秋露一下肩胛，说道：

"霞妹，不知怎的，我竟肚子痛起来了，你想糟不糟？"

美珍所以说这两句话，是为了避免秋露疑心自己这许多时候回来的意思。

"哦，那么你现在可好了没有？"

秋露回头见是美珍，便拉了她的手，忍不住扑哧一声笑出来。美珍一面在椅上坐下，一面窥察秋露的意态，似乎没有什么恼怒的神气，遂又笑道：

"一个粪儿子生下了，此刻就爽快得多……"

秋露白了她一眼，意思是怪她说话太粗俗，但如海早也笑起来了。

"杨小姐、潘大嫂，我们再喊一锅虾仁面吃好吗？"

三人笑了一会儿，如海向秋露瞟了一眼，又低低地问。

"不，我们已很饱了，时候也不早，我要先走一步了。"

秋露瞧瞧自己手腕上的表已经五点多了，遂摇了摇头，回眸又向美珍望了一眼。

"只不过五点十分，实在很早，我想杨小姐既然吃不下点心，我们就到别个戏院里再去瞧五点半班的好不好？因为你们难得放一天假，却只瞧了半场影片，那不是很扫兴吗？"

如海为了要博得她的欢心，便又转出这个念头来。

"因为妈妈心里要记挂，我想下次奉陪了，况且瞧戏也很危险，万一再有发生放烟幕弹的事情，那不是叫人心里害怕吗？"

秋露娇媚地瞟了他一眼，嫣然地一笑，身子已站起来。

"也好，那么杨小姐别性急，我们一块儿走吧。"

如海点了点头，不敢强留，遂摸出皮匣子，付了账，方才三人一同踱出了东方茶室。如海道：

"我给你们讨车，潘大嫂怎么样？跟杨小姐一块儿回去吗？"

"不错，我要伴送妹妹回去的。章少爷，车子不用讨了，我们愿意散一会儿步呢。"

美珍点了点头，俏眼又逗给他一个眼色。如海知道美珍必定有什么作用的，遂不再客气，向秋露笑道：

"那么我不和你们客气了。"

秋露微笑道：

"已经花费了章先生许多钱哩，真对不起。"

"杨小姐，别说这些话，我们现在可是朋友啦！再见，再见……"

如海摇了摇手，满脸堆了笑意，和秋露、美珍行了一个礼，遂回身匆匆地走了。美珍和秋露这才走到电车站头，跳上十七路无轨电车，坐回南洋桥去。在车中，美珍向秋露笑盈盈问道：

"妹妹，我上厕所里去的时候，章少爷和你说些什么话呀？"

"没有说什么……"

秋露低低地回答，两颊已透显了玫瑰的色彩。

"在姊姊面前怕什么羞？我瞧章少爷的态度，似乎有些爱上你的意思，不知他可曾向你表示什么吗？"

美珍瞅住了她的粉颊，偏这样地追问。

"啐！姊姊别胡说了……"

秋露噘着小嘴儿，却逗给她一个妩媚的娇嗔。美珍却望着她的脸，只管憨憨地傻笑。秋露被她笑得愈加不好意思起来，白了她一眼，嗔道：

"姊姊，你痴癫了？老望着我笑干吗？"

"我笑章少爷别的姑娘都不爱，独独爱上了你，他不是十分的痴心吗？假使他愿意跟你结婚，不知妹妹能够答应他吗？"

美珍见她虽然薄怒含嗔的意态，但嘴角旁总掩不住地露出一丝笑意来，这就觉得秋露的娇嗔也许是女孩儿家的假惺惺作态，因此她大了胆子，附着秋露的耳朵，低低地又说出了这几句话。秋露听了这些话，心的跳跃是特别地增加速度，简直忐忑可闻，她全身一阵热燥，两颊顿时绯红起来，暗想：原来今日美珍请我瞧戏，果然是他们做好的圈套，在她这几句话中，已经很显明地露出马脚来。遂瞅住了美珍的脸，怔怔地问道：

"姊姊，你不用瞒我，你们这个假戏做得真像呀！章先生和你预先说定了，你才来喊我的是不是？哼！姊姊，你真不是好人……"

"我的好妹子，你真没有良心的，姊姊这一番美意对待你，不料你却还怪我。本来我也不肯管这些事，因为章少爷是非常的痴心，在我素来明白的，他又是一个多情的少年。我为妹妹花一般的人儿着想，实在也非嫁这么一个有才有貌，而且又有财又有势的少年不可，不然，不是太辱没了你这个好模样儿了吗？妹妹，我告诉你吧，说也有趣，章少爷自从那天见到了你后，他就

180

念念不忘，问我说你干妹子今年几岁了，叫什么名字？他实在很愿意跟你做个朋友，要求我代为介绍。我见他用情是很专一的，因为他过去的确是并没有爱过一个女子的，所以我不揣冒昧，就来请你瞧影戏，不过章少爷这人也是很脸嫩的，所以故意装作不期而遇的神气。你想，他这人不是很痴心吗？我想你若接受了他的爱，你的造化就不小呢！"

美珍听她已经明白了，这就索性絮絮地完全告诉了她，每一句话是没有不带着甜蜜的诱惑。秋露本来是鼓着小嘴儿在娇嗔，听了她这一大篇的话，芳心倒是一动，不过在一动之后，脑海里立刻又浮上了一个感觉，我怎么能对得住郑先生？于是她又淡淡地说道：

"我们是个穷苦人家的女儿，只怕没有这个福分吧。"

"哦，你是不是怕他家里的爸妈不答应？其实你这是多虑的，他的家庭是很新式的，而且他是个独养儿子，他爱娶你做妻子，做爸妈的敢反对吗？"

美珍听她这样说，又很认真地给她解释。秋露却不再作答，美珍方欲又说什么，车子又到南洋桥了，于是两人携手下车，匆匆回家。到家里还只有五点半，桑老太问在什么地方瞧戏，美珍一时倒回答不出，还是秋露说道：

"我们在这附近一家亚光大戏院瞧，是张外国片子，瞧也瞧不懂，没有什么意思的。"

美珍听她这样说，几乎抿嘴儿笑出来。这时，小云幸亏还没有烧粥，所以她又改煮了饭。因为今天过节，家里也备些小菜，所以吃饭的时候，有肉也有鱼，倒也不错。这晚，美珍直待九时敲过，方才笑盈盈地告别回家。

秋露待美珍走后，便悄悄地到亭子间里去望毓秀，不料门却是关着，遂伸手笃笃地敲了两下，却不听答应，暗想：难道生气了不成？遂又低低地喊了两声郑先生，却仍旧不听里面有人答应。秋露心里好生奇怪，忽然理会了，莫非他出去了吗？对的，他一个人闷烦，一定也到外面去散心了。唉……想到这里，忍不住又叹了一声。因为今天原和郑先生说定一同到外面去游玩的，现在却会和姓章的厮混了半天，这我心里不是很对不住郑先生吗？秋露想到毓秀一个人的孤独，她的心头会感到一阵莫名的悲哀，这夜躺在床上，却是暗暗地淌了一会儿泪。

第二天晚上，秋露从厂里回家，方才和毓秀相晤了。秋露一脚跨进卧室，只见毓秀正在洗汗背心，遂连忙赶上去，把他身子推开了，笑道：

"我给你洗吧，你昨夜在哪儿玩？"

"昨夜我没有出去呀……"

毓秀听她这样问，望着她的粉颊，倒是呆呆地愕住了一会子。

"什么？你没有出去？那么我敲门你为什么不开？"

秋露的脸上本来是含了妩媚的娇笑，听了他的话，立刻绷住了面孔，显出了惊异的神色。

"你几点钟敲门的？"

毓秀也奇怪地又问着她。

"大约在九点钟光景，不但是敲门，而且还喊了你大半天哩！我想你一定是生了气，所以故意不来给我开门，是不是？"

秋露原是个细心的姑娘，因了细心，不免又多了心，秋波脉脉地含了无限哀怨的目光，在他脸上逗了那么的一瞥，似乎欲盈盈泪下的神气。

"秋露，你快不要误会了，我为什么要和你生气？你回家的时候，我是听见的，那时我还在写稿，后来到七点钟我把一回小说写完，便开始吃饭，因为多喝了几杯酒，所以头晕目眩，便关门沉沉地熟睡了。你敲门，你叫我，我委实没有听见，不然我怎么会不来开门呢？唉！我想你上来还不及呢……"

毓秀听她这样说，又见她这个神情，一时急得两颊绯红，猛可伸手把她握住了，同时情不自禁地还叫了一声名字。他说到末了，又低低地叹了一口气。秋露的眼眶子里本是贮满了泪水，不过还没有涌出来，如今听毓秀这样说，自己也不明白为什么要这样辛酸，泪水竟夺眶而出了，哀怨地道：

"凭你末了这一句话，我就明白你是恨着我，因为我原说定和你一同出去玩的，谁料到潘大嫂会来喊我呢？累你闷了一下午，你不是气着我吗？"

"唉！你怎么这样地多心呢？我要气着你，我一定没好结果……"

毓秀见她哭起来，更急得把两脚乱跳着。

"你不用……发咒的……你是不会没有好结果……恐怕我才没好结果吧！"

秋露听他发誓，不禁愈加地伤心，眼泪仿佛是雨点儿一般地滚下来。毓秀见了她海棠着雨似的脸庞，也不免凄然泪落。两人相对泣了一会儿，毓秀拭了泪痕，笑道：

183

"大热的天，何苦来？我的发咒，是因为要表明我的心迹。秋露，你难道还不明白我的心吗？"

毓秀说着，把她手放下了，亲自拿帕儿给她拭泪水。秋露为什么要这样的多心？其实她自己在心虚，而且又感到抱歉，所以反怨着他一口。如今见毓秀这样多情地对待自己，因此也不禁为之嫣然，但兀是噘着小嘴儿，娇嗔道：

"你平日是不大喝酒的，昨天为什么要喝得这样的大醉？还不是为了气着我才喝的吗？我是明白你心的，你不用赖……"

毓秀不等她说完，就笑起来，说道：

"昨天是端午，我心里高兴，所以才喝酒的，你别冤枉我好吗？"

秋露听他说得滑稽，忍不住又挂着眼泪笑了。经过这么一哭一笑之后，两人的感情是无形中更增加了万分。秋露对于章如海的殷勤献媚，自然是无动于衷。如海心里当然感到十分奇怪，暗想：像我这么一个有财有貌的少年，难道还不中她的意吗？我想她一定是故意做作，因为女孩儿大都惯会惺惺作态的，我只要功夫深，那就不怕她不投入我的怀抱里来呢！

这天午后，如海坐了汽车又到厂里来。当他跳下汽车，走到长廊的时候，只见杨春霞和账房先生桑士杰站在一块儿絮絮地说着话，形状颇为亲热，见了如海，他们便匆匆地走开了。如海当时只装作没有瞧见，他便自管地回到厂长室坐下，和厂长羊志铭闲谈了一会儿。志铭对于如海常常来厂探视，至少带有些监督的性质，说句明白话，董事长并没十分地信任自己，这使志铭心中当然十分的不快乐，所以他和如海敷衍了一会儿，便自管也到工

184

房里去了。

其实天晓得的事情，如海到厂来的目的，绝不是为了监督厂中的事务，他为的是秋露这个美丽的姑娘呀！士杰和秋露兄妹的谈话，原是为了鸣申这几天里有些不舒服，秋露告诉哥哥，说已经好了许多，不料这情景瞧在如海的眼里，他心中就起了绝对的误会。

此刻如海坐在厂长室内，一个人只顾呆呆地思想，怪不得春霞不肯表示爱我，原来她是被账房先生桑士杰迷住了呢！哼！这士杰生了一副白净的脸蛋儿，他胆敢和我角逐情场，那真自不量力，所谓以卵击石，岂有不灭亡的道理吗？如海想到这里，恨得咬牙切齿，遂吩咐茶役把潘美珍喊来，预备问她一个详细。

"怎么啦？一脸的不高兴，是谁怄了你的气？"

美珍一脚跨进厂长室，见了如海铁青的脸，便笑盈盈地向他问着。

"美珍，你来，我问你一件事，这里账房桑士杰和春霞是个什么关系？你可曾瞧他们常常在一块儿谈话吗？"

如海站起身子，把美珍的手拉来，话声是相当的轻微。

"咦！你问他们做什么？春霞原是桑先生介绍进来的，他说是邻居关系，我倒不曾见他们时常在一处谈话的。怎么啦？你瞧见了吗？"

美珍听他问得奇突，便凝眸含颦地瞅住了他，心里有些惊异。

"哦！原来是这小子介绍进来的，那就无怪了，我想他们两人必定有关系的，所以春霞才不肯爱上我呢，你说是不是？"

如海哦了一声，似乎有个恍然的样子。

"你的猜测也许不错，但是桑先生听说已娶有妻子的，春霞如何还肯去爱上他吗？"

美珍听他这样说，一时也有些将信将疑起来。

"我今天亲眼目睹两人很亲热地说着话，而且一见了我，还偷偷地走开了，这还不是有暧昧的事情吗？也许桑士杰用手段在控制她的自由，春霞在他压力下恐怕是没有勇气违反吧。我想……我想……把这小子结果了，那么春霞不是可以死了一条心吗……"

如海恨恨地说着，他觉得为了女人，无论什么残忍的手段都是应该使用的。

"你何苦下这伤阴骘的辣手？我想你把他解了职，也就罢了。照我眼光瞧来，他们两人未必有关系，因为春霞这姑娘生成是副傲骨，不容易上钩。不过女孩儿家总是爱好虚荣的多，不久的将来，你一定可以如愿以偿了，何必猢狲见了桃子那样的猴急呢？"

美珍听如海要结果士杰，心里有些不忍，遂婉言劝阻了他，同时说到后面，又瞟他一眼，忍不住嫣然笑起来。如海觉得美珍的话也不错，遂点了点头，却又深思了一会子。

如海和美珍经过一度商谈之后，第二天，士杰就接到一封解职信。在这艰苦生活之下，忽然又得这么一封催命符似的信，士杰心中这一痛苦，几乎欲晕厥跌到地下去了呢！

第四回

魔能弄人忧则致疾

"小云，你摸摸鸣申这时候的额角，热度可退些了吗?"

黄昏的时候，室中笼罩了一层暗淡的色彩，静悄悄的空气中，终于流动了桑老太的话声。小云抱着小玉，默默地坐在床沿的旁边，她听老太太这样说，遂微侧了身子，把她的手轻轻地按到鸣申的额角上去。桑老太戴了那副老花镜，把手中的活计暂时停止了，抬了头，似乎很迫切地希望小云回答一声热度全退了的样子。但是小云那两条眉毛是微微地蹙着，脸上浮显了一层浓霜那样的愁容，叹了一口气，低低地回答道:

"早晨是完全退了，此刻又觉得烫手呢!"

这回答的话触送到老太太的耳里，她的心中是完全感到失望了，额上的皱纹更显得深一些，也叹了一声，说道:

"这孩子⋯⋯总要设法给他请个大夫瞧瞧才好。"

小云的心中当然也有和桑老太同样的感觉，但是请个大夫，至少得花十元钱，这十元钱若放在家里，又可以度去十天的光阴，何况现在统共也只不过剩着十二三元的钱呢!唉!她深深地感到悲哀，默默地说不出一句话，两眼望着鸣申火红的两颊，泪水已贮满她整个的眼眶子里了。

"咦！咦！士杰，你……你怎么把被铺拿回家来了？"

桑老太和小云正在忧愁鸣申的病，忽然见士杰拿了一个被铺，脸色苍白地走进来。这使桑老太一颗脆弱的心灵更激起一阵无限的恐怖，她的身子已巍巍然地站起来。士杰把被铺放在桌旁，他身子却在椅上坐下了，两眼呆呆的，并不说话，额角上的汗点只管滚滚地掉下来。

"母亲问你，你怎么不回答？快把衣服先脱一脱，我给你倒盆水洗个脸吧。"

小云见士杰这个模样，她心里有些明白这是不幸的惨变，但是丈夫木然的意态，完全显露他的内心是痛苦到了极点，自己若不温柔地对待他，也许使他脆弱的神经有发疯的可能。所以小云含了无限的悲痛，一手抱了小玉，一手去倒了一盆冷水来，放在桌子上。士杰已把那件长衫脱下了，他望着桑老太枯黄的脸，似乎要哭出来的样子道：

"母亲，你……别……害怕……我……我……失业了……"

瞧了被铺拿回来，这在桑老太和小云的心中是早已料到的了，所以听了士杰的报告，倒也并不感到过分的骇异。桑老太的精神似乎已颓然了，她心头仿佛像刀割一般的疼痛，但为了不使儿子加重刺激，她竭力镇静了态度，低低地问道：

"不知道你做错了什么事情，好好儿的怎么忽然解职了？"

"我没有做错一些事，我的被解职，简直使我莫名其妙。唉！这是资本家杀害贫民的一种残酷的手段，唉！也许是我的死期到了……"

士杰听母亲这样问，愤怒激起在他的心头，咬牙切齿，恨恨地顿了两下脚。

"社会上的事情多哩，难道只有他们一家厂里可以吃饭吗？你何苦来要说这些气馁的话？"

小云听丈夫说死期到了，心里有些悲酸，放下手中的小玉，亲自拧了一把脸巾，交给士杰的手里去。

"你解职了，秋露她知道了没有？"

桑老太懒懒地从椅上又坐下了，随口又问了这么一句话。士杰一面擦脸，一面摇了摇头，回身转去，忽然瞥见床上鸣申通红的脸，他心头开始又是一层悲痛，急急地道：

"妹妹告诉我，说鸣申热度已经退了，怎么此刻脸又红得发烧呢？"

"早晨的热度原没有了，此刻才升上的……"

小云低低地回答，话声带有些凄凉的成分。士杰放下面巾，很快地走到床边，伸手摸了鸣申一下额角，果然怪烫手的，他心儿震动得很剧烈，觉得贫病相煎，这是穷人的末路。谁不疼爱自己的儿子？何况鸣申又是这样一个聪敏的孩子。士杰望着他红红的小脸，怪可怜地喊了一声："孩子，你什么地方觉得痛苦？"鸣申一个七岁的孩子，虽然是在病中，似乎也已明白爸爸是失了业，他小心灵里是充满了悲哀，原因是为了下学期那一笔三十多元的学费。爸爸失业，即是自己失学，他摇了摇头，眼角旁已涌上一颗晶莹莹的泪水来。士杰觉得孩子是太聪敏可爱了，因此也使自己感到太可怜了，回过身子，含了满眶悲酸的热泪，望着苍茫的天空，叹道：

"唉！可怜的孩子，你们是投错了爸爸了……"

他的喉间有些哽咽，再也忍不住眼泪滚了下来。桑老太和小云都没有说话，呆呆地坐着，空气是死沉沉的，室中的一切都呈了悲惨的景象，各人的心头都觉得人生的乏味。

不多一会儿，秋露很抑郁地回来了。原因是如海请她一块儿去吃饭，她不答应，所以使双方的心里都很不快乐。秋露回到家里，想不到哥哥已经是失业了，她心头感到万分的骇异，急问是什么原因。士杰摇了摇头，却说并没有知道。

这晚，士杰不想吃粥，只是长吁短叹，神情殊为凄惨。秋露没有办法，只好请毓秀和士杰来谈谈，以解去哥哥的愁苦。毓秀道：

"大哥不必难受，我以为遭遇愈恶劣，将来的希望愈大。你瞧，世界上的伟人，谁不是从艰苦的环境里奋斗出来的呢？"

士杰虽然感觉毓秀的话是很不错，但事实上一家六口，生活怎么度下去？所以对于毓秀空虚的安慰，也只不过报之以苦笑而已。在毓秀的心中当然也明白，这些空虚的安慰是失意人最感到无聊的，但自己受了秋露的叮嘱，却不得不这样地尽管无聊着。他心头也是感觉悲哀，士杰家庭的前途是已沉入于黑暗中的了，同情激起在他的心头，毓秀忍不住也叹了一口深长的郁气。

秋露原意是请毓秀来劝慰哥哥的，不料连劝慰的人也叹起气来，使室内的空气依然蕴藏了死一样的凄凉。她感到有些发窘，慌忙说道：

"哥哥，郑先生的话是不错的，一个人要从艰苦中得到幸福，那才有意思。失业是没有什么稀奇的，说不定明天又得了一个更好的职业。至于眼前的生活，我这个月也做了四五十元，下个月手法熟了，说不定也有七八十元一月可以做，苦吃苦用，也总可以过去的了。"

士杰听妹妹这样劝慰，心里很是感动，低低地说道：

"我也并不怎样忧愁，况且忧愁也没有什么用的。"

口里虽然这样说，心中却是感到极度的悲痛。这晚，毓秀坐到九点半敲过，方才回到楼上去安寝了。

过了几天，鸣申的病好了，但士杰终于郁郁地病倒在床上，而且病得很厉害，这使桑老太太、小云、秋露都急得热锅上的蚂蚁一样。

这几天里，秋露的脸上没有笑容，而且还浮现了忧愁的神色。美珍心里很奇怪，问她有什么心事，秋露摇了摇头，总不愿意告诉出来。晚上放工的时候，美珍悄悄地向秋露道：

"妹妹，章少爷也知道你这几天里很不快乐，他代你十分忧愁，所以今天无论如何要伴你到外面去散散心。就是你不爱他，交个朋友又有什么关系呢？你不要太固执，和一个有钱的少爷交个朋友，至少对你是有益处的。妹妹，别那么傻吧！"

秋露听美珍这样说，凝眸含颦地沉思了一会儿，忽然乌圆眸珠一转，有了一个主意，微笑道：

"其实我是怕妈妈责骂，既然章先生这样好意关心着我，我今天就跟他去玩一会儿吧。"

美珍见她今天忽然又柔顺起来，乐得什么似的，遂笑盈盈地拉了她的手，一同走到厂门口来，见那一辆簇新的汽车停在门口。美珍上前开了车厢，把秋露身子推了一推。秋露在这情形之下，不得不跳了上去，谁知砰的一声，美珍自己并不上车，却把车厢关上了，接着呼的一声，那汽车已疾驰而去了。秋露想不到美珍会不是一块儿去的，一颗芳心不免起了一阵恐怖，但仔细一想，怕什么？难道他会吞吃了我不成？

"杨小姐，我听说你这几天里很不快乐，我实在为你忧虑，不知你心里有什么心事，能够告诉我一些吗？"

如海见她既跳上车厢，却一言不发地呆坐着，遂把身子挨近了她一些，微侧了脸，很温柔地问着。

"我没有什么心事，章先生，你常常叫我一块儿去玩，我总没有答应你，这并不是我搭什么豆腐架子，实在我觉得太不好意思花费你的钱，请你不要生气吧。"

秋露绕过媚意的俏眼，斜乜了他一眼，又逗给他一个甜蜜的娇笑。如海对于她这几句柔软的话，觉得从认识到现在，实在还只有破题儿第一遭，这就乐得眉飞色舞，情不自禁地握住了她的玉手，笑道：

"杨小姐，我知道你的意思，我绝没有和你生气，不过你太会避嫌疑了，花几个钱要什么紧？也值得说不好意思的话吗？杨小姐，我忠实地告诉你，我从来也没有爱上一个姑娘，但自从见到了你，我心里不知怎的，总会想到你的可爱。我明白地说，我对你完全是真挚的、痴心的、专一的……杨小姐，你应该……"

汽车夫对于少爷这几句话是听得滚瓜烂熟的了，他计算着少爷在每个姑娘面前至少已说了二三十次之多的了。此刻听到又是真挚的、痴心的、专一的，他几乎忍不住扑哧一声笑出来，但笑到底不敢，因此他又改成咳嗽起来了。

秋露听了如海赤裸裸的表示，已经是感到万分的羞涩，如今被汽车夫这么一笑一咳嗽，就愈加不好意思，绯红了两颊，明眸望着自己的脚尖，却只管呆呆地出神。如海见她虽然没有什么表示，但她柔若无骨的玉手给自己握着，却并不挣脱，从这一点看起来，显然她完全是为了羞涩的缘故，一时心里不住地荡漾，把身子更偎紧了她一些。望着她的粉颊，真是白里透红，仿佛吹弹得破，雪白的脖子更是玉雪可爱，因此使如海心里更想到她的酥胸、乳峰……以及一切的肉体，当然是更加的白皙可爱了，同时鼻中还闻到一阵少女的芳香，真使他有些心神欲醉的了。

"杨小姐，你为什么不回答我？别怕难为情，爱是世界上最神圣的，尤其在我们青年男女之间，更纯洁得灿烂。你说，是不是？"

如海附着她的耳朵，又低低地说着。

"章先生，其实我不懂什么爱的，假使你不嫌我穷苦的话，我是很愿意跟你做一个朋友的。"

秋露竭力镇静了羞涩的态度，回眸又瞟他一眼，掀着酒窝儿，又嫣然地笑了。如海听她这几句话，知道她已有爱自己的意思，她所以不肯直接地说"我愿意爱你"的话，这当然是难为情。心里这就暗想：姑娘太会假惺惺作态，不过这也是一个姑娘对付一个情人应有的手段，倒也怪不了她的。望着她红蔷薇般的娇容，忍不住憨憨地笑了。

汽车在一个挺大的舞厅门口停下来，如海拉了她的手，一同跳下车厢。在走进舞厅门口的时候，秋露忽然停住了步，说道：

"章先生，我这样子的衣服，不配进里面去吧，况且我从来不曾到过舞厅，我想还是到别处去好。"

"这样子衣服并不坏，那要什么紧？就是因为你没有到过舞厅，不妨进去见识一下，我也不常到这种地方来的，原不过是逢场作戏罢了。"

如海向她身上打量了一下，拉了她的手，含了满面的笑容，是带了央求的口吻。秋露终究抵不住外界的引诱，默默地到底跟着他踏进了灯红酒绿的舞厅。的确，秋露今天上舞厅是还只有第一次，当她一脚跨进舞厅，全身顿时感到一阵凉意，很明显的，里面开放着冷气，在炎热的暑天中，有这样新秋天气似的场所里可以玩、可以听、可以瞧……无怪社会上一班年轻的男女要流连忘返了。秋露脑海里有了这么一个感觉后，她心里有些羡慕，但不到二分钟之后，她又感喟地叹了一口气。

如海和秋露在一个座桌上坐下，泡了两杯柠檬茶。秋露这时的目光只管在四周滴溜乌圆地打转，她见舞厅里四周上下都布置得光怪陆离、五颜六色，真仿佛是水晶宫一样富丽堂皇。音乐台上的黑人大乐队，面孔像墨炭，眼睛像明星，亮晶晶的，嘴阔得像血盆，但那牙齿真白得玉洁。他们这种吹奏音乐的神情，真像疯狂一般的兴奋，令每个青年男女的一颗心会自然荡漾起来的。

秋露的视线，由音乐台上掠到舞池里来。只见对对舞侣，胸贴胸，有的还甚至于脸贴脸，就是这样地挤来挤去。"这就是所谓跳舞吗？"在秋露脑海里有了这么一个感觉之后，她的全身会感到热燥起来，暗想：唉！这也许是女子的唯一出路吧！她很伤心，她为整个妇女界而感到悲哀，妇女界的前途是永远见不到一

194

线光明的，然而她感到奇怪，因为她见到许多袒胸裸足的女子，很骄傲地走来走去，满脸含了娇笑。秋露心想，她们都很光荣吧？她为妇女界的前途而感到暗淡，慢慢地终于垂下粉脸来。

"杨小姐，你瞧这里的布置伟大吗？耳所闻，目所睹，真仿佛是神仙境界一样吧？我们在这儿坐着谈谈，还会感到酷暑的炎热吗？"

如海见她垂首默然，似乎有些羞涩之意，遂笑着向她轻柔地搭讪。

"真的，这真是个好地方，仿佛天上人间，然而我觉得良心上的不安，还是在太阳光下流些汗比较爽快。"

秋露抬起头来，秋波逗给他一个神秘的目光。

"我知道杨小姐是个时代的新女性，当然不喜欢那些灯红酒绿的场所游玩着，不过做了一个人，似乎应该有一次参观，下次我们决定再不上舞场玩，好不好？"

如海心里有些惭愧，两颊也会微微地红起来。

"我希望你少涉足于舞榭歌台，因为我在美珍口里知道章先生是个前进的少年，你若为了叫我见识见识而带我到这里来的话，我心里就会更感到不安的。"

秋露凝眸含睾地望着他脸，语气是那么的真挚。如海有些感动，他猛可又握住了秋露白嫩的玉手，说道：

"杨小姐的金玉良言，实在是我们年轻人的指南。我很惭愧，从今以后，我将听从你的话，预备努力一下前途。因为我已得了杨小姐那么一个新女性做知音，我觉得我生命中的一切都会有希望起来了。"

如海说着，明眸里是含了无限的柔情蜜意，脉脉地回视着秋露，仿佛万分感谢的神气。秋露的娇靥红晕得那么可爱，她感到为难极了，觉得如海这样赤裸裸地向自己表示，她竟没有勇气拒绝他了。但是她为了哥哥的前途，暂且不去考虑其他的一切，她很妩媚地一笑，露着雪白的牙齿，说道：

"章先生，你这话说得过分了，我是个知识浅陋的女子，一切都不知道什么的，你这么说，不是叫我感到难为情吗？"

说着，抿了嘴又哧哧地笑。如海见她这笑的意态是美到了极点，没有什么可以再来和她比较。假使欲比她为桃李，则桃李嫌其轻薄；欲比她为梅花，梅花输其清瘦；欲比她为海棠，海棠无其香；欲比她为水仙，水仙无其艳。真个是芙蓉其面，杨柳其腰。如海越瞧越美，越瞧越爱，一时目不转睛，对于秋露的回答也就一句都没有听进去。秋露被他瞧得两颊更加娇红了，眸珠转了转，一撩眼皮，趁此又低低笑道：

"章先生，我有一件事情向你恳求，不知你能答应我吗？"

"什么事情？漫说一件，就是一百件、一千件，我都能够答应你的。"

如海这才醒来似的笑起来，把两肩耸了耸，觉得美人儿向自己有事情恳求，这是多么得意光荣的事情呀！秋露支吾了一会儿，似乎有些不好意思般的，最后笑了一笑，方才说道：

"章先生，厂里不是有个账房先生叫桑士杰吗？不知他犯了什么厂规，竟把他解职了呢？我想你是有权力的人，不知能否向厂中挽回来吗？假使能够的话，这真叫我感激不尽的了。"

如海听她这样说，愈加疑心秋露和士杰一定是发生爱情的人了，一时也不知打哪儿来一股子酸味，只觉得有些难受，遂沉吟了一会儿，问道：

"杨小姐这个要求我当然可以给你尽力想法，不过我得明白一声，桑士杰和你究竟是什么关系？你不能骗我的。"

秋露见他不但笑容收起，而且眉头紧蹙，她这么一个聪敏的姑娘，岂有不明白的道理？心里想想，真是又好气又好笑，遂正色告诉道：

"章先生，事到如此，我也不能瞒你……"

"你说……你说……是什么关系？"

如海不等她说完，急得涨红了脸，一颗心的跳跃，几乎要从口腔里跳出来了。秋露见他这个神情，倒又扑哧的一声笑起来，说道：

"桑士杰他是我嫡亲的哥哥，我杨春霞的名儿是假造的，我实在叫桑秋露呀！你以为我和士杰是什么关系啦？啐……"

说到这里，噘了噘嘴，秋波又逗给他一个倾人的娇嗔，接着她抿着小嘴儿，又哧哧地笑起来。

"什么？是亲兄妹？你这话可当真的？那么你干吗要改姓名？"

如海听了这话，奇怪得目定口呆，瞅住了秋露的娇容，倒是愕住了一会子。

"唉！所以改姓名也不是为了面子关系吗？我们也是好人家的女儿，做工可说是从来也没有做过，况且哥哥又在厂里做账房，账房先生妹子在做工，那给人家知道了，不是很不好意思吗？所以哥哥叫我改姓名的，只说是邻居关系，其实……唉……"

秋露絮絮地说到这里，忍不住又长叹了一声，似乎欲盈盈泪下的神气。如海觉得秋露这话当然不会说谎，这才恍然大悟，一时真懊悔不该把士杰解职的。但仔细一想，我这事情还得叫美珍去探听一个确实了再说，不过表面上立刻又"哦"了一声，说道：

"原来你的真姓名叫桑秋露，唉！那真多余的事，做工做厂长不是一样为了吃饭吗？那又有什么不好意思呢？既如此，我一定给你想办法，桑小姐，你只管放心是了……怎么啦？别伤心吧，怎的哭了？叫我瞧着不心酸吗？"

如海一面说，一面侧着脸，又去望着她的娇靥，表示非常地多情。秋露把手背揉擦了一下眼皮，秋波滴溜地一转，掀着酒窝儿，哧的一声，笑道：

"章先生怎么说我哭啦？我何曾哭过啦？"

"你没有哭，那我就高兴，假使你不快乐，我心里也会难受的。秋露，我大胆地喊你一声名儿，因为你我的心已是合在一块儿了呀！"

如海瞧了她这可人的意态，足够令人魂销的，不免乐而忘形，语气带有些涎脸的模样。秋露对于"心已合在一块儿"的话，她是并不肯承认的，不过口里不好意思反对，却送给了他一个白眼罢了。

这晚，秋露是随如海在外面吃了饭，并且还喝了一些酒。如海知道秋露的性情高傲，所以不敢轻薄，处处显出十分小心多情的样子，因此在秋露一颗未经世故的处女芳心中，对于如海的印象，也并不怎样的恶劣。如海送秋露回到家中，时间已九点三刻。桑老太皱了眉尖，问她在什么地方，如何这样晚才回家？秋露一面谎说是美珍请她吃饭，一面又问哥哥怎样了。桑老太含泪说道：

"有些昏沉的样子，唉！此刻才睡熟会儿，别惊醒他，早些睡了吧。"

秋露本欲告诉哥哥的生意也许有挽回的地步，但一时又觉得碍口，因此也只好沉沉地睡去了。

第二天，秋露从厂中回家，美珍一定要跟着她来望望老太太。秋露因为哥哥病卧在家，所以心里很焦急，意欲不叫她去，这到底说不出口，在无可奈何中只好把改名的事情又向美珍悄悄地说穿了。美珍其实是早从如海那里知道，今天所以跟秋露回家去，也还不是为了要调查明白起见吗？今听秋露这样说，可见事情是真实的，遂故意装作毫不晓得的神气，还埋怨她不该把姓名改去，否则不是可以向章少爷恳求一下吗？秋露也不作答，只管和她匆匆地走进天同坊里来。两人到家，桑老太和小云自然殷殷招待。美珍也绝对不谈及改名的事，她见士杰真的睡在床上，似乎有些昏沉的神气，遂蹙了眉尖，很关心地道：

"桑先生的病很不轻，你们如何不给他请个大夫瞧呢？"

"我们原想请……无奈哥哥不愿意喝药……我想明儿准给他请个大夫瞧瞧了……"

美珍这句话是叫桑老太等都感到受窘的，大家红了脸，未免有些支吾着不知所对。结果，还是秋露很勉强地回答这两句话，可是她的心头是颇觉隐隐地作痛。美珍是惯会观气色的人，她心里也明白秋露家里确实是穷得一贫如洗了，大概请大夫的能力还没有吧。唉！这真也可怜了。于是她又向桑老太说道：

"老太太，桑先生失业，其实不用忧愁的，我告诉你一件事吧。厂里董事长的儿子叫章如海，他时常来考察实业，今年二十三岁，原在大学读书，他对于桑小姐很有爱心，前次和妹妹也同去游玩过一次的。我想章少爷既然如此爱妹妹，妹妹若叫他给哥哥谋一个职位，那不是极容易的事情吗？"

秋露想不到她会和母亲赤裸裸地说出来，一时直羞得连耳根子也红了，垂下粉颊，再也不敢抬头。那时桑老太和小云都很奇怪，望了秋露一眼，又向美珍笑道：

"这事情真吗？但我们这样穷，如何高攀得上？"

美珍听老太太颇有欢喜的样子，觉得事情有成功的希望，遂笑道：

"老太太的思想究竟落伍了，现在文明世界，对于贫富阶级观念是早已打倒了，只要小两口恩爱，什么事情都没有了。想妹妹长了这么一副好模样儿，章少爷又是个翩翩美少年，真是一对哩！"

秋露对于美珍这样大嚷，生恐给楼上毓秀听见了，一颗芳心的焦急，真像热锅上的蚂蚁一样，遂厚了脸皮，抬头笑道：

"姊姊专门喜欢取笑我的，我可不依你啦！"

说着，把手扬了扬，似乎还做个要打的意思。美珍笑了，桑老太和小云也笑起来，美珍这天没有吃饭就匆匆地告别了。桑老太待美珍走后，就和颜悦色地向秋露问详细情形。秋露遂也把经过情形老实向母亲低低诉说一遍，并且叹道：

"唉！我只怕他未必真正爱我的人，这种公子哥儿也无非贪图美色罢了……"

说着，非常的感喟。小云为了丈夫的前途计，便劝慰她道：

"秋姑，我想他既然真心爱你，大概不会负心的吧。何况人家是个大学生，总有些人格的吧。"

秋露听了，默不作答，她又想起了毓秀俊美的脸蛋、伟大的人格、超人的思想、不平凡的抱负……她的眼泪忍不住一点一点地淌下来了。就在这个时候，忽然见毓秀从后面门口进来，脸上含了笑容，他顺便跨到客堂来，见秋露低首垂泪的神气，心中倒吃一惊，低声儿地问道：

"大哥怎么了？"

秋露一见毓秀进来，立刻拭去泪痕，装出毫不介意的神气，微笑道：

"哥哥稍许好些，郑先生回来啦！"

"但愿好起来，就叫人喜欢。"

毓秀说着，顿了一顿，方才又告诉道：

"利美书店的主人今天和我谈起，说他们编辑辞职了，愿意叫我去补这个缺，我想吃人家的饭，那当然比吃自己的饭比较不劳心，所以我已答应了他。现在我和老太太商量，就是把那张写字台暂时在你那儿寄放一下，你们有用处再好没有，假使没有什么用，就托你们代为卖给收旧货的，一切费神，不知老太太肯吗？"

桑老太忙笑道：

"不要紧，你瞧我们靠西还有些地方呢，你只管来寄放吧。

郑先生有了固定的职业了，那真叫人喜欢。"

秋露脉脉地瞟他一眼，忍不住也问道：

"你明天就到书局办事去了吗？"

毓秀点点头，却报之以浅笑。一会儿，他忽然在袋内取了五十元钞票出来，放在桌上，向桑老太太说道：

"老太太，我想大哥的病，医生无论如何该瞧的，这里五十元钱，我多着没有用，暂时就给大哥作为医药费吧。将来你们有了，只管可以归还我的。人好了，要个职业也不难，我在外面一定会给大哥留心的……"

毓秀说到这里，觉得自己这个帮助的举动未免超出邻居的交谊之外了，他自己先难为情起来，话还没有说完，竟不等人家的回答，就很快地跑到楼上去了。毓秀到了自己房内，把衣服脱了，只觉胸口的一颗心兀是别别地乱跳，同时两颊也会热辣辣地发烧，仿佛自己干了一件什么羞惭的事情一样。不料正在这个当儿，秋露拿了钞票又匆匆地走上来，她掀着笑窝儿，秋波逗给了他一个媚眼，笑道：

"郑先生，你这算什么意思？母亲说，我们如何好意思接受呢？"

"……算问我借的……你们有了钱的时候，不是可以还我的吗？秋露，你怎么也向我说这些话呢？那你似乎……"

毓秀听秋露这样说，眼睛只管呆望着她的粉脸，两颊更红起来。

"你说下去，似乎什么……什么……"

秋露见他这个神情，同时听了他的话，心里是太感动了，眼皮一红，泪水竟扑簌簌地滚下来。

"秋露，你……为什么伤心？我……没有什么……"

毓秀想不到她竟哭了，情不自禁地走上来，急得说话却带有些口吃的成分。

"不，不，我太感激你……毓秀……"

秋露泪水盈盈地说，最后也喊了一声他的名字，红晕了娇靥，伸开白嫩的臂膀，猛可扑上去，竟投在毓秀怀里呜咽着哭起来。

"那么你干吗哭？秋露，别伤心……"

毓秀觉得秋露今天举动奇怪，忽然会抱住自己的脖子，那更是梦想不到的事，心里也不免既喜欢又伤悲，但究竟为什么要伤悲，却是说不出一个理由来。他抚摸着秋露的背脊，是那么的温柔，但是他口里虽然劝慰着秋露，他自己的眼泪也雨一般地落下来。

"毓秀，我觉得……我觉得我们的环境太恶劣了……"

秋露的脸索性偎到毓秀的颊边去，话声有些颤抖。

"但是……我们应该奋斗，我们应该挣扎，我们要生存，我要活在地球上享受人类的平等自由，我们非埋头苦干不可。秋露，别伤心，别哭吧。哭，是懦弱的表示……"

毓秀听她这样说，用十二分的勇气来振作她，来鼓励她。秋露听了，仰开了粉脸，泪眼模糊地望着毓秀俊美的脸，她笑了，她掀着酒窝儿、挂着泪水笑起来。两人脸的距离不到五寸远的光景，毓秀感到秋露的脸在沾上晶莹莹的泪水之后，实在是太媚人了，尤其是那张红润的小嘴儿更令人有些想入非非。毓秀几次想低下头去吻她的嘴，却始终没有实行。在秋露的心里，也未始不希望他低下头来吻自己的嘴，然而毓秀的人格太清高了、太忠实了，反而使她芳心中感到有些失望，媚笑着道：

"毓秀，我们明天要分手了，你应该给予我一些安慰呀！"

毓秀被她这么一说，他明白了，他知道了，他觉得秋露一颗血淋淋的芳心确实是完全交给自己了，他大胆地把手勾住秋露的颈项，慢慢地凑下嘴去，在她鲜红的唇上甜甜地接了一个吻。因了两人这么一吻，不料在下面又引出曲折离奇、可歌可泣的故事来。

第五回

四面楚歌吞声忍辱

　　美珍那天从秋露家里走出后，便匆匆坐车到沪江旅馆来。只见如海在房中搂着一个向导女子，正在做肉麻的举动，他一见美珍来了，急得涨红了脸，慌忙放下那女子，摸出五元钱来，打发她匆匆地走了。

　　"你这人真是个色鬼……"

　　美珍待向导女子走后，恨恨地白了他一眼。如海弯着腰，连连赔笑，说道：

　　"我因为一个人实在太寂寞，假使你早些来的话……好啦好啦，我错了，我的亲娘，你别生气，快告诉我，事情是真实的吗？"

　　说着，又走上来，把美珍拉入怀里来，要去吻她的香。

　　"小鬼，别涎脸吧！事情确实真的，现在她哥哥生着病哩，我想……你只要……"

　　美珍又逗给他一个娇嗔，骂了他一声"小鬼"，然后附着他的耳朵，如此如此、这般这般地说了一阵。如海连连点头，听完

205

了后，猛可抱住她的身子，对准了她的嘴，吻了一个够。美珍嗔道：

"我给你这样出力，你拿什么谢我？"

如海连忙把指上一只钻戒脱下，套到美珍的无名指上去，笑道：

"这个你戴着，此刻我和你到外面吃夜饭去，晚上你就睡在这儿，我给你吃香蕉……"

美珍听了，乐得心花怒放，表面上却恨恨地啐他一口，但到底忍不住又哧哧地笑起来了。

第二天，美珍见秋露来厂特别迟一些，照厂规牌子早已收去了，但秋露当然是例外。她拉了秋露的手，悄悄地问道：

"妹妹，你怎么这样迟来？咦！你哭过吗？眼睛红红的，你哥哥到底怎么样了呢？"

"没有什么，我哥哥倒好些了，多谢你记挂。"

秋露淡淡地一笑，便毫没事儿般地自去工作了。秋露今天所以这样迟地来厂，是因为帮着毓秀把写字台东西搬到楼下来，眼皮红的原因，她和毓秀分手的时候，是曾经淌过一回泪的。她心里想着毓秀待我这样好，真可说是恩深如海、谊薄如云，但我的境遇太恶劣了。哥哥是失业了，而且病得这样厉害，假使要求如海恢复哥哥的职业，他当然也有相当的条件，假使我答应了，我如何对得住毓秀？倘若不允许吧，哥哥恢复职业的希望当然没有了，就是我做工的地位恐怕也要动摇了吧。我和哥哥若都没有事做，那么一家六口，岂不是要活活地饿死了吗？秋露在这样左右为难的情形下，可怜也无怪她要伤心得哭起来的了。秋露现在是抱了一种新的希望，她希望哥哥瞧了几次大夫以后，但愿就好起来。哥哥病好之后，又希望毓秀能够立刻介绍哥哥一个职位，那么我就是不在厂里做工，也不妨害于生活问题的了。她这样打定主意，觉得目前对付如海的手段也只有表示若即若离的了，所以晚上放工的时候，如海又叫她一块儿出去游玩，她也并没有拒绝。

在汽车里，如海把秋露的身子是偎得紧紧的，一手搭着她的肩胛，一手又握着她的纤手，柔声地说道：

"秋露，你前天求我把你哥哥的职位恢复了，我心里仔细想，那又何必去求厂长，我不是可以介绍他到别处去的吗？月薪起码三四百元，那么才可以维持宽裕的生活呢！你说是不是？"

秋露把他搭在肩胛上的手拿下了，脸上有些嗔意似的，说道：

"章先生肯如此帮助，那当然令人感激不尽，不过我哥哥现在还病着，且待他病好了再说吧。"

如海突然听秋露这样回答了，一时倒又不禁为之愕然，暗想：前天你自己向我恳求，今天我给你这么一个答复，不料你却一些没有喜欢的样子，而且还说这样漂亮的话，那不是令人感到奇怪吗？这姑娘的脾气古怪，真有些不可捉摸的了，遂又微笑道：

"那么你哥哥瞧大夫的钱可有着吗？我们既然成了知音，你可不用客气，这三百元钞票，你先拿回去用好吗？"

说到这里，如海在袋内便摸出一叠钞票来，塞到秋露的手里。秋露的理智告诉她道："这三百元钱无论如何拿不得。"因此她便把手缩回来，摇了摇头，也很柔和地说道：

"哥哥请大夫的钱家里原有着，章先生这份美意，我们心领，谢谢是了。"

如海想不到昨晚美珍给自己想的两个妙计，竟会都失其效力，一时心里颇觉闷闷，遂和秋露两人在外面吃了饭，送她回家去。秋露瞧他神情，也知道如海心里十分不快乐，临别的时候，却又显出非常亲热的样子，和如海含笑道声晚安，匆匆地下车去了。害得如海心中哭又不是，笑又不是，真是难熬极了。

天下的事情，理想与事实往往相反，秋露见哥哥的病虽然延医诊治，服药调理，但总未见起色，看看毓秀给的五十元钱已经用完，但病体仍旧如此。秋露愁眉不展，桑老太和小云更是背灯揾泪。这天，士杰对秋露说道：

"妹妹，郑先生可说是救过我的性命了，但是我的寿也许已终了，所以虽有卢扁之医，恐怕也难收回春之效。唉！这个社会、这个时代，做人本来没有什么意味，倒还不如死了干净吗？社会上死了一个穷人，等于死了一只狗一样，根本没有什么稀奇的，但是我死之后，更苦了母亲、妹妹、妻子、儿女……唉！我怎能合得上眼？我怎能忍心抛得下？我……唉！所以我想活，我想活下去……我还得在社会上努力地奋斗一下不可。然而，事实上也许是不可能的了吧……"

士杰说到这里，不免有些上气不接下气，他的眼角旁已展现晶莹莹的一颗了。桑老太和小云听了这话，已经失声而泣。鸣申的小脸儿上也是含满了无数的泪水。秋露这时心头疼痛如割，她的泪像泉涌，她只觉一颗心儿已被一枚针刺过了，血水一点一点地滴下来。她忍泪泣道：

"哥哥，你不要说这些颓丧的话，你的病是会好起来呢。你不要伤心，妹妹有一分能力，总要设法医治哥哥的病。唉！穷人难道就不是人了吗？唉……"

秋露说到这里，喉间已经哽住，眼泪仿佛雨点儿一般地抛下来了。含了满眶子悲酸的热泪，移着沉重的脚步，上厂里去做工。美珍见秋露今天的神色更加不好，知道她的哥哥病是没有减轻，遂向她低低劝道：

"妹妹，你这人真想不明白，章少爷前星期要给你三百元钱，你为什么不要呢？你难道不晓得世界上钱能够打倒一切吗？没有钱就不能请好的医生，不请医生给你哥哥诊治，他的病怎么能够好起来呢？唉！你难道眼瞧着哥哥病死吗？那你也太忍心了……"

美珍利用这一点，又向秋露絮絮地打动着。秋露想着哥哥愤激的话，想着母亲、嫂嫂悲泣的凄惨，她心碎了，她几乎掩住脸又要哭起来。美珍见她听了自己的话只有悲泣的份儿，并没有一些反感的表示，可见环境把她压迫得没有挣扎的余地了。她心里暗暗地欢喜，觉得今晚至少可以完成一部分预定的计划了。晚上放工的时候，美珍向秋露又道：

"妹妹既然这样不快乐，我和你跟章少爷一块儿去玩玩吧。可怜章少爷见你悲哀的神情，他的心头也常常难受得厉害呢。他今天若再给你钱用，你是千万不要推却了，因为你哥哥的病真需要钱来驱逐病魔哩！"

秋露也觉得哥哥的病是已危险到千钧一发的了，我在可能忍受的范围之下，总不能再固执了吧。唉！金钱万能。她这样想着，深长地叹了一口气，眼泪几乎又要滚下来了。跟随着美珍，默默地走出厂门，跨上汽车，不多一会儿，三个人已坐在灯红酒绿的大陆舞厅里了。秋露耳听着靡靡之音，眼瞧着肉麻之情，她的心头是只有感到无限的悲痛。

"秋露，你太抱悲观的态度了，少年人不能无春夏之气，我瞧你老是愁容满面，这样子恐怕有伤身体。唉！这个年头儿，若不及时行乐，岂非要闷死了吗？时也不早，我们在这里就喊几客西餐吃吧。"

如海见秋露郁郁寡欢，遂含笑劝慰了她一番，一面又向侍者招手，问道：

"这儿西餐几元一客？"

侍者含笑答道：

"分五元、十元、十五元、二十元四种。"

"二十元一客的拿三客，再开一瓶香槟来。"

如海向他点点头，侍者便匆匆地下去了。秋露这时心里也不知感觉的是什么滋味，吃一餐晚饭，一个人得花二十元钱，这菜是珍珠做的吗？于是她又想到家里米缸里的米是所剩无几了，大概还能维持三日薄粥吧。煤球也是将完的了，哥哥的病势是这样沉重，今天不知又怎么的了……想到这里，觉得两相比较，真是天堂地狱，虽然身子是坐在软绵绵的沙发上，但沙发上好像已竖着千万枚的针一样，她只感到极度的难受，假使人家不会笑她在发神经病，她实在很想痛痛快快地哭一场。美珍见她老是垂首默然，遂拉着她手，低声道：

210

"妹妹，你怎么啦？你瞧这音乐是敲得多么兴奋，对对男女又舞得多么美丽，这样富丽的境地，你难道还一些不喜欢吗？至于你哥哥病了，我想明天请章少爷设法请个西医去诊治一下，也就慢慢地痊愈了，那要什么紧呢？"

"秋露，你不用伤心，我明天准定请个医师来给你哥哥诊治吧。我有个朋友，是德国留学的博士，这样一些小病有什么关系呢？"

如海听美珍给自己这样说，遂也很温柔地说着。秋露抬起头来，明眸向他们掠了一瞥，表示谢谢的意思。没有一会儿，侍者端上三盘童子鸡，并把香槟开上，倒了三杯。如海把一杯放到秋露的面前，望着她的娇靥说道：

"你哥哥的病和往后的职业，我都会给他办理舒齐的，你不用忧愁，我们喝酒吧。"

"这酒很厉害，我怕不能喝吧。因为我是不会喝酒的，醉倒了不是笑话？"

秋露听如海这样安慰，芳心稍会宽放了一些，但酒这样东西自己是素来不喝的，就是前几天和如海在外面吃饭，也只喝了一些葡萄汁，这香槟酒怎能受得了？所以她含了娇笑，不得不摇摇头。

"那么可以加一些汽水，这样就淡味了。就是喝醉也没关系，反正潘大嫂可以伴送你回家的。"

如海说着，遂又喊侍者拿汽水。秋露因为这次美珍也一同在座，胆子真的大了不少，遂也不便固执，握了杯子，微微地喝了。秋露举杯在喝香槟、握刀叉在吃童子鸡的时候，她那一颗善感的芳心不免又想起家里母亲喝粥汤的情形，她含了悲泪，实在有些不忍下咽。她胸中忧愤的情绪像海里的波涛那样地汹涌着，她想哭，但是在这大众交际场中，歌舞升平的当儿，怎能哭得出？尤其在喝下三四口香槟以后，她心中更勾引起旧恨新愁，只觉得难受得厉害。

一个人在忧愁的时候，常常想找一些消极的刺激，喝酒也是找刺激的一种，秋露起初原不想喝酒，但既喝了几口后，她便想索性喝一个痛快，所以三个人面前的玻璃杯子里的酒，还是秋露最先空了。如海、美珍瞧秋露这失常的举动，心里在喜悦之中，不免也感到有些惊骇，望着秋露的粉脸，真的已红得像一朵玫瑰了。她握着杯子，递了过来，笑道：

"章先生，你给我再倒一杯。"

如海听她这样说，倒反而愕住了，望着她说道：

"秋露，你别喝酒了，还是喝些汽水好吗？"

"不，我想多喝些酒，反正姊姊可以送我回家的。"

秋露的明眸真像微风吹动着秋天的水那样荡漾着，颊上的酒窝儿掀得很深，她忍不住失常似的娇笑着。如海还有些踌躇，望了美珍一眼，却见美珍向自己点点头，同时逗过来一个眼色。如海有些明白她的意思，于是遂给秋露满满地又斟了一杯。秋露可说是谈不到"酒量"两个字，怎能够这样地大喝？结果，当然是一个醉。秋露醉了，她的神志完全迷糊着，她只知道自己是可怜的，于是她又呜呜咽咽地哭起来。美珍抱着她身子，虽然百般地安慰她，但是她的哭总不会停止。这时，舞客们都向他们注视，如海未免感到有些受窘。美珍眸珠一转，她向如海低说了一阵，微笑道：

"你瞧怎么样？"

如海听了，喜形于色地点点头，遂付去账单，扶着秋露一同出了大陆舞厅。晚风扑面吹来，秋露"哇"的一声，把吃下的所有什物竟吐了一地，秋露在吐过之后，她头晕目眩，哭也不哭了，却是昏沉地又入睡了。美珍遂把她抱上汽车，如海吩咐阿根开到自己的小公寓里去。

美珍的计划是成功了，如海的欲望也达到了，然而秋露一颗脆弱的芳心却是破碎了。当秋露一觉醒转的时候，她明白自己躺在床上，但四肢软绵无力，感到极度的疲乏。她心里暗想：大概美珍送我回家的吧……就在这个感觉之后，她失惊地咦咦起来，因为她发现自己身上的衣服竟完全不翼而飞了，同时她又感觉到自己的肉体确实已有了异样的变化。室中虽然是黑漆漆的，仔细望来，还能辨别出这确实不是自己的家、自己的床，她知道自己的一生已在魔鬼势力下丢送了。她想起了毓秀，忠实的、勇敢的、多情的，她神经猛可受了极度的刺激，不禁失常地大喊起来。这一喊不打紧，把睡在旁边的如海也惊醒了，他立刻扭亮了电灯，伸手把秋露的身子抱住了，喊道：

"秋露，妹妹，别怕，别怕，我在你的身旁。"

"你是我的谁？你这狼心狗肺的……你竟用这卑劣的手段来侮辱我吗？"

羞恶之心，人皆有之。秋露被他一搂，更加怒火中烧，柳眉倒竖，杏眼圆睁，撩上手，啪啪两响，如海的颊上早已着了她两记耳光。但秋露既打了他后，她心里却又感到害怕，恨恨地把他推开，忍不住呜呜咽咽地大哭起来。如海自然被打得无话可说，愕住了一会儿，方才又挨近身子，拍着她的肩胛，低低唤道：

"妹妹，你别哭呀！我完全是真心地爱你，你应该原谅我的苦心，可怜我的痴情。现在你我是一个人了，我总不会负心你的……你……别哭啦，我的心也要被你哭碎了呢……"

秋露听了，也就停止了哭，猛可回过身子，娇嗔满面，啐他一口，骂道：

"你爱我？哼！你这丧尽天良的浪子，既然真心爱我，为什么不正式和我结婚，却要做此下流失人格的勾当？现在我限你三天之内跟我结婚，不然我便和你法律起诉……你把我们女子当作玩物吗？你……你这惨无人道……"

秋露骂到这里，忽然又想，事已如此，骂也无益，因为我的身子不是已属于他了吗？她想着和毓秀别离前一夜亲吻的一幕，她内心的愤怒抵不住无限的惨痛，忍不住又悲泣不止。如海听她要自己和她正式结婚，不然法律起诉，一时心里也焦急起来，暗想：事情早晚总要明白的，何不老实地告诉了她好吗？遂红了脸，又低低地说道：

"秋露，你要结婚，那是不可能的事，因为我家里原有妻子的呀！"

秋露这两句话正是不听犹可，听到了后，她的脸由红变青，浑身发抖，停住了哭泣，反而气得笑出声音来，切齿骂道：

"哈哈！原来你是有妇之夫？那你……是不是存心害我的终身吗？我……和你拼命了吧……"

秋露也许是过分的愤怒，使她态度完全已失了常，握了两只

214

纤拳向如海脸部狠命地乱打。如海不但不愤怒，而且也不躲避，尽管让她打着，最后他也淌下泪来，说道：

"我该死，我该打，但我完全真心地爱妹妹，就是给妹妹打死了，我也绝不怨恨……唉！妹妹，我虽然不能和你结婚，但我永久地可以爱着你，而且将来我还可以和妻子离婚，那么你不是变成我的爱妻了吗？"

秋露见他只管给自己痛打，并无恼怒的意思，一时多打也有些打不下手了，她觉得这是自己做小的命吗？她忍不住又悲悲切切地哭起来。如海见她哭了一会儿，便温柔地又欲去抱她身子。秋露狠狠推开他，嗔道：

"不许靠近我……"

如海只得缩回了手，笑起来道：

"我们已享受过夫妻的权利了，今后你就是我的妻子了，你怎么还不……"

秋露不作答，把电灯又关灭了，她穿好了短衫裤，便要跳下床去。如海这就拉住了，央求道：

"妹妹，你到哪儿去？此刻已子夜三时了……你可怜……我……"

"哼！你拖着我做什么？我不到什么地方去……"

秋露很急促地娇嗔着。如海又开了电灯，见秋露两颊红得可爱，遂理会了，手指着那边一扇白漆的门道：

"妹妹，里面浴室中有便桶……"

秋露不睬他，遂自管匆匆地进去了。

秋露从浴室中走出，却不睡到床上去，坐在沙发上出神。如海叫道：

"妹妹，你痴了？不要受凉了吧，我们是夫妻啦，你还怕羞吗？"

秋露听着"夫妻"两字，有些刺耳。毓秀俊美的脸蛋又浮现在她的脑海，她忍不住又呜呜咽咽地哭起来。如海遂跳下床来，把秋露半抱半拖地拉到床上，给她盖上被，说道：

"妹妹，别伤心了，我也不是什么丑陋的少年，和妹妹实在很相称的一对，你难道一些也不满意吗？妻妾是一个名义，结婚只不过一个形式而已，于实际根本没有关系，只要我们能够恩恩爱爱，和一夫一妻又有什么分别呢？"

"这是什么地方？"

秋露觉得既已失身于他，多哭也是没有用，遂伸手擦干了眼皮，低低地问他。

"这便是妹妹的家了，我特地租下来的。你瞧房内这些家具不是很富丽吗？并且我已经给你雇好一个年轻的仆妇，预备侍候你的。妹妹，以后你不必做工，哥哥的工作，更不用忧愁，至于他的病，明天我和你一同去瞧他，给他延医服药，自然也好起来了。"

如海把手去拭着她粉颊上的泪痕，显出万分多情的样子。秋露在他这种柔媚的手腕下，伤心终于慢慢地减少了。她的明眸向房内四周细细打量，在这盏精美的灯罩光芒笼映下，见那是三门玻镜大橱，那是梳妆台，那是席梦思，那是克罗米梗子的玻璃百灵桌，四只围了克罗米梗子的小沙发……一切的一切，都是从未享受过的。她的理智有些模糊，她嘴角旁竟掀起一丝笑意来，秋

216

波瞟他一眼，红晕了两颊，低低地说道：

"我的贞操已交给你的了，你放些良心出来对待我吧，唉……"

她说到这里，总觉有股子郁气塞上来。

"你放心，我若负心你，我绝不会好死的……"

如海也低低地说，这次他开始又把她娇躯搂住了。秋露已没有抵拒的勇气，她竟柔顺得像一头驯服的绵羊，把她那红红的嘴唇尽让他默默地温存。

"妹妹，你刚才真心狠，我被你打得好痛哩！此刻真慈悲，我的嘴感觉又多么的甜呀！"

如海得意地笑着说，他觉得是胜利的。可怜的秋露，任你怎样的意志坚强，终于是做了情场中的俘虏了。这是一回很平凡的事，在这一九四一年的上海社会中。

光阴是过得非常的快速，一转眼，不知不觉地已到新秋的天气了。在这两个月中，桑士杰的病是痊愈了，而且也在华洋银行里任了职。但是士杰虽然在银行里任了高级的职司，然而他心头是含了羞惭的隐痛，因为桑士杰虽然贫穷，志气却是高傲，认为靠妹妹给人家做小星所得的职业，实在是一件可耻的事。他几次瞧着妹妹回家时的泪痕纵横，他也明白妹妹所以出此下策，也是为救自己性命的缘故，因为在过去他很知道妹妹是爱上了郑毓秀的，但是为了自己的病，终于陷妹妹到悲哀的境地，所以士杰的心里是蕴藏了万分的郁闷和悲伤，同时对于妹妹也表示无限的抱歉。

士杰受了毓秀的五十元钱，他心里是感激十分的，在这两个月中的日子里，以为毓秀总有一次到自己家来，不料左等也不来，右等也不来，几次士杰想自己先去探望他，但心里是深深地感到惭愧，竟始终鼓不起勇气。

这天是星期六的下午，士杰从银行里出来，路经利美书局门口，他猛可想到了毓秀，于是不由自主地会踏了进去。

"请问这儿编辑先生可不是郑毓秀吗？"

士杰走进书局，向一个伙计低低地问。

"不错，你找他干吗？他已病了半个月哩。"

伙计望了他一眼回答。

"什么？他病了吗？请你伴我去瞧瞧他好吗？"

士杰听了这个消息，仿佛有什么东西在心上重击一下，脸上显出无限惊异的神色。那伙计点点头，一面问了他的姓名，遂领士杰走到楼上，向右转弯，那边是一个宿舍模样。伙计在一个门口先走进去，一会儿走出来，向士杰说道：

"桑先生请进去吧。"

士杰很快地跨进室内去，只见里面倒是一人一间的，靠窗一张铁床旁坐着一个清瘦的少年，正是毓秀。这就抢步上去，毓秀也是含笑站起，两人很亲热地握了一阵手。士杰皱了眉尖，说道：

"郑先生，你怎么会病了半个月了？唉！这哪里想得到？你躺着吧。"

"不，这几天我已起来在室内走走了。大哥，你完全复原了，真叫人喜欢。"

说着，便欲向桌上拿热水瓶倒茶。士杰阻止他，叫他依然在床边坐下，自己也坐了下来，望着他瘦削的两颊，叹道：

"大夫瞧了没有？"

"瞧过了，我已好了许多。本来我早想来望大哥的病，因为在一个月中给书局赶写了一部稿，大概身体孱弱，所以脱稿后就病倒了，我心里常记挂你呢。现在大哥找到职业了吧？"

毓秀握着他手紧紧不放，亲热得仿佛见到了家里人一样。士杰两颊有些红晕，他心里是只觉无限的沉痛，但他不得不竭力镇静了态度，说道：

"托你的福……"

说到这里，顿了一顿，方又低声道：

"我已在华洋银行任职了，才做了一个月多些日子……"

毓秀对于士杰这种神情，心里未免有些疑惑，微笑道：

"那很不错呀。老太太、大嫂、桑小姐都好？"

士杰点了点头，他心里的难受几乎要淌下泪水来。

"大哥有什么心事吗？"

毓秀微蹙了眉峰，再也忍不住地开口问了。

"没有什么……前次的五十元钱……我还了你……你病了这许多日子，自己也要用吧。"

士杰方才又微微地笑了，他在袋内取出钞票来，交到他的手里去。

"我倒不需要这笔钱用，因为这儿经理对我另眼相看，一切医药费，他愿意完全负担。所以大哥要用的话，你不必还我。"

毓秀把他手推了回去，低低地说着。

"我有着……郑先生，你收下吧，我们已经是很感激的了。"

士杰非常感动，话声竟带有些颤抖的成分。毓秀很奇怪士杰的情形，他想仔细地问一问，但始终问不出口。两人默然坐了一会儿，士杰忽然站起来匆匆地告别走了。毓秀拉住他道：

"大哥何必这样性急？我在病中实在很寂寞，今天见大哥居然来望我，我心里真高兴，你就吃些点心再走吧。"

士杰其实也很愿意和毓秀多叙一会儿，然而他心头很难受，今听毓秀这样说，只好又坐下了。毓秀喊茶役倒茶，并去叫盘炒面。士杰哪里吃得下？也无非应个景儿。又闲谈一会儿，遂告别辞去了。

士杰走后，倒叫毓秀心中又猜疑了许多时候，他觉得士杰心里仿佛有说不出的隐情似的，这是为了什么呢？不是令人感到奇怪吗？毓秀想了一会儿，忽然感到自己的热度又升起来，一时很惊慌，躺到床上，静静地又养了一会儿神。

是黄昏的时候了，毓秀觉得额角有些烫手，他心里很焦急。不料这时候，店里伙计又来报告道：

"郑先生，有个姓桑的姑娘来望你哩。"

这消息使毓秀感到意外的兴奋，也不管头脑涨痛，猛可从床上坐起，笑道：

"你请她进来吧，她是我的表妹。"

毓秀这样说一句，就是避免外界的见疑，一面他把室中的灯光已扭亮了。

伙计走出室外的时候，就听一阵叽咯的革履声。毓秀的视线是完全集中在门框子外，果然不到一分钟后，就见一个十分摩登的少女走进来，只见她的头发是烫成最新式的样子，做成一卷一卷的，身穿一件薄花呢的旗袍，那双粉红色的丝袜，绝薄得好像裸了足一样，黑漆镶银的高跟皮鞋，亭亭玉立。一时还以为是章毓珠来了，但仔细一瞧，那明明是秋露呀！想不到两个月不见，秋露也摩登起来了。秋露是毫不避嫌疑地直坐到床沿边来，她见毓秀向自己目不转睛地呆望，便惨然道：

"郑先生，你不认得我了吗？"

毓秀握住她的纤手，眉一扬，笑道：

"你变了样子了，我差不多真要不认识了。秋露，你白胖了许多……"

"是的，我变了，我完全变了……我为什么竟变得这样快……"

秋露听了毓秀这几句话，她一颗芳心碎了，仿佛有人在摘一样的痛。她的娇靥已变成惨白的颜色，泪似泉涌，猛可投入毓秀的怀抱，她竟已呜呜咽咽地哭起来。

秋露这举动是出乎毓秀意料之外的，倒不禁为之愕然，但毓秀原是个聪明的人，他凝神含眸地沉思了一会儿，忽然若有所悟。他把秋露的身子从怀内扶起来，捧着秋露的粉脸，定住了眼睛，额上的汗像雨一般落下来，说道：

"秋露……你……你……"

毓秀连说了几个"你"字，结果，还不曾把以下的话问出来。

"毓秀，是……是……的。我……负了你……但我有不得已的苦衷，你原谅我吧！"

秋露突然瞧了毓秀脸色剧变的样子，她悲痛到了极点，扑了上去，抱住了毓秀的脖子，偎着他的脸，哭得十二分的惨伤。毓秀也紧紧地抱住了她的身子，他在想士杰凄凉的意态，他又想秋露摩登的装束，是的，秋露已给富家娶去做太太的了。他心里是空洞洞的，仿佛失去了一件东西，他的泪已流到秋露的脸上，秋露的泪已淌到他的颊上，两人默默地悲泣了一会儿。

"秋露啊！唉！我想不到你……"

毓秀觉得额角上的热度更盛了，他有些不能自支的了。秋露听毓秀良久说出这么半句话来，她的心已片片地碎了，肠已寸寸地断了，哭道：

"毓秀，你应该可怜我，你不应该责怪我，假使你不原谅我的话，我立刻就想死去……"

"是的，你是可怜的，我原谅你，但你告诉我，这两个月中的惨变是怎么样造成的呢？"

毓秀竭力压制心头的惨痛，他轻轻推开秋露的娇躯，望着她海棠着雨般的脸，又低声地问。

"毓秀，金钱的魔力太大了，但是我并非崇拜金钱的女子，何以也会被金钱所陷害呢？毓秀，你听着吧，我是多么的伤心可怜啊！你借给我五十元钱给哥哥请医诊治，不料瞧了三四次，一些也没有效验，而五十元钱却已花完了。那天，哥哥向我说了许多诀别的话，我瞧着母亲、嫂嫂的痛哭，我心中是多么的惨痛。那时候，厂里小主人章如海，他是利用美珍做说客，向我百般追求，我在未到绝望之前，怎肯投入他的圈套？是哥哥病体最重的一天吧，我内心是多么的忧郁，美珍约我同如海一块儿去游玩，那日我的神志完全昏迷着，哥哥病危，家中米完柴尽……毓秀，在这个贫病相煎之下，金钱竟把我陷害了。我知道良心是对不住你，所以我不敢来见你，若不是哥哥回家说你病着的话，我今天还是没有脸来见你的。毓秀，我告诉你，如海是有妻子的人，现在我是人家的小老婆了，我烫发，我穿高跟鞋，我并没感到快乐，我每天在痛苦中过活。唉！我秋露是可怜的，是懦弱的。毓秀，你同情我吗？你谩骂我吗？我无耻吗？我下贱吗？"

秋露的脸色是更惨白了，她又失声悲泣起来。毓秀听她絮絮地说了这许多的话，同时又瞧了她这样惨痛的意态，他明白了，他知道秋露的确是可怜的。他点头淌泪说道：

"秋露，我绝不怨你负心，我明白你的苦楚，况且我们原没有订什么嫁娶的婚约，说你负心吧，这也无从说起。不过我心里愤恨的是这个社会、这个时代、这个世界，我们穷人的遭遇太以悲惨一些了。"

秋露心里更加悲伤，情不自禁地又抱住毓秀的脖子，说道：

"毓秀，你说这样多情的话，我更伤心，我确实是负了你的，因为我的终身当时已心许你的，但造物太捉弄我们了。唉！难道今生我们是没有缘分吗？"

说着，又抽抽噎噎地哭个不停。毓秀知道她完全是出于万不得已之下的，所以也不愿叫一个自己心爱的姑娘过分地伤心，遂拍着她的背脊，柔声地安慰道：

"秋露，你也别哭了，总之，这是环境造成我们的命运……"

秋露把纤手揉擦了一下眼皮，无限哀怨的目光在他脸上默默地凝望了良久，说道：

"毓秀，你千万别为我一个苦命的女子而伤心，你是个有希望的青年，将来不难娶一个贤德的夫人。秋露今生完了，没有福气做你的妻子，我默默地祈祷着，但愿来生给我们有个圆满的结局吧……"

说到这里，忍不住又声泪俱坠。两人相对泣了一会儿，毓秀拿帕给她拭了泪，低低地问道：

"你今天倒也在家里吗？大哥的职业也是那如海介绍的吧？现在你住在什么路呢？"

秋露听了这话，终感到辛酸，那泪却无论如何忍它不住地要落下来，说道：

"住在霞飞路大德公寓里。唉！"

说着，又长叹了一声。毓秀见时已八点钟了，遂又说道：

"想不到时候过得这样快，秋露，你就在这儿叫一客蛋炒饭来吃怎样？我的粥每餐要八点半才好拿上来呢。"

"不，我倒没有饿。毓秀，哥哥说你已病了半月多了，唉！好好儿怎么会病的？呀！你手仍烫着呢！"

秋露摇了摇头，很亲热地又去摸他的手，柳眉一蹙，脸上又显出惊慌的样子。

"没有关系，你摸我的额角也很热哩！"

毓秀望着她玫瑰花似的两颊，想着这么一个美丽的姑娘我会没福消受，回首前尘，自然不胜感慨系之。秋露听他这样说，却并不用手去摸，将自己的颊偎到毓秀额角上去试热。两人默默地贴了一会儿，各人心中仿佛都得到了无上的安慰，不过在安慰之中又感到无限的悲酸。秋露柔声道：

"毓秀，我今夜不回去了，你真的发烧得厉害呢！"

"不回去？那怎么可以？"

毓秀立刻捧着她的粉脸，凝望着她奇怪地问。秋露叹了一声，含了晶莹的泪水，说道：

"你是怕如海说话吗？他每星期一、三、五、日四天到我这儿来的，今天星期六，他不回家来睡，所以你只管放心。"

"但是，我觉得不便，你的情义，我是很感激的。"

毓秀摇了摇头，把捧着她脸的手又懒懒地放下来。

"有什么不便？请你不要说起'情义'两字，我觉得心痛。"

秋露很哀怨地望他一眼，眼泪又像雨一般地掉落在两颊。

"那倒并不是这样说的，'情义'两字不一定要用在夫妇的身上。是春的季节吧，你给我洗衣服、缝衣，什么全干，这情义就深重。虽然我们没成夫妇，然而我们情义是超过夫妇的。"

毓秀两眼望着天花板出神，他脸上浮现了一丝苦笑，似乎在回忆过去甜蜜的滋味。但秋露不等他说完，身子倒入他的怀内又哭起来，说道：

"过去的，你别提吧！我心碎了，我痛……我……唉！不瞒你说，我此刻最好能死去，觉得是最爽快。"

"那又何苦？秋露，你起来，往事是值得回忆的，人生本来是一个梦啊！"

毓秀把她又抱起来，两人的颊上都已沾满了辛酸的热泪。

这晚，秋露是真的宿在毓秀那里，她是存心服侍毓秀的要茶要水，但毓秀却睡得很安静。秋露一颗芳心自然也颇为欣慰。

次日醒来，毓秀的热度竟完全退去了，秋露十分的欢喜。毓秀见她云发蓬松、睡眼惺忪的意态，很抱歉地说道：

"秋露，昨夜我睡得很好，你一定累得整夜没睡吧？这儿一切都不舒齐，我想你还是早些回家去再睡一会儿，假使如海下午到你那儿来找不着人，不是很讨厌吗？"

　　秋露听了，想起如海每星期日下午总要叫自己一块儿上舞场去，精神倒真的不能太委顿了，遂点头答应，只好和毓秀含泪握手分别了。

　　这是梦想不到的事情，秋露回到家里，却见如海已坐在房中的沙发上，满脸怒容，口里还在猛吸烟卷，地板上的烟蒂头儿也不知有多少。他一见秋露衣服都是皱痕，头发蓬松，脸也不曾洗过，这样病西施一般地走进来，那还不是在做无耻的勾当吗？想到这里，妒和怒充满心头，猛可站起，大骂一声"不要脸的东西"，竟不问情由地奔上去，拉住秋露的头发，恶狠狠地打起来。

第六回

受压迫一对可怜虫

秋露万万也想不到如海有这样的蛮不讲理，因为是冷不防之间，所以竟不及躲避，被他狠狠地抽了两个耳刮子。秋露可说是自落娘胎以来，从没有给人这样地辱打过，心里这一气愤和悲痛，早已浑身发抖，忍不住"哇"的一声大哭起来。如海见秋露大哭，仿佛是火上添油，不但没有一些怜惜之意，而且更加大怒，意欲把秋露掀到沙发上去打个痛快，却被仆妇汪妈拖开了。秋露得脱，便逃到床边，翻身躺倒，呜呜咽咽地悲泣不止。

"哼！哼！你真是一个贱货！我一星期中来四天，你难道还不满足吗？却到外面去寻野食吃，你对得住我的良心吗？我自己家的妻子，也没有像你占着我的日子多哩！你这下贱的女人，到底是个做工的坯子。你说，你说，你昨夜在什么地方？"

如海把脚一顿，怒气冲冲地又这样地大骂着。秋露听了这话，一颗芳心由悲哀而变成痛愤，猛可从床上坐起，站起身子，倒竖了柳眉，圆睁了凤目，娇声斥道：

"放你的臭屁！秋露是向来人格清高的，绝不会像人家那样见一个爱一个地下作。哼！自己不想想从前是怎样地追求我，你今天有如此手段对待我，你自己的良心说得过去吗？你不要欺侮我是一个弱女子，你……竟不问清楚地动手就打，我秋露虽穷，可是从来也没给人打过一记，谁知倒叫你来打我吗？"

秋露本欲还更厉害地痛骂他一顿，后来仔细一想，我总还想跟他吃饭哩，说来说去，总是自己的命苦，因此她的眼泪又像雨点儿一般地滚下来了。如海听她嘴强硬，而且还骂自己下作，便气得跳脚不已，伸手把桌上的茶杯拿来，狠命向地上一掷，指着秋露，冷笑一声，骂道：

"亏你不要脸地说得出！我追求你……我……瞧你活西施吗？你假使不答应跟我做小老婆，难道我能够强迫吗？哈哈！这才是笑话！我和你同居还是一天两天吗？三天四天吗？已经是两个多月啦，你当初念头可曾转清楚了吗？"

秋露想不到他会说出这样没良心的话来，她气得脸由红变青，由青变白，两手冰阴，几乎跌倒地下去了。如海却并不放松，滔滔不绝地又冷笑道：

"昨天我兴冲冲地来叫你跳茶舞去，不料汪妈说回母家去了，我一听之后，慌忙赶到你妈那儿，却又说刚才走出回去了，我于是又追着回家来，可是你的人却没有到，我一直等到你晚上一点钟敲过，你仍不回来。哼！你总不能说戒严戒到捕房里去坐一夜吧！我问你，你看中了谁？和谁在开房间？你昨夜快活吗？呸！不要脸的东西……"

秋露听了，这才知道他昨夜是在家里，暗想：那也太不凑巧了。遂竭力镇静了态度，眸珠一转，拭了眼泪，说道：

"昨天我从母亲那儿回家，在路上遇到一个女朋友，她从前和我是同学，因为久未见面，大家都很欢喜，她请我到她家里去吃晚饭，吃好饭后，齐巧又来了两个亲戚，他们就提议打牌，我因情面难却，又想你反正今天不回来睡的，所以答应了。谁知一个亲戚独输，他要再打下去，这样一来，已到戒严时间了，因此不得不打全夜的了。自己做贼做惯了，就疑心人家也做贼，你放心吧，我秋露人穷志不穷，绝不会喜欢下贱的。唉！你不问一个仔细就打人了，你良心对得住我吗？"

　　秋露说到这里，伤心已极，忍不住又呜咽而泣了。如海听秋露这样说，一时倒也懊悔起来。因为她说的理由颇为充足，那明明是自己误会她了。不过既然在人家那儿打了全夜雀牌，怎的连脸也不洗一个回来呢？这话恐怕靠不住，看起来秋露外面必定另有爱人，虽然还没有到开房间的地步，但昨夜两人一定在跳通宵，所以衣服这样皱，脸也没有洗。对的，对的，她既另有爱人，我何必还要养她？反正我也把她玩厌了，谁稀罕她，从此不是破裂了好吗？如海打定了主意，便又冷笑一声，说道：

　　"不用哭，不用哭，没有谁会可怜你的。你做的好事情，巧语花言不必瞒骗我，你有女朋友，你从前怎的没有向我提起过？我老实跟你说，你既另外有人了，我也不和你计较，你只管跟着人走好了，我是绝不稀罕你当作活宝看待的。"

　　如海说完了这两句话，身子便愤愤地向房外直奔了。秋露在这情形之下，可怜她是不得不走上前去把他拉住了。如海想不到她会来拉自己，这就愕住了一会子。秋露流泪满颊地说道：

　　"如海，你不能含血喷人地来冤枉我，一个人良心要放在当

229

中的。我知道你疑心我有情人的原因，是为了爱我的缘故，但你不能为了爱我而变成害了我呀！你叫我跟人走，我跟什么人走呢？跟来跟去，还不跟着你吗？如海，从今以后，我不再在外面打牌了，那你总可以别生气了吧！唉！你也应该想想那夜我酒醉的一幕，我是怎么样才会给你做小星的？你……你……"

秋露究竟是个弱者，她觉得自己的处女是已交在如海手里了，仿佛自己的生命完全靠在如海身上一样，假使如海抛弃她的话，她会像失了途的小鸟一样害怕，所以她的话是多么的柔弱，多么的可怜啊！其实秋露的思想绝对是错误的，她没有奋发的决心，她只求如海的垂怜，希望永久这样地过她小星生活的一生。像秋露那样可怜的少女，在社会上不知有多少，她们都是暴风雨下的虫沙，任这班魔鬼似的少年摧残着、蹂躏着，他们是绝对不会用哀怜的目光向她们望的，当然，如海也是不能例外。如海听秋露这样软化的话，那是更暴露她的弱点，暗想：你也有今天这么一日了吗？哼！你也记得那夜我被你痛打的情形吗？于是把心一横，将她狠狠地推倒在地，把脚一顿，说道：

"你跟人去吧！拉我做什么？一个女人家在外面全夜不归，还不是在偷汉子吗？"

说着，便很快地奔出去了。秋露跌倒在地上，心里的痛苦真仿佛是刀割的一样。她觉得人心是太险恶了，他把我们女人完全当作玩物一样，喜欢了来亲热亲热，不喜欢就粪土似的抛了。秋露是委屈到了极点，她感到自己一生已完了。忽然一阵咳嗽，竟吐出一口血来，一时哭也不哭了，竟昏倒在地上了。

汪妈见少奶倒在地上，竟不哭不动，遂急忙前来扶起了她，一见地上有口鲜血，心中大吃一惊，说声"这还了得"，遂急把秋露抱到沙发上躺下，一面倒茶给她喝，一面连喊"少奶"。秋露经过良久的气闭，方才哇的一声哭了出来。汪妈见秋露哭出声音来，这才放心，遂拧手巾给她拭了口边的鲜红血丝，又给她漱了口，安慰她道：

"少奶，你身子要紧，千万不要太以伤心，假使为了这种没良心的少年而气死，这不是太不值得了吗？"

秋露这时神经是受了极度的刺激，她忽然又哭出声音来，叫道：

"天哪！你太残酷了，为什么让秋露竟遭遇到如此恶劣的环境呢？我生成的苦命吗？我只配给人家做玩物吗？我……"

说到这里，又不禁号啕哭起来。

"少奶，你不要痛哭，你应该好好地自觉，你应该奋斗起来重新做一个人。我告诉你，少奶，我在这儿做了两年用人了，也不知见了有多少姑娘曾经在这里做过少奶。唉！少奶，你是绝不会得到他真心爱的，他爱你的是色呀！"

汪妈听了秋露的话，她很伤心，眼皮也有些润湿了，她把自己两年中瞧见的情形向秋露情不自禁地说出来。秋露听了汪妈的话，她完全明白了，她知道如海是专门蹂躏女界同胞的魔鬼，于是她不再哭，她预备脱离这害人的魔窟，重新做一个人。

黄昏的时候，如海忽然又匆匆地来了，他涎皮赖脸地挨近秋露坐下，笑道：

"你昨夜到底在什么地方？"

"到底是在和人家开房间，你预备怎么样？"

秋露猛可从沙发上站起身子，铁青了脸孔，冷笑了一声。这举动倒出乎如海的意料之外的，望着她脸，怔了一怔，也冷笑道：

"开房间？你有脸再住在这屋子里吗？给我滚，快滚，快滚！"

"滚？哪有这样容易？你把我当什么人看待？你这毫无心肝的畜生，青年中的败类，社会上的寄生虫，废物！你把我们女界同胞瞧得太低贱了呀！哈哈！哈哈！你这没有灵魂的蠢材，你给我滚！滚！滚！"

秋露的明眸里冒出了碧绿的目光，她鼓着小腮子，咬牙切齿，恨声不绝地大骂着。她觉得骂得痛快，却忍不住哈哈地狂笑起来。如海突然瞧着秋露那种失常的举动，他心里倒也害怕起来。只见秋露定住了眼睛，向自己又一步一步逼过来，似乎恨得要咬人的样子。他心里疑惑秋露已发了疯，觉得没有必要再和她多缠绕下去，于是他笑起来，也说道：

"好，我就滚，从此我就让你，看你永远地住下去……"

如海一面说，一面身子向房外退，在退到房门口的时候，还把拳头握得紧紧的，向她扬了扬，狞笑道：

"你……全家……的性命……都在我掌握中……"

秋露发狂似的追上去，如海已逃到楼下去了。秋露仿佛出了一口怨气，心里非常的痛快，扶着门框子，哈哈地又狂笑了一阵，身子歪歪斜斜地倒向床上。忽然，她又呜呜咽咽地大哭起来了。

次日起来，秋露觉得留此无益，遂理了一只小皮箱，匆匆地回到家里来。桑老太和小云见秋露眼皮红肿，神色大异，心里都吓了一跳，急问怎么了。秋露这时见了母亲，真是心痛如割，悲伤已极，忍不住投在桑老太的怀里呜咽不止。桑老太知道事情不妙，不禁也垂泪泣道：

"秋露，到底为了什么事？你快告诉母亲知道吧！"

"唉！母亲，不用说什么，总而言之，女儿太命苦了，环境太恶劣了，我们穷人太可怜了……"

秋露良久方才抬起粉脸，望了桑老太一眼，泪又像泉水一般地涌上来。不料就在这个当儿，忽然又见士杰发狂般地奔进来，口里大喊"奇怪，奇怪"，待他一眼瞥见妹妹倒在母亲怀中痛哭的情形，猛可地理会过来了，不禁大声叫道：

"哦！哦！我明白了，我明白了！妹妹，你失宠了吗？哈哈！那就无怪我又失业了……这惨无人道的王八，害得我们太苦了……妹妹，唉！我害了你，我害了你！"

士杰也许痛愤到了极点，不禁失常似的笑起来。

"什么？哥哥，你又被停职了吗？"

秋露骤然听了哥哥这样说，她身子便从母亲怀中跳起来。她想着如海最后说的"你全家性命都在我掌握中"的一句话，她心碎了，肠断了，又发狂似的大叫道：

"啊！我们穷人的性命，真的是在富人的掌握中吗……"

说到这里，她咬牙切齿，握紧了拳，在空中连连猛击。但愤怒到底抵不住无限的伤心，她倒在床上，忍不住又呜呜咽咽地大哭不止。士杰听妹妹这样说，颓然地倒在椅上坐下了，向秋露问道：

"妹妹，你……且别伤心，你得告诉我一个详细，他和你怎么吵起来的？"

秋露从床上坐起，纤手理着云发，收束了泪痕，叹了一声，说道：

"哥哥，有钱人把我们穷人太不当作人看待了，如海这王八，我早已知道他是个玩弄女子的魔鬼，我并不是甘心情愿给他做小星的，实在在这个环境之下，我是没有办法的，既已给他做了小，我总想跟他一辈子。不料他这狠心的狗才，把我们女子完全当作玩具，玩过抛了，他用种种手段侮辱我，逼迫我和他脱离，我不能在这种淫威的势力下过活，我情愿回家来饿死的。总怪我秋露前生作了孽，所以今生才有这样悲惨的结果……"

说到这里，不禁又声泪俱坠。士杰听了妹妹这篇话，他心痛如割，觉得妹妹所以答应给如海做小星，完全是为了医治自己的病。她的终身，是他给丢送的了。他淌下泪来说道：

"妹妹，我害你的，我害你的，我良心怎么能安？"

"不，不，绝不，哥哥，你别说那些话，这是环境逼迫我们到如此悲惨的地步，我们兄妹俩太可怜了。是的，我们全家的性命都在他的手中，我们是该死的吗？我们是应该被人侮辱的吗？"

秋露听哥哥这样说，连说了两声"不"，她绝不能够归罪于哥哥的身上，她觉得这是资本家用残酷狠毒的手段，杀害贫民于无形。她抓住了头发，她痛愤得真的要疯狂起来。秋露这两句悲痛的话，把士杰一颗心更刺激得厉害一些，他的脸完全呈现了铁青的颜色，他伸手把桌上那把白瓷茶壶拿来，猛可掷到地上去，站起身子，以拳击桌，大骂道：

"妹妹，不要伤心，不要啼哭，我们不能忍受这莫大的侮辱，我得给我们报仇去……"

士杰说完了这两句话，把脚狠命地一顿，身子便向大门外直奔。秋露、小云瞧此情景，便急得追了上去，紧紧拉住他的手臂，含泪劝道：

"哥哥，你到哪儿去？你且定定心，你不要过分地愤激了，你应该明白，你……哪里有能力和他们有钱人拼啊！"

桑老太扶着门框子，脸色是苍白得可怜，皱纹更深凹了，老泪纵横了满颊，颤抖地喊道：

"士杰，你……回来……你……回来……"

士杰的身子是已在大门口了，他被妹妹和妻子紧紧地拖着，已经清醒了一些。此刻回眸瞧着母亲可怜的神情，他心更碎了，猛可回过身子，奔到桑老太的面前，哭出声音来道：

"母亲，你养了这么一个没用的儿子……你……老人家……太苦了……"

秋露、小云、桑老太三人听了，也都又扑簌簌地啜泣起来。从此以后，士杰和秋露兄妹俩便又困在愁城里一样了，在几度的猜测中，秋露觉得哥哥第一次的失业，也是如海做的圈套。她觉得自己的一家，真的被如海将捉弄到灭亡的地步，她是痛恨得常常在睡梦中哭醒。士杰呢，他却在突然之间会痛骂资本家的残酷，怒目切齿，以拳击桌，仿佛立刻欲和如海拼命的样子。

士杰失业后的第五天下午，毓秀到士杰家里来探望了。他见士杰、秋露都在家里，心中倒很喜欢，暗想：倒碰得很巧，总算不虚此行了。不料秋露一见毓秀，却倒在床上，先呜呜咽咽地悲泣起来。毓秀忽然见秋露这个情形，倒不禁为之愕然，再瞧桑老太、小云、士杰的脸，都是笼罩了一层无限抑郁的愁云。一时很是奇怪，遂怔住了脸色，悄悄地问道：

"桑老太，怎的你们都很不快乐吗？"

桑老太没有开口，先叹了一声。谁知士杰这时猛可走到毓秀的面前，握了他的手，用凶锐的目光向他望着，大声地叫道：

"郑先生，我们穷人太不是人了，妹妹是被如海抛弃了，我同时也失业了。如海这王八，仗着几个臭钱，他玩弄我们兄妹俩在他的掌上跌跤。郑先生，你想想，我们是应该被侮辱的吗？我们……是……"

说到这里，把牙齿咬得咯咯作响。这消息仿佛是个晴天中的霹雳，触送到毓秀的耳里，当然是大为震惊，不禁也怒形于色地骂道：

"什么？他竟敢如此大胆玩弄女性，这还成什么世界？这还成什么世界……"

"是呀！这还成什么世界？简直有钱人拿了手枪可以杀人了。郑先生，你同情我们吗？你可怜我们吗？来，我们一同报仇去……"

士杰听毓秀这样说，他脸上浮了一丝苦笑，便拉了他的手，向外欲奔。毓秀见他这态度未免有些失常，就把他手拉了回来，说道：

"大哥，你且息怒，我们慢慢地商量吧。我们要报仇，只有请律师向法院告他遗弃的罪。"

秋露听了毓秀的话，方才从床上坐起来，淌泪说道：

"郑先生，不，我们没有能力请律师，而且我也不愿抛头露脸地去出丑……这是穷人的命，这是我的命……唉！那还有什么可说？郑先生，假使你可怜我们的话，请你介绍我哥哥一个职业，那我就感恩不尽了……"

说到这里，泪像泉涌般地落了下来。毓秀听了，遂把明眸脉脉含情地回望着她，点头道：

"你放心，我总尽我的能力，但是你身子保重，切勿过分地悲伤。如海既然是个这样无赖的少年，我以为你还是早些和他脱离，那么你将来也许仍有光明的前途哩！"

秋露听毓秀这样多情地安慰，一颗芳心真有说不出的悲痛，两颊堆上羞惭的红晕，无限哀怨的目光在毓秀脸上逗了那么一瞥，叹道：

"哪里还说得到'前途'两字？唉……"

说着，又垂下头来。毓秀意欲好好儿地安慰秋露一番，但是碍着众人在前，不好意思过分地亲热，所以谈了一会儿，也就告别回去。毓秀走在归店的途上，新秋的风吹在脸上，也会感到一阵无限的凉意。

过了几天，毓秀很欢喜地到秋露家里来，说书局里一个账房因病辞职，尚乏其人，士杰若任斯职，倒颇为相宜。秋露、小云等听了，感激万分，遂给士杰整理行李，预备给他上新店里去。桑老太是感激得什么似的，向毓秀含泪道谢。毓秀说人类应有互助的义务，尤其是穷人和穷人间的友谊，一面他便伴着士杰到书局里和经理接洽，认为很好。从此以后，士杰便在利美书局里做司账的职务了。

这天下午，毓秀坐在编辑室内写稿，忽见经理王先生走进来，他皱了眉毛，向毓秀低低地说道：

　　"郑先生，你介绍的这位桑先生，怎么有些神经病的呀？"

　　毓秀好生奇怪，放下了笔杆，愕住了一会子，说道：

　　"什么？有些神经病？他不是好好的吗？"

　　王经理的眉尖更蹙得紧了，摇了摇头，说道：

　　"我见他账簿里的账目全都写错了，而且见发票上的'上海'的'海'字，他都拿笔涂去了。同事们告诉我，说他言语也有痴癫，你不信，倒去瞧瞧他……"

　　毓秀听了这话，真是不胜骇异，遂点了点头，匆匆地走到账房间来。只见士杰伏在账桌上，拿了笔在纸上画一个人，旁写"如海"两字，接着写下去的是"杀不可赦"四个字。毓秀瞧此情景，不禁恍然大悟，遂低低地喊道：

　　"大哥，你写什么呀？"

　　士杰忽然听了这喊声，似乎一惊的神气，猛可抬起头来，他的目光是很凶恶的，但见了毓秀，又露出笑容来，把那画的人交给毓秀瞧道：

　　"郑先生，你瞧，这小子总有一天被我杀死的，你想痛快吗？不过……"

　　说到这里，他又放轻了声音，说道：

　　"郑先生，这消息，你千万别给我传出去，因为如海这小子各处都布满着侦探小瘪三，他们都盯着我，我有时候在马路上走，见许多人都向我注意，我心里真害怕哩！"

　　毓秀听他说的话，果然颠颠倒倒，语无伦次，一时深为吃惊，暗想：可怜士杰受不住环境种种的压迫和刺激，想不到竟会真的疯癫了吗？这就蹙了眉尖，说道：

"大哥，你这是什么话呢？马路上的人怎么会全都注意你？"

"真的，真的，郑先生，你不相信吗？我的一举一动，他们也都晓得的。有时候我吐一口痰，这里学生阿林也吐一口痰，我想阿林也许是如海的奸细，他是监视我的行动呢！郑先生，我觉得天下唯有你是好人，此外一个都不是人，我恨……我恨……"

说到这里，忽然向门外望了一眼，说道：

"不好，不好，外面有人在窃听了。郑先生，你得当心，你得当心呀！我们店里全布满了小瘪三哩……"

说着，脸上又显出无限恐惧的样子。毓秀听他愈说愈不像话了，知道他神经受了过度的刺激，使他脆弱得产生出种种恐惧的幻想来。唉！桑先生真的成疯子啦！在毓秀脑海里有了这么一个感觉之后，他心里是无限的悲痛，含了满眶子辛酸的热泪，拉着他的手，柔和地说道：

"大哥，这完全是你心理作用呀。外面并没有什么侦探、小瘪三的，这全是你的幻想。你应该静静思虑，切不要胡思乱想呀！"

"郑先生，你是好人，我当然听从你的话，但是这并非我的幻想，完全是事实。唉！郑先生，你不晓得有钱人的心毒呢！他们害苦了我的妹妹，害苦了我，但他们还不满足，还要派了大队的侦探和瘪三跟着我，预备杀害我，幸亏我的身上有正义之气掩护着，所以他们近不得我呢！唉！隔壁有声音，不对，不对……郑先生，我们快别再说话……"

说着，把手直按到毓秀的口里去。毓秀瞧此情景，知道他神经错乱得很厉害，当然这个职位是不能做下去了，遂走到经理室来，和王经理说道：

　　"桑先生大概受了一些刺激，所以精神很不好，我想今天送他回家去吧。"

　　王经理点了点头，吸了一口雪茄烟，说道：

　　"那么送他一个月的薪水吧，唉！真可惜！好好的人怎么会发疯了呢？郑先生，半个月前他进来的时候，我就见他人很木然的样子。因为你说他很忠实，所以我当然很信任……不过，唉！假使不忠实的话，他也不会患这种毛病了……唉……"

　　王经理说到后来，又连连地叹了两口气，表示很惋惜的神气。毓秀觉得王经理肯送他一个月的薪水，这真是大大的面子，遂很感激地点了点头，便退出了经理室。

　　桑老太和秋露、小云突然见毓秀伴着士杰回来，因为连被铺也带回来，当然是非常的惊异。秋露先急急问道：

　　"郑先生，怎么啦？"

　　毓秀还没有回答，士杰就连连地摇手，向秋露很低声地说道：

　　"妹妹，你别声张，你别大嚷，如海派大队小瘪三在我后面盯梢呢！"

　　士杰这话听进秋露和桑老太、小云的耳里，都不禁为之愕然，真弄得丈二和尚摸不着头脑了。毓秀因为不好意思当面告诉，遂向秋露招了招手，自己身子先走到天井里去了。

　　"秋露，唉！你哥哥的刺激受得太厉害了，他在店里做了半

240

个月，起初尚没显出来，最近他的说话颠颠倒倒、语无伦次，看来有些疯痴的样子了。"

毓秀见秋露跟着走出，遂拉了她的手，向她蹙了眉尖，低声儿告诉。

"什么？哥哥疯了吗？"

秋露突然听了这话，仿佛有一枚利箭直穿过她的芳心，她立刻回身奔进了屋子。士杰这时正向母亲和小云说那莫名其妙的疯话，忽然见秋露奔进来，便猛可把秋露抱住了，说道：

"妹妹，别怕，别怕，是不是如海欺侮你？有哥哥在着，你放心，我一定要给妹妹报仇……"

他说了这几句话，立刻又放了秋露的身子，便欲向外直奔。齐巧毓秀走进屋子来，遂把他拉住了，走到床边，叫他静静地躺下，说道：

"大哥，你不是说我是好人吗？那么你应该听从我的话，快快给我休息一会儿吧。我知道你的情绪是过分兴奋一些了。"

"是的，郑先生是天下唯一的好人，我听从你的话，我一定要静躺一会儿……"

士杰听毓秀这样说，便真的静静地躺在床上了。毓秀回身望到秋露等三个人的脸上，仿佛已变成泪人一样了，一时万分悲酸，眼皮一红，也不禁淌下泪来，意欲说几句安慰的话，却是无从说起。四个人相对地呆了一会儿，毓秀拉了秋露的手，便匆匆走到大门外来了。秋露悲惨地说道：

"郑先生，我哥哥这疯病用什么药才能医治得好呢？"

"这药恐怕是很少的，那完全是受了过度的刺激所致，但是，假使能够静养，我想也许会清醒过来的。秋露，大哥既然已得了这种病症，我劝你千万要想明白一些，环境虽然恶劣，我们要活，我们要生存在这个黑暗的社会，我们唯有埋头苦干，努力奋斗。秋露，你别灰心，你别气馁，我们是可怜的，但是我们不能可怜，我们必须要给予打击者以打击。秋露，这……五十元……你拿着，暂时先用一用，我毓秀有一分力量，总得帮助一分的。秋露，过去的种种，譬如昨日死；未来的种种，譬如今日生。你相信我，我毓秀仍然是过去那样的忠实……你千万要保重身子，我此刻走了，过几天我再来望你吧。"

毓秀一面说，一面已把钞票塞到秋露的手里去。秋露对于毓秀这一份深情蜜意，感激到无可形容，因为从他这几句话中，显然毓秀并不因她失身于人而轻视，他仍旧像春天里那样爱她。接着这五十元的钞票，秋露一句话也说不出，眼泪仿佛江潮般地涌上来。

"秋露，你别伤心，我这样给你解释着，你难道还不明白吗？"

毓秀见她伤心得这个模样，遂拍了拍她的肩胛，也垂下泪来。

"毓秀，我很心痛，我觉得没有脸接受你这样纯洁的爱……"

秋露良久方才说出这样两句话来，但没有说完，她便扑上去，抱住毓秀的脖子哭起来。毓秀偎着她的脸，亲热了一会儿，说道：

"秋露，我能原谅你，我能可怜你，你别说这些话吧。"

在万分依恋辛酸之下，毓秀含了一眶子的热泪，终于默默地走了。秋露泪人儿似的木然了一会子，内心是充满了无限的创痛，她想着哥哥的疯癫、毓秀的恩情、如海的心毒，真有说不出的滋味了。

士杰疯癫的状态，是跟着日子一天一天地在增加，桑老太、小云、秋露三人是束手无策，除了暗地淌泪外，毓秀几次来探望士杰，也是想不出一个办法。

这样又过去了半个月，这天下午，士杰忽然失踪了。秋露和小云四处找寻，不见他的影子，一时大家又焦急又伤悲，鸣申和小玉都哭哭啼啼，桑老太更是老泪纵横。秋露再三沉思，生恐哥哥在外面闯祸，遂和小云商量说道：

"嫂嫂，哥哥是神经错乱的人，万一外面出了乱子，那可怎么好呢？所以我的意思，拿了一张照片，先到捕房里去报告一声，不知你的意思以为怎样？"

小云听了，也觉得不错，遂和桑老太说了，两人便到捕房里去报告。回来的时候，已经四点多了，见士杰仍没有回来，一家五个人都哭得泪人儿似的。看看时已五点多了，天空中笼罩了一层暮色，哥哥还是没有回家，大家正在猜疑究竟到哪里去了，忽然门外有敲门声，非常的急促。秋露以为哥哥回来了，遂急把门去开了，不料进来一个探员，向秋露说道：

"桑士杰可是你们家里的人吗？"

秋露吃惊地道：

"是的呀。他从下午一时走出后，直到此刻没有回来，因为他有神经病，所以我们已到捕房里去报告过了。现在我哥哥可是已经被你们找到了吗？"

那探员皱起了眉头，咦了一声，说道：

"士杰是你哥哥吗？他……他……已杀了人啦……"

这消息突然送入秋露的耳朵，她不禁花容失色，哎哟一声大叫起来。

第七回

醒痴梦尚有不了情

  章如海自从和秋露存心破裂后，便先摇个电话到人事科主任的家里，说自己介绍进去的那个桑士杰科员，明天给他停职辞歇，这是行长主意。人事科主任听行长少爷吩咐，当然是连连地答应。

  如海回到公馆，时已入夜，见爸爸一间书房里，铁门开处，走出三个大腹便便的男子，两个衔了雪茄烟，脸上含了笑容。如海认得是爸爸的好朋友，遂很恭敬地点头，喊了几声伯伯叔叔，便经过铁门，走进书房里去。

  "唉！他们这班人真胡闹，这个年头儿，还要做什么寿呢？若太热闹了，岂不是招外界注目吗？"

  如海一脚跨进书房，就听父亲和大姨太、二姨太并妹妹毓珠在说话。因为听不懂是什么事情，遂向乃千问道：

  "爸爸，你说的什么话呀？"

  乃千望了如海一眼，蹙了眉尖，说道：

  "你这儿子真不及我几个朋友关心哩！下个月十八日是你爸

爸五十岁生日。他们都要给我发办做寿，你怎么却还来问我吗？唉！你真枉为我的儿子……"

"他们都要爸爸提拔帮忙，自然是狗颠屁股般地大拍马屁了。"

如海听乃千这样埋怨自己，便撇了撇嘴，很不高兴地回答。

"人家是热心，你怎的说拍马屁？就是奉承着我吧，那么人家也知道好歹呢！你穿的爸、吃的爸、读的爸，难道不应该拍我马屁吗？"

乃千听如海这样说，吸了一口雪茄烟，似乎也有些生气的模样。如海却扑哧一笑，说道：

"爸爸又没有三个四个的儿子，我拍什么马屁呢？再说父子之间也没有拍马屁的道理。爸爸这话不是太滑稽了吗？"

如海这几句话中，至少还含有一些神秘的意思。乃千瞪他一眼，喝声"胡说"。如海不再说什么，就回身到沙发上去坐下了。一会儿，又笑着问道：

"爸爸，那么你答应他们发办吗？"

"我虽然表示婉言谢绝，但他们如何肯听呢？这也叫作没有办法，只好由他们去了。唉！其实真可以省却，现在有钱人做人真不容易，在穷人眼中看起来，仿佛一块肉似的。你瞧今天绑去了谁，明天又暗杀了谁，那富翁不是犯了罪一样的吗？这真岂有此理！我的财产说起来也不多，连大光堆栈里五万包米在内，统共也只不过一百几十万元罢了。唉！"

乃千说完了这几句话，还叹了一口气，表示很感喟的神气。

"我想那是爸爸的胆子太小，上海地方要什么紧，一千万二千万的尽多着呢，谁像你这样地关在铁门里？外面还把守着这三四个保镖，人家不知底细的，还道是间外国监狱呢。"

如海觉得爸爸平日鄙吝的行为，真令人有些气愤，所以趁此机会，向他讥讽了几句。

"畜生，你又胡说！"

乃千大声地喝着，大姨太、二姨太等却都哧哧地笑起来。毓珠坐在旁边瞧着报纸，她对于爸爸和哥哥的谈话，觉得再也听不下去，于是站起身子，匆匆地自管回到房中去了。毓珠是可怜的，在这几个月里，她完全是沉在苦闷中，这时她回到房里，小丫头瓶儿给她倒上一杯柠檬茶。她把写字台上的一叠高高的书捧来，一本一本地翻着，这是《万里长风》，这是《大地的女儿》，这是最新出版的《金屋泪痕》，原是毓秀的近作，书中描写一个姑娘遭的不幸，真是悲惨到了极点。毓珠本身是个情场的失意人，当然对于这书中的主角是引起无限的同情。说也可怜，她为了瞧这部《金屋泪痕》的小说，真的淌了许多次的眼泪。她在瞧这小说的时候，她的脑海里常常映出毓秀俊美的脸、挺健硕的身子，同时她更想起春的季节里，在公园里相遇的一幕。当初毓秀的心里，实在也未尝不爱我，因为他对我的情形，确实非常的亲热，但自从他知道我爸爸是个囤米商之后，和我的感情顿时一落千丈，仿佛寒暑表在最高度降落到零度以下一样。唉！这不是毓秀的无情，他实在是一个有血性的青年啊！不过，他对我的心理是太不了解了，我爸纵然是个毫无心肝的奸商，但他的女儿到底没有什么罪恶呀！毓珠这样想着，少不得又暗暗地淌了一会儿泪。在这几个月里，她可说是天天在泪珠中过生活。在她猜想

247

中，以为毓秀一定另外有了女朋友，生活是非常的快乐，然而她怎知道毓秀在这几个月中的生活，真比毓珠更痛苦着十分哩！唉！这样说来，社会上真正快乐的人，实在是找不出一个的了。

壁上的日历随着光阴一张一张地撕去，不知不觉间，早已到了九月十八日了。乃千避免自己要到外面去起见，所以就在家里做寿。好在公馆房子可也不小，大厅前搭了戏台，堂会的节目也早已排好，都是上海名伶名票参加客串，非常精彩。

这天，章公馆里布置得焕然一新，大厅里点着霓虹灯的大寿字，桌上燃烧着九对寿烛，供着寿桃寿糕。四周还陈列着外界赠送的礼品，都是十分名贵。车马络绎不绝，贺客盈门，高朋满座。华洋银行的职员招待本行的各科科长，大陆纱厂的职员招待本厂的厂长等高级人物，各自分开，因为乃千创办事业颇多，这样分开招待，大家熟悉，秩序比较好了许多。

下午两点钟的时候，戏台上已经开锣，但大厅上的酒席还不曾吃毕，所以吃酒瞧戏，真是其乐无穷。不多一会儿，一班老太太们都在台下坐着瞧戏了，一班年轻的少爷、小姐们却都到水云小筑的船厅里去，因为那边布置了一个小小舞厅。这是如海出的主意，为了迎合一班二十世纪青年男女的新观念起见，他觉得在这个盛大的宴会中，必须要布置一个家庭舞厅，那么这班年轻的男女来宾才会感兴趣哩。果然，那天好日子中大家是疯狂着、欢乐着，尤其是如海，他一会儿跟张小姐跳舞，一会儿跟李少奶跳舞，在这脂粉队里嘻嘻哈哈地笑着闹着，耳中听的是特地用重金聘请的爵士乐队，眼里见的是醉人的娘儿们，口中喝的是汽水、香槟、白兰地，喝多少开多少，那是没有一些关系的。如海觉得今天是他最快乐的日子，他刚和陈少奶舞罢一支归座，因为陈少奶是胖得十分，如海心头兀是在体会陈少奶胸部的肉感，怪有趣的。不料这时有个招待匆匆来喊道：

"章少爷，外面有人找你哩！"

如海今天的职司是总务，不论饮食股、戏剧股、招待股……有什么事情大家都要向总务来请示。如今听有人找自己，那当然又是商量什么事情了，所以如海也不问有什么事，就急急地走到大厅来。

如海到了大厅外，做梦也想不到找自己的人竟是秋露的哥哥士杰，心里这就非常的不高兴，暗想：这穷鬼来找我还有好事吗？不是求职业，就是恳求我把秋露再收了。其实秋露我倒又记挂起来，这么一个美丽的姑娘，有一个多月不见了，自然也很想再和她玩玩，无奈这姑娘的嘴太厉害，假使她肯向我悔过，我可怜她就再收纳了倒也不要紧……

在如海的脑子里还是一味地只管痴心梦想，哪里晓得就在这个当儿，桑士杰很快地走到如海跟前，怀内摸出一柄亮闪闪的小洋刀，举手即猛扑过去。如海认为今天是最快乐的日子，如何料得到会吃小洋刀的滋味？这就猝不及防，竟在喉间中了一刀。在这儿倒用着武侠小说中的两句话：说时迟，那时快。如海中刀，不禁大喊一声，痛极倒地。士杰也许是过分兴奋的缘故，他并没有一些感到害怕，而且同时把身子也压了下去，一手拔出喉间的小刀，再在如海的脑部连戳了两刀。话虽这样地说了出来，可是如海在这两刀中就送去一条命，那作书的未免有些伤阴骘。不过仔细想起来，像章如海那样行为的少年，整日价花天酒地，醉生梦死，死固然是死得冤枉，就是活着，也是有些冤枉做人。想阅者诸君都是有血性的人，当瞧到这里的时候，也许会拍案叫绝，大喊痛快吧！

如海这一声大喊不打紧，台上的戏是正在演《捉放曹》，曹操挥着马鞭子，先瞥见如海被一个人用小刀刺倒下去，这就忍不住大喊起来道：

"啊！不好了，暗杀，暗杀！"

台下瞧戏的人是多么热闹，想不到曹操会喊出这两句话来，一时大家还捧腹大笑起来。不料曹操把马鞭子也丢了，在台上跳脚叫道：

"是真的啦！是真的啦！你们快逃呀……"

说着话，身子已向后台奔进去了。这时，也有贺客发觉了，便也大喊"暗杀暗杀"。经此一喊，听戏的太太、老爷们个个吓得魂飞魄散，各自离座逃命。这班小少爷、小小姐们见此情形，还道天空中掷炸弹了，吓得哭的哭、号的号，秩序大乱，真仿佛战区里逃难一样的了。

外面出了这样的大乱子，里面还是一些不知道。章乃千在一间小会客室里招待着一个有名望的人，那人向乃千正恭维道：

"老兄真可说是九如三多，多福多寿多男子……"

乃千不等说完，就一阵哈哈大笑，谁知笑声未完，丧子的消息已来，阿三急急奔入喊道：

"老爷，不好了，凶手竟直上公馆，少爷已经被杀……杀……杀……死了啦……"

这迅雷不及掩耳的消息听到乃千的耳里，顿时急得脸无人色，猛可扑地而倒，在他意思，很想有个地洞可以钻下去，但是事实上并没有地洞，他这时真悔没有坚决地拒绝他们发起做这个断命的寿。因为是急得六神无主的缘故，他在地上竟像狗一样的爬了一个圈子。就在这失魂落魄的当儿，突然一阵急促的皮靴声嗒嗒地响起来。乃千一听，仿佛自己性命就在顷刻之间一样的了，这就大哭起来道：

"哎哟！我的妈呀！你们别进来杀我，饶了我吧！"

那个闻人虽然胆子比他大得多，但怎禁得起他这样的吓人？一时也趴在地上，跟着他装起狗来。

"回禀老爷，凶手已经捉住，少爷却已被杀了。"

三四个保镖握着手枪，神气活现地走进来，突然见老爷身子矮了半截，还在呜咽地哭泣，一时吓得倒退两步，慌忙垂手弯腰地报告着。还是那个闻人清楚些，见进来的是保镖，他妈的，这怕什么？于是立刻站起身子，把乃千也扶起来，说道：

"老兄不要怕呀！凶手已经捉住了呢！"

乃千这时也瞧清楚进来的三四个大汉确实是自己的保镖，一时又惭愧又害怕，猛可走上去，紧紧拉住了罗宋保镖，说道：

"你们别离开我，不得了，凶手竟到公馆来暗杀！阿金、阿银，快快出去，再四处搜查，看还有凶手留在公馆里没有？"

其余两个保镖答应一声，便匆匆地走出去了。这时，乃千惊魂虽然稍定，但心的跳跃还是非常快速，而且全身犹在发抖，把个罗宋保镖几乎当作了自己的姨太太一样，最好让他紧紧地搂住了，那么他的生命才有保障似的。那个罗宋保镖被老爷这么一来，未免也有些羞答答起来了。

不多一会儿，大姨太、二姨太、三姨太、四姨太、毓珠并如海的妻子月琴都匆匆地走进来。乃千瞧众人无恙，总算又放心了大半，不料这时，月琴却放声大哭起来，乃千一时糊里糊涂，还问月琴做什么哭，今天是爷爷的大好日，怎么你哭了？月琴听了，更哭得伤心道：

　　"你的儿子、我的丈夫被人杀死了，还管得了什么好日子坏日子吗？哎哟！那以后叫我怎么样做人呢……"

　　说到这里，竟是放声号哭。乃千这才猛可想到刚才阿三报告的少爷已经被杀的话，因为自己只有一个独生子，现在一旦死于非命，怎不痛心？因此大喊一声"天丧余也"，便昏厥跌倒。四个姨太见此情形，哭的哭，喊的喊，拉的拉，抱的抱。正在闹得不可开交，外面阿银来说，捕房要求你们家属一同去几个人。毓珠听了，遂拉了月琴的手，说道：

　　"嫂嫂，我和你一块儿去吧。"

　　月琴答应，也就管不得爸爸昏厥，遂和月琴匆匆走到外面去了。毓珠和月琴、阿银和阿金，连同探捕两人，带了凶手桑士杰，一同到了捕房。警务处高级办事员乔斯脱，因为事关人命案子，遂亲自审问。只见士杰面不改色，笑容可掬，神情颇为洒脱，心里好不奇怪，遂命翻译问他姓名，为何暗杀如海。士杰听了，便高声说道：

　　"我叫桑士杰，因为章如海害得我太苦了，所以我要报仇，他派了许许多多的小瘪三流氓，都盯我的梢哩！你们不要相信，他没有死呀，他完全是装死，而且我杀的也不是他，竟杀了一只狗，我杀错了，我杀错了。哎哟！我不是白费心血了吗……"

说到这里，忽然又号啕大哭起来。哭着，一会儿，又咯咯地狂笑起来，点头道：

　　"是的，是他，是他，我记得了，他真的被我报仇了呀！"

　　说完，又狂笑了一阵。众人见士杰说话颠三倒四，不知所云，同时那状态更有疯狂之态，都深为惊异。那翻译猛可记得刚才有两个女子来报告，说有桑士杰一名，因疯走失，而且还有相片在此，莫非就是他吗？想到这里，便把相片拿来，和他一对照，正是一个人，于是便用英语向乔斯脱报告。乔斯脱拿了相片望望，又向桑士杰望望，遂命人去传士杰家属到来。

　　这时，外面把这件新闻早已传到记者耳里，各报记者都纷纷前来旁听。不多一会儿，探捕把秋露带上，秋露一见哥哥，便抱住哭道：

　　"哥哥，你杀了谁啦？你……你……你……怎么可以杀人呀？"

　　"妹妹，你别傻呀！我给你报了仇，我杀的是如海小子，我们应该高兴，我们要笑，我们笑呀！"

　　士杰听妹妹这样说，便很得意地告诉着，说完了，又哈哈地大笑。秋露本来是很害怕地哭着，今听哥哥杀的是章如海，心里一痛快，便也挂着眼泪大笑起来。秋露兄妹俩这失了常的态度，瞧到记者等人的眼里，无不暗暗称奇。翻译这时便向秋露问道：

　　"他是你的哥哥吗？他杀了章如海，你怎么也笑起来？难道说章如海和你们有什么冤仇吗？"

　　秋露听问，方才停止了笑，正着脸色说道：

　　"杀人本来是犯法的事，然而我哥哥的杀人，我却非常赞同。

你们大家仔细听着，我可以告诉你们一个详细的因果，方才晓得如海的死，实在死有余辜哩！"

秋露说着，咽了一口唾沫，方才又滔滔地说道：

"我哥哥是大陆纱厂的账房，所得薪水，不够维持一家六口的生活，不得已的环境下，只好把我介绍到厂里去做工。章如海是大陆纱厂的小主人，他也许为了多有几个造孽的钱，所以把我们女子简直当作玩物一样地看待，他见了我后，便百般诱惑，痴心追求。我秋露虽然贫寒出身，然而志气自高，假使我爱好虚荣的话，在这个女子牺牲色相可赚大钱的时代，我何必来做苦工？我不会做明星去吗？我不会做舞女吗？所以我对于他的追求，只当视若无睹，听若不闻。谁知如海见我金钱不能打动，便把哥哥职位辞歇，一面使我家中更加困苦，一面又甜言蜜语地安慰。哥哥失业郁郁成病，家中釜断炊、灶断薪，如此贫病相煎，求生不能，求死不得，以秋露一弱女子，际此环境，安得不坠入其彀中吗……"

秋露说到这里，又羞又愤，不禁失声而泣。众人听了，无不为之动容，尤其毓珠站在旁边，想起秋露之身世与遭遇，竟和毓秀作的《金屋泪痕》之情节酷肖，一时眼皮里也几乎为之泪下。这时，秋露又挥泪一发愤激之情，接着说道：

"给人家做小星，固非我所情愿，然而既已失身于他，也只好忍辱吞声，自叹命苦而已。不料如海所爱我者色也，既已到手玩过，便即抛弃忘却。我也明白大少爷的脾气是这样子，总算我是做了两个月的少奶奶，不过我今后很想重新做一个人，但如海的手段太厉害了，他既把我抛弃，而且把我在做少奶时期中给哥

254

哥介绍的职业又解除了。天哪！如海这手段真太毒辣了，他完全欲置吾全家于死地。这样承受侮辱之下，我哥哥因此疯了，是疯得那样厉害，可怜我年老母亲哭，年轻嫂子哭，年幼侄子哭，哭！哭！哭！如海赐给我们全家都是哭！唉！如海是我们的仇敌，我恨不得生啖其肉。今哥哥把他杀了，实在令我痛快，但是你们要明白，如海今日的结果，就是往日种下的原因。杀人本来是犯法的，然而哥哥是疯的人，他绝对没有罪，假使你们认为有抵命的理由，那么我做妹妹的可以代替吗……"

秋露说到这里，泪如泉涌，向翻译的发问。这时，围在四周旁听的，没有一个不激起同情之心，皆曰可杀。翻译的也把如海死的因果向乔斯脱告诉。乔斯脱见士杰真的发疯，并且如海也有污辱女性之罪，今日之死，孽由自作，遂向翻译者低低说了一阵。翻译点头，遂向月琴和毓珠说道：

"你们可曾听到了没有？如海的死，完全自己作孽，可怜人家兄妹俩已被他捉弄到如此地步，真的比他死了还要痛苦哩！这件案子，因为士杰确系疯子，我们不能办他。你们若心有未甘，尽管可以请律师向法院去告发，不过在我们为你们设想，他们疯的已疯，被污辱的已污辱，就是告他吃官司，也是枉然的了。"

说着，又向秋露说道：

"现在放你们回去，不过以后你得严紧管束，不能再给他出外有同样事件发生，否则，你们家属要负完全的责任。"

秋露点头道：

"哥哥虽已发疯，但疯的原因是为如海之压迫．对如海固有切齿之恨，余者绝不会有打人之举动的。"

255

这时，毓珠亦觉哥哥自作其孽，遂问月琴意思怎样。月琴和如海夫妇感情本来不睦，且自己外面也有爱人，遂不愿多事，说：

"既然有这样因果，何苦再去陷害贫民，我们也给如海积些德，可以减轻他玩弄女性的罪恶。"

毓珠点头，遂带阿银等坐车回家。秋露和士杰亦从捕房回家，桑老太和小云急问什么事，秋露详细告诉，大家听了，又伤心又痛快，忍不住又淌泪不已。这夜，秋露没有睡着，想了一夜，她想和毓秀结识的一幕、洗衣的一幕、送鱼肝油的一幕，又想酒醉失身的那夜、如海殴打的一日，她觉得这是一个梦，她脆弱的神经已受不住种种的刺激。第二天，她的态度也失常了，一会儿哭，一会儿笑，闹个不停。这把桑老太和小云真急得上天无路、入地无门的了。毓秀那天在报上发现如海被士杰杀死之新闻，大吃一惊，遂急赶来探望，只见士杰在哈哈大笑，秋露却在呜咽啜泣，他们见了毓秀，士杰很兴奋地拉着毓秀，先颠颠倒倒地告诉。毓秀听不明白他说什么，遂问秋露，在毓秀心中当然不晓得秋露也是神经错乱的了，所以他要秋露明白地告诉。不料秋露走上来，痴痴地呆望着毓秀，一会儿嘻嘻地笑，一会儿扑簌簌地淌泪，她自管自地问道：

"郑先生，你恨我吗？你怨我吗？我对不住你，唉！你记得吗？过去的……唉！还在眼前哩！但是……啊！我在做梦……我在做梦……"

毓秀见她这个神情，同时听她这样痴痴癫癫地说，一时心痛若割，望着她玫瑰花似的两颊，也不禁凄然泪下。谁知秋露见他

256

不答，反而淌泪，忽然惨然道：

"郑先生，你生气吗？你哭了，你一定恨我，你一定怨我，我怎有脸见你？我怎有脸见你？"

她说完了这两句话，便猛然转身，倒向床上呜呜咽咽地大哭起来。

"唉！想不到她也会疯了……"

毓秀自语了这一句，不禁泪如泉涌，遂也管不得众人在前，走到床边，拉了她手，说道：

"秋露，我没有生气，我也没有恨你怨你，我不是曾经叫你把过去事都忘记了吗？唉！秋露，你应该想明白……"

毓秀说到这里，几乎哭出声音来。秋露被他拉着，她便从床上坐起来，眉毛一扬，乌圆眸珠在长睫毛里滴溜地一转，掀着笑窝，说道：

"你说的话真吗？你真不恨不怨吗？你……那么你干吗哭啦？我知道了，你一定骗我，你一定诳我，我怎对得住你？我……"

秋露明眸忽又瞥见毓秀脸上的泪痕，她倒向床上又呜咽不止。毓秀见她痴癫的程度不轻，想来是久郁在心，今天完全爆发出来了，一时心酸已极，摇了两下头，不禁泪下如雨。临别，向桑老太、小云安慰，说尽自己之力，总得去想个办法。毓秀这夜在房中对灯痴坐，忽听窗外刮起一阵秋风，接着雨声淅沥，打在窗上，嗒嗒作响，他的脑海里浮上秋露过去的这几句话：

"我想郑先生今后开始可以写一部写实的作品，比方拿我们认识的经过而说，也是一个绝好的资料……"

"但是我希望你不要写得像《大地的女儿》那样悲惨的结

果……"

一遍、两遍，在毓秀的耳旁盘绕，他的泪又夺眶而出了。是的，她期望着不要有悲惨的结果，我当初也和她有同样的期望，然而，今日的结果，太惨了，太惨了！毓秀连喊两声太惨了，不觉悲从中来，遂拿着笔杆，击桌唱《浮生若梦》一曲。只听他低低地似哽咽似抽噎地念道：

> 小说象征人生，人生何异小说？
>
> 痴嗔贪欲全假，富贵浮云何觅？
>
> 不尽滚滚长江，无边萧萧落叶，
>
> 春月春花过眼，秋雨秋风渐沥，
>
> 几多恩爱一梦，无限缠绵相忆，
>
> 千般恨难磨灭，万重愁空凝结。
>
> 春蚕作茧自缚，五更空悬明月。

毓秀歌竟，痴痴然若有所忆，盖毓秀虽不疯，刺激亦受深极了。士杰、秋露都疯了，但是很奇怪，章乃千也会疯起来，欢欢喜喜做寿的大好日子，不料儿子竟被人暗杀了，寿翁本来神经极其脆弱，今听如海被杀是事实，因此他在一度昏厥之后，竟也糊涂起来。不过他当初是胆小害怕，听到一些响声，他也会疑惑是凶手来了，所以他真可说胆小如鼠，然而他却又心毒如蛇，因为他在大光堆栈内尚囤有五万包白米哩！

天有不测风云，人有旦夕祸福。章乃千那天接到一个电话，是大光堆栈的管栈先生打来的，说栈内也堆有火油一千箱，不知怎的，昨夜竟轰然一声，一千箱火油完全燃烧，因此连带五万包白米也尽化灰尘，付之一炬，看起来仿佛是天火烧的一般。这消息真仿佛是一枚利箭，直刺穿了章乃千的头脑，他大叫了一声"完了，完了"，身子便又跌倒地下去。从此以后，他的神经也错乱了，一天到晚，哭哭啼啼，吵吵闹闹，说我的儿子死得好苦，我的白米烧得好痛。

毓珠见爸爸疯得厉害，心里忧煎十分，那天翻报见上海神经疗养院的广告，遂驱车前往，索取章程。不料天下事有凑巧，毓秀为秋露兄妹俩也来讨取章程，半年不见的一对旧时的情人，突然无意相逢，回首前尘，怎能不叫他们感慨系之呢？

作书的到此，把故事要回应到第一回去。毓秀既得到毓珠同情相助，心里颇为感激，遂各自分手回去。毓秀坐车急急到士杰家里，低低地向桑老太和小云告诉，两人自然感激涕零。不料士杰、秋露听母亲叫他们住到医院去医病，他们便不答应，说我们并没有病呀，为什么要到医院去呢？毓秀听了，遂柔和地说道：

"你们不是很相信我是好人吗？那么你们应该听从我的话，住到医院去，你们人会好起来呢！"

士杰听了毓秀的话，憨憨地一笑，似乎有些愿意了，不料秋露又掩面哭起来，向毓秀道：

"是的，我现在人很坏，我真是做坏人，我忘了你，我负了你，我……怎么样才能再做一个好人呢？郑先生，你怨我……你恨我……"

说着，乱撞乱哭，把头发都披散了。毓秀见她这半月来人儿完全换个样子，而且脸孔也瘦削许多，心里真有说不出的伤心。

因为她撞得很厉害，遂上前把她抱住了，叫道：

"秋露，你别哭，你别哭，我没有恨你，你为什么多心……我爱你的……"

毓秀的声音是完全成哭音了，他没有压制她撞哭的办法，只好说出末了的一句话来安慰她。秋露听了，果然回过头来，挂了满颊泪水的眼睛向他凝望了许久，忽然把毓秀脖子紧抱住了，掀着酒窝儿，破涕笑道：

"你仍爱我……你这话真吗？"

说完，又立刻推开了他，哭道：

"不能，不能，我不能接受你纯洁的爱……我苦命……我太苦了……"

说着，又呜咽啜泣不止。这时，小云已把被铺整理舒齐，同时毓秀在外面预先叫好的汽车也来了。毓秀于是一手拉了士杰，一手拉了秋露，匆匆地走到大门外去。小云挟了被铺，也跟着走出。桑老太拉了鸣申和小玉，两小一老，眼泪鼻涕地站在大门外，眼瞧着四个人跳上汽车，呼地开去，不禁掩面而泣矣。

车到上海神经疗养院，见毓珠已站在石级前等候，她向毓秀说道：

"我爸爸已送入特等病房，对于桑小姐兄妹俩亦已定好二等病房，一切费用，全已付清了。"

毓秀听了，自然感到心头。这时，秋露见毓珠和毓秀两人谈话，她似乎非常的奇怪，眼睛滴溜乌圆地望着毓珠，说道：

"你是谁啦？你怎么和我认识的呀？"

毓珠见她痴癫的样子，非常悲酸，遂只好淡淡一笑，还没有回答她的话，院中的看护已把他们带领到二等病房中去了。毓秀和毓珠在秋露病房中，临别的时候，毓秀安慰她道：

"秋露，你好好儿静养着，别胡思乱想，我常常会来望你的。"

秋露眼瞧着毓秀和毓珠一同走出，她的泪像雨点儿一般落下来，哭道：

"你去了，你去了……你被这位小姐带……"

说到这里，便倒向床上去哭了。毓秀叹了一声，泪水也在眼角旁展现。两人走到扶梯口，遇着小云从士杰房中走出，见了毓秀，便含泪道：

"回去了吗？"

毓秀觉得她这句话至少还有舍不得的意思，遂愕住了一会子，却回答不出。小云泣道：

"我再去望望秋姑。"

毓秀这才点头道：

"好的，我们在下面等着你。"

说着，已是泪下如雨。毓珠也掩面啜泣。两人匆匆下去，站在石级上，相对呆了一会儿。不多一会儿，小云挂着眼泪也下来了。毓秀向小云道：

"这位章小姐，就是如海的妹妹，她是个有思想的女子，她绝对同情秋露和大哥的遭遇，今后你们的生活，她愿意负完全的责任，所以你只管放心回去安慰老太太是了。"

小云听了这话，向毓珠连连鞠躬，感激涕零，遂先匆匆分别回家去了。毓秀、毓珠又同去特等病房望了一回乃千，方才慢步踱出。两人走在甬道的当儿，忽听尖锐的声音，有人叫一声"郑先生"，毓秀急忙抬头望去，原来二等病房的窗户正靠着医院大门的正面，临着院子的，毓秀在万绿丛中见一扇窗口，秋露两手攀住铁档子，脸嵌在铁档缝中望出来，她是发现了两人并肩走出院门外去。毓秀睹此情景，抬了头，又呆呆地站住了，但一会儿，秋露的身子缩进去，却听到一阵凄切的哭声。毓秀这才回转头来，泪是沾着他整个的面目，移着步子，和毓珠依然一步挨一步地走着。

"唉！这真是一个梦！"

"人生本来是梦呢。"

毓珠听他这样叹着，遂也附和了一句，同时还把秋波向他瞟了一眼。毓秀没有作答，也回望她一眼，两人都垂下头来。

斜阳是偏西了，两旁绿叶丛中的那条甬道上，慢慢地，终于吞没了两个瘦长的影子。

附　　录

从鸳鸯蝴蝶派谈到冯玉奇小说

裴效维

《民国通俗小说典藏文库·冯玉奇卷》将收录冯玉奇的百余种小说作品，此举极其不易。现在，我愿以这篇文章给出版者呐喊助威。尽管我人微言轻，但我毕竟是一个中国文学的研究者，为鸳鸯蝴蝶派说些公道话是我的责任。

冯玉奇是一位鸳鸯蝴蝶派作家，因此我们要想了解冯玉奇，必须首先厘清有关鸳鸯蝴蝶派的一些问题。

一、何谓鸳鸯蝴蝶派

鸳鸯蝴蝶派作家平襟亚在《关于鸳鸯蝴蝶派》（署名宁远）一文中对鸳鸯蝴蝶派的来历说得很清楚：

> 鸳鸯蝴蝶派的名称是由群众起出来的，因为那些作品中常写爱情故事，离不开"卅六鸳鸯同命鸟，一双蝴

蝶可怜虫"的范围，因而公赠了这个佳名。

——载香港《大公报》1960 年 7 月 20 日

可见鸳鸯蝴蝶派并不是一个有组织有宗旨的小说流派，而是因为当时流行的言情小说多写一对对恋人或夫妻如同鸳鸯蝴蝶般相亲相爱，形影不离，因而民间用鸳鸯蝴蝶小说来比喻这种言情小说，那么这种言情小说的作家群当然也就是鸳鸯蝴蝶派了。这种说法应该是可信的，因为民间常用鸳鸯和蝴蝶来比喻恋人或夫妻，很多民间文学作品中不乏其例。这一比喻非常形象生动，但并无褒贬之意，因此不胫而走。

传到新文学家那里，便加以利用，并赋予贬义，作为贬低对手的武器。但新文学家对鸳鸯蝴蝶派的界定并不一致，大致有两种看法。

一种看法认同民间的比喻说法，即将鸳鸯蝴蝶派小说局限为通俗小说中的言情小说，将鸳鸯蝴蝶派局限为言情小说作家群。鲁迅是这种看法的代表，他在 1922 年所写的《所谓"国学"》一文中说："洋场上的文豪又作了几篇鸳鸯蝴蝶派体小说出版"，其内容无非是"'卿卿我我''蝴蝶鸳鸯'"（载《晨报副刊》1922年 10 月 4 日）。又于 1931 年 8 月 12 日在社会科学研究会做了《上海文艺之一瞥》的长篇演讲，其中对鸳鸯蝴蝶派小说更做了形象而精辟的概括：

这时新的才子＋佳人小说便又流行起来，但佳人已是良家女子了，和才子相悦相恋，分拆不开，柳阴花下，像一对蝴蝶、一双鸳鸯一样。

此外，周作人、钱玄同也持这种看法。周作人于 1918 年 4 月 19 日在北京大学文科研究所小说研究会做《日本近三十年小说之发达》的演讲中，就说现代中国小说"还有《玉梨魂》派的鸳鸯蝴蝶体"（载《新青年》第 5 卷第 1 号）。次年 2 月，周作人又发表《中国小说里的男女问题》（署名仲密）一文，认为"近时流行的《玉梨魂》，虽文章很是肉麻，（却）为鸳鸯蝴蝶派小说的鼻祖"（载《每周评论》第 5 卷第 7 号）。与周作人差不多同时，钱玄同在 1919 年 1 月 9 日所写的《"黑幕"书》一文中也说："人人皆知'黑幕'书为一种不正当之书籍，其实与'黑幕'同类之书籍正复不少，如《艳情尺牍》《香闺韵语》及'鸳鸯蝴蝶派小说'等等皆是。"（载《新青年》第 6 卷第 1 号）这种看法后来被人称之为"狭义的鸳鸯蝴蝶派"看法。

另一种看法却将鸳鸯蝴蝶派无限扩大，认为民国年间新文学派之外的所有通俗小说作家都是鸳鸯蝴蝶派，他们的所有通俗小说都是鸳鸯蝴蝶派小说。这种看法的代表人物是瞿秋白和茅盾。瞿秋白从小说的内容方面来扩大鸳鸯蝴蝶派小说的范围，他在《财神还是反财神》一文中说，"什么武侠，什么神怪，什么侦探，什么言情，什么历史，什么家庭"小说，都是鸳鸯蝴蝶派小说（见人民文学出版社 1953 年 10 月版《瞿秋白文集》）。茅盾则

267

从小说的形式方面来扩大鸳鸯蝴蝶派小说的范围，他在《自然主义与中国现代小说》一文中认定鸳鸯蝴蝶派小说包括"旧式章回体的长篇小说""不分章回的旧式小说""中西合璧的旧式小说""文言白话都有"的短篇小说（载 1922 年 7 月《小说月报》第 13 卷第 7 号）。这种看法后来被人称之为"广义的鸳鸯蝴蝶派"看法，而且逐渐成为主流看法，以致后来的文学研究者都接受了这种看法。

　　新文学家不仅在鸳鸯蝴蝶派的界定问题上分成了两派，而且在鸳鸯蝴蝶派的名称上也花样百出。如罗家伦因为徐枕亚等人好用四六句的文言写小说，便称其为"滥调四六派"（见署名志希的《今日中国之小说界》，载 1919 年《新潮》第 1 卷第 1 号），但无人响应。郑振铎因为《礼拜六》杂志为鸳鸯蝴蝶派的主要刊物之一，便称其为"礼拜六派"（见署名西谛的《新文学观的建设》一文，载 1922 年 5 月 21 日《文学旬刊》第 38 号）。这一说法得到了周作人、茅盾、瞿秋白、朱自清、阿英、冯至、楼适夷等人的响应，纷纷采用，以致使用频率越来越高，知名度越来越大，终于成为鸳鸯蝴蝶派的别称了。于是"鸳鸯蝴蝶派"和"礼拜六派"两个名称便被新文学家所滥用。如郑振铎在《新文学观的建设》一文中称"礼拜六派"，而在《〈文学论争集〉导言》一文中却称"鸳鸯蝴蝶派"（见上海良友图书公司 1935 年 10 月出版的《新文学大系·文学论争集》卷首）。还有人在同一篇文章里既称鸳鸯蝴蝶派，又称礼拜六派。如阿英在 1932 年所写的《上海事变与鸳鸯蝴蝶派文艺》一文中说：张恨水的所谓"国难小说"，与"礼拜六派的作品一样，是鸳鸯蝴蝶派的一体"，"充

分地说明了鸳鸯蝴蝶派的作家的本色而已"（见上海合众书店
1933 年 6 月出版的《现代中国文学论》）。

茅盾在 20 世纪 70 年代觉得统称鸳鸯蝴蝶派或礼拜六派都不
合适，于是提出了一个折中的看法，他在《紧张而复杂的生活、
学习与斗争（上）——回忆录（四）》中说：

> 我以为在"五四"以前，"鸳鸯蝴蝶派"这名称对
> 这一派人是适用的。……但在"五四"以后，这一派中
> 有不少人也来"赶潮流"了，他们不再老是某生某女，
> 而居然写家庭冲突，甚至写劳动人民的悲惨生活了，因
> 此，如果用他们那一派最老的刊物《礼拜六》来称呼他
> 们，较为合式。

——载 1979 年 8 月《新文学史料》第 4 辑

事实是该派在"五四"前后没有根本变化，都是既写言情小
说，又写其他小说，将其人为地腰斩为两段，既显得武断，又无
法掩盖当时的混乱看法。

这些混乱的看法导致后来的文学研究者无所适从：或沿用
"鸳鸯蝴蝶派"的说法（如北大本《中国文学史》和《中国小说
史稿》、复旦本《中国文学史》和《中国近代文学史稿》等）；
或沿用"礼拜六派"的说法（如山东师院本《中国现代文学史》
等）；或干脆别出心裁地称之为"鸳鸯蝴蝶—礼拜六派"（见汤哲
声《鸳鸯蝴蝶—礼拜六小说观念的价值取向及其评价》，载《苏

州大学学报》1992 年第 2 期）。这可真算是中国小说史上的一出有趣的滑稽戏了。

二、如何评价鸳鸯蝴蝶派

鸳鸯蝴蝶派的开山作品是 1900 年陈蝶仙的言情小说《泪珠缘》，因此鸳鸯蝴蝶派应该是指言情小说派，这也就是后来的所谓"狭义的鸳鸯蝴蝶派"，但被新文学家扩大为"广义的鸳鸯蝴蝶派"，实际上也就是民国通俗小说派。

鸳鸯蝴蝶派与同时期的"南社"不同，既没有组织，也没有纲领，而是一个在思想倾向和艺术风格上大体相同或相近的小说流派，连"鸳鸯蝴蝶派"这一招牌也是别人强加给它的。然而客观地说，鸳鸯蝴蝶派确实是一个产生过巨大影响的小说流派。在"五四"以前的近二十年间，它几乎独占了中国文坛；在"五四"以后的三十年间，虽然产生了新文学，但新文学只是表面上风光，而鸳鸯蝴蝶派却一派兴旺发达景象。我对"广义的鸳鸯蝴蝶派"做过不完全的统计：该派作家达数百人，较著名者有一百余人，所办刊物、小报和大报副刊仅在上海就有三百四十种，所著中长篇小说两千多种，至于短篇小说、笔记等更难以计数。在此前的中国文学史上，还没有哪个文学流派有过如此宏大的规模，产生过如此巨大的影响。

鸳鸯蝴蝶派由于规模宏大，又处在历史的一个巨变时期，其成员的确鱼龙混杂，其作品也良莠不齐，但总体来说，它形象地记录了中国二十世纪前五十年的历史，为中国读者提供了丰富的精神食粮，对中国小说的传承起过积极作用，因此应该给予充分的肯定。

　　鸳鸯蝴蝶派小说已经不是中国传统通俗小说的复制，而是一种改良的通俗小说。在形式方面，它既采用章回体，也采用非章回体，甚至采用了西洋小说的日记体、书信体等，至于侦探小说则更是完全模仿自西洋小说。在艺术手法方面，受西洋小说的影响非常明显，如增加了人物形象和景物描写，结构与叙事方式也趋于多样化，单线和复线结构并用，第三人称和第一人称叙述法兼施，还采用了倒叙法和补叙法。在内容方面，鸳鸯蝴蝶派小说已经扩大了描写范围，反映了当时社会生活的各个方面，甚至已经紧跟时事，及时反映当前的社会现实，被称为"时事小说"。如李涵秋的《广陵潮》描写辛亥革命，而他的《战地莺花录》则描写五四运动，这种及时反映当时发生的重大政治事件的小说，与多写历史故事的古代小说完全不同，显然是一大进步。鸳鸯蝴蝶派的言情小说，也不同于古代的才子佳人小说，而是一种新才子佳人小说。古代的才子佳人小说因面对森严的封建礼教，只能写才子与佳人偶尔一见钟情，以眉目传情或诗书传情的方式进行交流，最后皆是有情人终成眷属的大团圆结局。而这种大团圆结局完全是人为的：或出于巧合，或由于才子金榜题名，皇帝御赐完婚，这就完全回避了封建包办婚姻的问题。而民国年间的封建礼教已经在一定程度上松绑，尤其像上海、北京等大城市得风气之先，恋爱自由和婚姻自主思想已经渐入人心。因此有些鸳鸯蝴蝶派的言情小说也突破了古代才子佳人小说的窠臼，才子佳人已经敢于"相悦相恋，分拆不开，柳阴花下，像一对蝴蝶、一双鸳鸯一样"。其结局也不再全是有情人终成眷属的大团圆，而是"有时因为严亲，或者因为薄命，也竟至于偶见悲剧的结局……这实在不能不说是一个大进步"（鲁迅《上海文艺之一瞥》，连载于 1931 年 7 月 27 日、8 月 3 日《文艺新闻》第 20、21 期）。言情小说由大团圆结局到悲剧结局的确是一个大进步，因为前者是回避封建包办婚姻礼制，而后者是控诉封建包办婚姻礼制。而这一进步的开创者是曹雪芹和高鹗，他们在《红楼梦》里所写的婚姻差不多都是悲剧。因此胡适称赞《红楼梦》不仅把一个个人物"都写作悲剧的下场"，而且最后"作一个大悲剧的结束，打破了中国小说的团圆迷信"（《〈红楼梦〉考证》，见 1923 年亚东图书馆版《胡适文存》）。可见鸳鸯蝴蝶派的言情小说在一定程度上继承了《红楼梦》开创的爱情婚姻悲剧模式，因而具有相当的反封建意义。我们可以徐枕亚的《玉梨魂》为例加以说明，因为该小说被新文学家指为鸳鸯蝴蝶派的代表性作品。

《玉梨魂》的故事很简单——清末宣统年间，小学教员何梦霞与年轻寡妇白梨影相爱，但两人均认为他们的这种行为是不道德的。为了得到感情的解脱，白梨影想出个"移花接木"的办法，即撮合何梦霞与自己的小姑崔筠倩订了婚。然而何梦霞既不能移情于崔筠倩，白梨影也无法忘情于何梦霞，结果造成了一连串的悲剧——白梨影在爱情与道德的激烈冲突下郁郁而死；崔筠倩因得不到何梦霞之爱而离开了人世；白梨影的公公因感伤女儿、儿媳之死而一病身亡；白梨影的十岁儿子鹏郎成了孤儿。何梦霞为排遣苦闷，先赴日本留学，继又回国参加了辛亥武昌起义（即辛亥革命），壮烈牺牲。

《玉梨魂》不仅描写了一个爱情婚姻悲剧，而且不同于一般的爱情婚姻悲剧。一般的爱情婚姻悲剧都是由封建势力造成的，即由包办婚姻造成的；而《玉梨魂》所写的爱情婚姻悲剧，其原因却是何梦霞和白梨影自身的封建道德。他们既渴望获得恋爱自由和婚姻自主的权利，又不能摆脱封建道德和封建礼教的束缚，两者激烈冲突，造成三死一孤的惨剧。从而揭露了封建道德和封建礼教的影响力是多么巨大，它已深入人们的骨髓，使其不能自拔。因此，它的反封建意义比一般的爱情婚姻悲剧更为深刻。

　　其实，新文学阵营也不是铁板一块，虽然大多数新文学家对鸳鸯蝴蝶派全盘否定，但也有少数新文学家态度比较客观，他们对鸳鸯蝴蝶派也给予一定的肯定。鲁迅是其中最突出的一位，他不仅认为某些鸳鸯蝴蝶派的悲剧言情小说是"一大进步"，而且不同意某些新文学家对鸳鸯蝴蝶派消极影响的夸大其词。他说：

　　　　至于说他流毒中国的青年，那似乎是过虑。倘有人能为这类小说所害，则即使没有这类东西也还是废物，无从挽救的。与社会，尤其不相干，气类相同的鼓词和唱本，国内非常多，品格也相像，所以这些作品也再不能"火上添油"，使中国人堕落得更厉害了。

　　　　　　　　——《关于〈小说世界〉》，载《晨报副刊》
　　　　　　　　1923 年 1 月 15 日

这种客观的观点与前述周作人无限夸大鸳鸯蝴蝶派作品能使国民生活陷入"完全动物的状态"乃至"非动物的状态"的观点形成了鲜明对比。当抗日战争爆发后，鲁迅更提倡文学界的抗日统一战线，主张团结鸳鸯蝴蝶派一起抗日。他说：

> 我以为文艺家在抗日问题上的联合是无条件的，只要他不是汉奸，愿意或赞成抗日，则不论叫哥哥妹妹，之乎者也，或鸳鸯蝴蝶都无妨。但在文学问题上我们仍可以互相批判。

——《答徐懋庸并关于抗日统一战线问题》，

载《作家》月刊第 1 卷第 5 期

鲁迅不仅提倡团结鸳鸯蝴蝶派一起抗日，而且主张新文学派与鸳鸯蝴蝶派在文学问题上"互相批判"，这种平等对待鸳鸯蝴蝶派的度量，也与那些视鸳鸯蝴蝶派如寇仇，必欲置诸死地而后快的新文学家形成了鲜明对比。

对鸳鸯蝴蝶派给予肯定的不只鲁迅，还有朱自清和茅盾。朱自清认为供人娱乐是中国传统小说的特点，因此不赞成将"消遣"作为罪状来批判鸳鸯蝴蝶派小说。他说：

> 在中国文学的传统里，小说……更是小道中的小道，就因为是消遣的，不严肃。不严肃也就是不正经，小说通常称为"闲书"，不是正经书。……鸳鸯蝴蝶派

的小说意在供人们茶余酒后的消遣，倒是中国小说的正宗。

——《论严肃》，载《中国作家》创刊号

　　茅盾也承认鸳鸯蝴蝶派小说也"写家庭冲突，甚至写劳动人民的悲惨生活"。他还从艺术性方面对鸳鸯蝴蝶派小说给予一定肯定。他认为鸳鸯蝴蝶派的有些长篇小说"采用西洋小说的布局法"，如倒叙法、补叙法，以及人物出场免去套语、故事叙述"戛然收住"等等，这一切是对"旧章回体小说布局法的革命"。还认为鸳鸯蝴蝶派的有些短篇小说学习了西洋短篇小说"截取一段人生来描写，而人生的全体因之以见"的方法："叙述一段人事，可以无头无尾；出场一个人物，可以不细叙家世；书中人物可以只有一人；书中情节可以简至只是一段回忆。……能够学到这一层的，比起一头死钻在旧章回体小说的圈子里的人，自然要高出几倍。"（《自然主义与中国现代小说》，载1922年7月10日《小说月报》第13卷第7号）

　　鲁迅、朱自清、茅盾毕竟属于新文学派，因此他们对鸳鸯蝴蝶派的肯定是有限的。我们应该摆脱成见与束缚，从中国文学史的角度，对鸳鸯蝴蝶派做出客观公正的评价。

三、如何看待冯玉奇的小说

　　我们澄清了以上有关鸳鸯蝴蝶派的三个问题，等于为介绍冯玉奇的小说提供了一个坐标，也等于为读者提供了一把参照标尺。读者用这把标尺，就可自行评判冯玉奇的小说了。

冯玉奇于1918年左右生于浙江慈溪，笔名左明生、海上先觉楼、先觉楼，曾署名慈水冯玉奇、四明冯玉奇、海上冯玉奇。据说他毕业于浙江大学（一说复旦大学）。1937年九一八事变后寄居上海，感山河破碎，国事蜩螗，开始写作小说以抒怀。其处女作为《解语花》，由上海春明书店出版。出版后旋即由东方书场改编为同名话剧，演出后轰动一时。那时他才十九岁。由此一发而不可收，至1949年7月《花落谁家》出版，在短短十来年时间里，他创作的小说竟达一百九十多种，平均每年近二十种，总篇幅应该不少于三千万字，只能用"神速"来形容。这时他只有三十一岁。近现代文学史料专家魏绍昌先生（已去世）所编《鸳鸯蝴蝶派研究资料（史料部分）》（上海文艺出版社1962年10月出版）开列的《冯玉奇作品》目录只有一百七十二种，也有遗珠之憾。不过我们从这一目录中仍可确定冯玉奇是一位以写言情小说为主的通俗小说作家，因为在一百七十二种小说中，言情小说占有一百二十二种，其他小说只有五十种：社会小说三十四种、武侠小说十四种、侦探小说两种。

冯玉奇不仅是一位写作神速且极为多产的通俗小说作家，还是一位热心的剧作家和剧务工作者。早在他二十六岁（1944年）时，就担任了越剧名伶袁雪芬的雪声剧团的剧务，并为之创作了《雁南归》《红粉金戈》《太平天国》《有情人》《孝女复仇》五大剧本，演出效果全都甚佳。在他二十七到二十八岁（1945～1946）时，又与他人合作，前后为全香剧团和天红剧团编导了

《小妹妹》《遗产恨》《飘零泪》《义薄云天》《流亡曲》等二十多个剧本，演出效果同样甚佳。可见冯玉奇至少写过十几个剧本。

冯玉奇一生所写的小说和剧本总计不下两百五十种，总篇幅可能达到四千万字以上，是名副其实的"著作等身"，是当之无愧的中国最多产的作家，号称多产的同派小说家张恨水也难望其项背。当时的文学作品已是一种特殊商品，冯玉奇的小说如此畅销，其剧本演出又如此轰动，这足可以证明其受人欢迎，这就是读者和观众对冯玉奇的评价，它比专家的评价更为准确，也更为重要。遗憾的是，我们无法看到他的剧作和三十岁以后的作品，也不知其晚景如何，卒于何年。

从冯玉奇的生活年代和创作时段来看，他显然是鸳鸯蝴蝶派的后起之秀，所以尽管他作品如此之多，影响如此之大，而同派的老前辈却很少提到他，这也是"文人相轻"的表现之一。

按说要介绍冯玉奇的小说，应该将其全部小说阅读一遍，但我没有这么多时间，也没有这么大精力，因而只向中国文史出版社借阅了《舞宫春艳》《小红楼》《百合花开》三种，全都是言情小说。因此我只能以这三种言情小说为例加以介绍，这可能会犯以偏概全的错误，因此只能供读者参考。

《舞宫春艳》写了两个纠缠在一起的爱情婚姻悲剧故事：苏州富家子秦可玉自幼与邻居豆腐坊之女李慧娟相恋，由于门第悬殊，秦可玉被其父禁锢，二人难圆成婚之梦。不幸李慧娟生下了一个私生女鹃儿，只好遗弃，自己则郁郁而死。鹃儿被无赖李三子收养，长大后卖到上海做伴舞女郎，改名卷耳。中学生唐小棣先是爱上了姑夫秦可玉家的婢女叶小红，不料叶小红失踪，于是移情于卷耳，但无钱为卷耳赎身，两人感到婚姻无望，于是双双吞鸦片自尽。

《小红楼》的故事紧接《舞宫春艳》：曾经被唐小棣爱过的叶小红的失踪，原来也是被无赖李三子拐卖为伴舞女郎，小棣、卷耳自杀后，小红才被救了回来，并被秦可玉认为义女。经苏雨田介绍，与辛石秋相识相恋而订婚。同时石秋的姨表妹巢爱吾也爱石秋，但石秋既与小红订婚在先，便毅然与小红结婚。爱吾为了摆脱难堪的地位，离家出走，下落不明。石秋奉父命赴北平探望二哥雁秋，在火车站被人诬陷私带军火，被军人押到司令部。可巧爱吾此时已成为张司令的干女儿兼秘书，便设法救了石秋一命。但张司令强迫石秋与爱吾结婚，二人既不敢违命，又固守道德，便以假夫妻应付。后来石秋回到家里，终于与小红团聚。

《百合花开》写了两个紧密相关的爱情婚姻故事：二十岁的寡妇花如兰同时被四十二岁的教育家盖季常和十八岁的革命青年盖雨龙叔侄俩所爱，而盖季常的十六岁侄女盖云仙又同时被三十六岁的银行家杨如仁和十九岁的革命青年杨梦花父子俩所爱。经过许多曲折后，终于两位长辈让步，盖雨龙与花如兰、杨梦花与盖云仙同场结婚。

由以上简单介绍可知，冯玉奇的这三种小说共写了五个爱情婚姻故事，其中两个是悲剧结局，三个是有情人终成眷属。这正如鲁迅所说："有时因为严亲，或者因为薄命，也竟至于偶见悲剧的结局……这实在不能不说是一个大进步。"其次，这三种小说的五个爱情婚姻故事，倒有四个是三角爱情婚姻故事，但它们的情况并不雷同。唐小棣、叶小红、卷耳的三角恋是一男爱二女,辛石秋、叶小红、巢爱吾的三角恋是两女爱一男,而盖季常、盖雨龙、花如兰和杨如仁、杨梦花、盖云仙的三角恋更为异想天开,竟然都是两辈嫡亲男人(叔侄、父子)同爱一个女子。可见冯玉奇极有编故事的才能,从而使作品更具吸引力和娱乐性。又次,这三种言情小说的描写极为干净,没有任何色情描写。除了秦可玉与李慧娟有私生女外,其他人都非礼勿言,非礼勿行。如辛石秋与叶小红因婚礼当天石秋之母去世,为了守孝,新婚夫妻在百日之内没有圆房。而辛石秋与姨表妹巢爱吾为了对得起叶小红,虽被张司令强迫成亲,却只做了几天假夫妻。

从表现形式和艺术手法来看,我觉得冯玉奇的小说与当时新文学的新小说都受了西洋小说的影响,基本相同。譬如:两者都突破了传统小说书名的套路,不拘一格,尤其采用了一字书名和二字书名,如冯玉奇有《罪》《孽》《恨》《血》和《歧途》《逃婚》《情奔》等;而巴金有《家》《春》《秋》,茅盾有《幻灭》《动摇》《追求》。两者的对话方式也突破了传统小说的套路,灵活自如:对话既可置于说话者之后,也可置于说话者之前,还可将说话者夹在两句或两段话之间。至于小说的结构法、叙述法与描写法,更是差不多的。譬如人物描写不再是"沉鱼落雁""闭月羞花""倾国倾城"之类的千人一面,景物描写也不再是"落红满地""绿柳成荫""玉兔东升"之类的千篇一律,而加以具体描绘。这里随便举一个例子:

小红坐在窗旁,手托香腮,望着窗外院子里放有一缸残荷，风吹枯叶，瑟瑟作响。墙角旁几株梧桐，巍然而立。下面花坞上满种着秋海棠，正在发花，绿叶红筋，临风生姿，可惜艳而无香，但点缀秋色，也颇令人爱而忘倦。

这是《小红楼》对莲花庵一角的景物描绘，虽然算不上十分精彩，但作者通过小红的眼睛描绘了院中的三样东西——风吹作响的"枯荷"、巍然挺立的"梧桐"、正在开花的"海棠"，从而衬托出莲花庵幽静的环境，曲折地表明了时在秋季。频繁使用巧合手法是冯玉奇小说的显著特点，可以说把所谓"无巧不成书"用到了极致。巧合手法有助于编织故事，缩短篇幅，增加作品的吸引力等，但使用过多则时有破绽，有损于作品的真实性。冯玉奇的某些小说也采用了章回体，但只是标题用"第×回"和对偶句，"却说""且听下回分解"之类的套语已不再经常出现，因此并非章回体的完全照搬。况且章回体并非劣等小说的标志，它在我国小说史上发挥过巨大作用，产生过杰出的四大古典小说。因此用章回体来贬低冯玉奇的小说，也是毫无道理的。

冯玉奇的小说也有明显的缺点。它们与其他鸳鸯蝴蝶派小说一样，主要注重小说的娱乐性，而忽视小说的社会性和艺术性，因此没有产生杰出的作品。他是南方人而小说采用北方话，加之写作速度太快，无暇深思熟虑，导致语言不够流畅，用词不够准确，还有许多错别字和语病。还有使用"巧合"法太多，有时破绽明显，这里不再举例。

总而言之，冯玉奇既不是"黄色"和"反动"小说家，也不是杰出小说家，而是一位勤奋多产、有益无害的通俗小说家，他应在中国小说史尤其是中国现代小说中占有一席之地。

　　　　　　　　　　2017 年 6 月 4 日于北京蜗居